東洋文庫 882

柏木如亭詩集 1

揖斐 高 訳注

平凡社

装幀　原　弘

凡例

一、柏木如亭の三つの刊行詩集『木工集』（寛政五年序刊）五十一首、『如亭山人藁初集』（文化七年刊）百首、『如亭山人遺稿』（文政五年刊）百九十五首、および寛政初年に成立し、推敲を重ねた後に、最終的な形が『詩本草』（文政五年刊）に収められて刊行された「吉原詞」二十首の総計三百六十六首を、『木工集』「吉原詞」『如亭山人藁初集』『如亭山人遺稿』の順で、それぞれの詩集の序・跋類も含めて収録した。各詩集の底本には、揖斐高編『柏木如亭集』（近世風俗研究会・太平書屋、昭和五十四年三月刊）に収める覆製本を用いた。これで、如亭生涯の詩の主要作品はおおよそ作詩年代順に配列されることになる（但し『木工集』のみは編年ではなく詩体別の配列になっている）。なお、収録詩については便宜のため通し番号を付した。

二、本書1に『木工集』「吉原詞」『如亭山人藁初集』と「解説」を収録し、本書2に『如亭山人遺稿』と「略年表」を収録した。

三、原詩と訓読を上下二段に組み、その後に詩体、韻字、語注、現代語訳を記し、さらに適宜◇の後に補注を付した。

四、漢字はおおむね通行の字体を用いたが、一部底本の字体を残した。

五、訓読に際しては底本の板本の返り点・送り仮名を尊重したが、詩意の取りやすさを考慮して変更したところもある。

六、訓読の送り仮名は歴史的仮名遣いに拠り、訓読の振り仮名は現代仮名遣いに拠った。なお、詩の訓読については原則としてすべてに振り仮名を付した。
七、語注における典拠あるいは参考作品の引用は、原則として書き下しにした。
八、古詩において換韻が行われている時は、原詩の当該箇所に」を付し、また韻字の記載についても」を付して韻の区切りを示した。
九、長めの詩題と長めの自注については、「　」を付して現代語訳を掲げた。
十、現代語訳は詩意を過不足なく伝えることを目的として散文訳にした。

目次

木工集

吉原詞

如亭山人藁初集

第2巻目次

柏木如亭詩集《かしわぎじょていししゅう》 1

揖斐《いび》 高《たかし》 訳注

木工集

余識永日従総角比、其弱人多称其善詩、余素童子視之、笑謂得非乳臭猶存乎、少年才称未足信也、又以好尚之不同不常相見、是以未悉、後永日益有詩名、余得其両三詩誦之、便覚其有風味也、近来屢蒙過存、親接其言論、而知其於詩刻苦益深、切磋之功備至矣、頃日袖其所著木工集来、請余冠一言辞而不可、永日不乏其師友而顧命余者、蓋以余之旧相識与職仕之道同其類也、永日家世御大工、以木工名集、蓋謙不敢与薦紳同列也、又兼取木鶏摸倣之義、此其所自処既異于世之君子以詩矜持者矣、余何敢辞、夫唐人之詩、或以格律勝者、或以風調勝者、作者好尚異趣、遂成涇渭、後人各以其所好、優劣相競、近世詩家多尚格律、而又誤以大声壮語当之、要其作不能出明人範囲也、蓋本之三百篇、国風多出于田畯紅女之口、其述情賦景微細無遺、有如化工之肖物、彼拘拘格律者何能得少髣髴也、若必以格律語詩、則於風人之旨遠矣、我邦往昔白氏之風盛行于世、至如風梳柳髪、浪洗苔鬚、実是天地精秘、発之詩句之間、足以泣鬼神、雖元白不過之矣、近時此風寥寥乎無聞焉、永日初受規則于寛斎河先生、河先生者首唱白氏風于世、其徒日衆、永日既得其法而稍変之、雑以宋諸名家、最喜楊誠斎方秋崖体、其述情賦景巧入繊密、而其用心在于鎔鉄成金、凡殊俗異風細言小事、人以為不可入華語者、悉収拾来做詩料、曲折極態、此其自家功夫、以故其語多奇険、不為常人所喜、而常受識者賞、雖古色閑澹猶未及、而尖巧細深頗有藍出者、集旧三百余首、其前作未及変調者悉刪去、纔存五十一首、蓋其意在精而不在多也、永日為人懶惰、性不堪煩事、唯能耽詩、当其苦吟搆思百錬千鍛不苟一字、豈徒五字撚断数茎鬚哉、永日自云、我無他技、所寄興感于風月者独詩耳、苦吟累日未嘗為労、蓋其性之所近而然、天之生才多使人有偏長所以尽其能也、永日舎大而取小、豈欲為鶏口于斯道歟、今尚壮、以其才而刻苦如此、他日老成、豈知其所底止乎、余素童子視之不意其才思至于斯也、此集雖僅僅乎、足以観其才之高与其用力之深焉、遂掲此言書簡端、寛政癸丑初夏之日、高岡秀成撰

余《よ》、永日《えいじつ》を総角《そうかく》の比《ころ》従《よ》り識《し》る。それ弱人《じやくじん》の多《おお》くその善詩《ぜんし》を称《しよう》せらるるは、余《よ》、素《も》とより之《これ》を童子《どうじ》視《し》し、笑《わら》ひて謂《い》ふ、「乳臭《にゆうしゆう》の猶《な》ほ存《そん》するに非《あら》ざるを得《え》んや」と。少年《しようねん》の才《さい》の称《しよう》せらるるは、未《いま》だ信《しん》ずるに足《た》らざればなり。又《ま》た好尚《こうしよう》の同《おな》じからざるを以《もつ》て、常《つね》には相見《あいまみ》えず。是《ここ》を以《もつ》て未《いま》だ悉《つく》さず。後《のち》に永日益々詩《えいじつますますし》名《めい》有《あ》り。余《よ》、その両三詩《りようさんし》を得《え》て之《これ》を誦《しよう》して、便《すなわ》ちその風味《ふうみ》有《あ》るを覚《おぼ》ゆるなり。近来《きんらい》、屢々過《しばしばか》存《そん》を蒙《こうむ》り、親《した》しくその言論《げんろん》に接《せつ》して、その詩《し》に於《お》いて刻苦《こつく》益々深《ますますふか》く、切磋《せつさ》の功《こう》の備《つぶ》さに至《いた》るを知《し》る。頃日《けいじつ》、その著《あらわ》す所《ところ》の木工集《もつこうしゆう》を袖《そで》にし来《きた》り、余《よ》に一《いち》言辞《げんじ》を冠《かん》せんことを請《こ》ひて可《き》かず。永日《えいじつ》、その師友《しゆう》に乏《とぼ》しからずして余《よ》に顧命《こめい》するは、蓋《けだ》し余《よ》の旧相識《きゆうそうしき》なると職仕《しよくし》の道《みち》のその類《るい》を同《おな》じうするとを以《もつ》てならん。永日《えいじつ》の家《いえ》は世々《よよ》御大工《おだいく》な

り。木工《もっこう》を以《もっ》て集《しゅう》に名《な》づくるは、蓋《けだ》し謙《へりくだ》りて敢《あえ》て薦紳《せんしん》と列《れつ》を同《おな》じうせざるならん。又《ま》た兼《か》ねて木鶏摸倣《もくけいもほう》の義《ぎ》を取《と》る。此《こ》れその自《みずか》ら処《お》る所《ところ》は既《すで》に世《よ》の君子《くんし》の詩《し》を以《もっ》て矜持《きょうじ》とする者《もの》に異《こと》なれり。余《よ》、何《なん》ぞ敢《あえ》て辞《じ》せんや。

夫《そ》れ唐人《とうじん》の詩《し》、或《ある》いは格律《かくりつ》を以《もっ》て勝《まさ》るもの、或《ある》いは風調《ふうちょう》を以《もっ》て勝《まさ》るもの、作者《さくしゃ》の好尚《こうしょう》は趣《おもむき》を異《こと》にし、遂《つい》に涇渭《けいい》を成《な》す。後人各々《こうじんおのおの》その好《この》む所《ところ》を以《もっ》て、優劣相競《ゆうれつあいきそ》ふ。近世《きんせい》の詩家《しか》多《おお》くは格律《かくりつ》を尚《とうと》び、而《しか》して又《ま》た誤《あやま》るに大声壮語《たいせいそうご》を以《もっ》て之《これ》に当《あ》つ。要《よう》するにその作《さく》は明人《みんひと》の範囲《はんい》を出《いっ》ること能《あた》はざるなり。蓋《けだ》し本《もと》の三百篇《さんびゃくへん》、国風多《こくふうおお》くは田畯紅女《でんしゅんこうじょ》の口《くち》に出《い》づ。その情《じょう》を述《の》べ景《けい》を賦《ふ》するに微細《びさい》にして遺《のこ》すこと無《な》く、化工《かこう》の物《もの》を消《かたど》る如《ごと》き有《あ》り。彼《か》の格律《かくりつ》に拘拘《こうこう》たるものは、何《なん》ぞ能《よ》く少《すこ》しく髣髴《ほうふつ》たることを得《え》んや。若《も》し必《かなら》ず格律《かくりつ》を以《もっ》て詩《し》を語《かた》れば則《すなわ》ち風人《ふうじん》の旨《し》に遠《とお》し。

我《わ》が邦《くに》は往昔《おうせき》、白氏《はくし》の風《ふう》、世《よ》に盛行《せいこう》す。「風《かぜ》は柳《やなぎ》の髪《かみ》を梳《けず》り、浪《なみ》は苔《こけ》の鬚《ひげ》を洗《あら》ふ」の如《ごと》きに至《いた》つては、実《じつ》に是《こ》れ天地《てんち》の精秘《せいひ》にして、之《これ》を詩句《しく》の間《かん》に発《はっ》すれば、以《もっ》て鬼神《きしん》を泣《な》かしむるに足《た》る。元白《げんぱく》と雖《いえど》も之《これ》に過《す》ぎず。近時《きんじ》、此《こ》の風《ふう》、寥寥乎《りょうりょうこ》として聞《き》くこと無《な》し。永日《えいじつ》、初《はじ》め規則《きそく》を寛斎河先生《かんさいかせんせい》に受《う》く。河先生《かせんせい》は白氏《はくし》の風《ふう》を世《よ》に首唱《しゅしょう》す。その徒《と》、日々《ひび》に衆《おお》し。永日既《えいじつすで》にその法《ほう》を得《え》て、稍《や》や之《これ》を変《へん》じて雑《まじ》ふるに宋《そう》の諸名家《しょめいか》を以《もっ》てし、最《もっと》も楊誠斎《ようせいさい》・方秋崖《ほうしゅうがい》の体《たい》を喜《よろこ》ぶ。その情《じょう》を述《の》べ景《けい》を賦《ふ》して巧《たく》みに纖密《せんみつ》に入《い》り、而《しか》してその心《こころ》を用《もち》ふるは鉄《てつ》を鎔《と》かして金《きん》と成《な》すに在《あ》り。凡《およ》そ殊俗《しゅぞく》・異風《いふう》・細言《さいげん》・小事《しょうじ》、人《ひと》の以《もっ》て華語《かご》に入《い》る可《べ》からずと為《な》すもの、悉《ことごと》く収《しゅう》拾《しゅう》し来《きた》つて詩料《しりょう》と做《な》し、曲折《きょくせつ》して態《たい》を極《きわ》むるは、此《こ》れそれ自家《じか》の功夫《くふう》なり。その語《ご》に奇険多《きけんおお》きが故《ゆえ》を以《もっ》て、常人《じょうじん》の喜《よろこ》ぶ所《ところ》と為《な》らずして、常《つね》に識者《しきしゃ》の賞《しょう》を受《う》く。古色閑澹《こしょくかんたん》は猶《な》ほ未《いま》だ及《およ》ばずと雖《いえど》も、而《しか》るに尖巧細深《せんこうさいしん》は頗《すこぶ》る藍出《らんしゅつ》なるもの有《あ》り。

集《しゅう》は旧《も》と三百余首《さんびゃくよしゅ》、その前作《ぜんさく》の未《いま》だ変調《へんちょう》に及《およ》ばざるものは悉《ことごと》く刪《けず》り去《さ》り、纔《わず》かに五十一首《ごじゅういっしゅ》を存《そん》す。蓋《けだ》しその意《い》は精《せい》に在《あ》りて多《おお》きには在《あ》らざるなり。永日《えいじつ》、人《ひと》と為《な》り懶惰《らんだ》、性《せい》は煩事《はんじ》に堪《た》へず、唯《た》だ能《よ》く詩《し》に耽《ふけ》るのみ。その苦吟搆思《くぎんこうし》するに当《あた》つては百錬千鍛《ひゃくれんせんたん》、一字《いちじ》をも苟《いやし》くせず。豈《あ》に徒《いたず》らに五字《ごじ》に数茎《すうけい》の鬚《ひげ》を撚断《ねんだん》せんや。永日自《えいじつみずか》ら云《い》ふ、「我《われ》、他技《たぎ》無《な》し。興感《きょうかん》を風月《ふうげつ》に寄《よ》する所《ところ》のものは、独《ひと》り詩《し》のみ。苦吟《くぎん》して日《ひ》を累《かさ》ぬるも、未《いま》だ嘗《かつ》て労《ろう》と為《な》さず」と。蓋《けだ》しその性《せい》の近《ちか》き所《ところ》にして然《しか》り。天《てん》の才《さい》を生《う》むに多《おお》く人《ひと》をして偏長有《へんちょうあ》らしむるは、その能《のう》を尽《つく》さしむる所以《ゆえん》なり。永日《えいじつ》は大《だい》を舎《す》てて小《しょう》を取《と》る。豈《あ》に斯道《しどう》に鶏口《けいこう》たらんと欲《ほっ》するか。今尚《いまな》ほ壮《そう》なり。その才《さい》を以《もっ》て刻苦《こっく》此《かく》の如《ごと》くならば、他日《たじつ》の老成《ろうせい》、豈《あ》にその底止《ていし》する所《ところ》を知《し》らんや。余《よ》、素《も》と之《これ》を童子《どうじ》視《し》して、その才思《さいし》の斯《ここ》に至《いた》るを意《おも》はざるなり。此《こ》の集《しゅう》、僅僅乎《きんきんこ》たりと雖《いえど》も、以《もっ》てその才《さい》の高《たか》きとその力《ちから》を用《もち》ふることの深《ふか》きとを観《み》るに足《た》る。遂《つい》に此《こ》の言《げん》を掲《かか》げて簡端《かんたん》に書《しょ》す。

寛政癸丑初夏《かんせいきちゅうしょか》の日《ひ》、高岡秀成《たかおかひでなり》撰《せん》す。

○永日　柏木如亭の字《あざな》。なお、この頃はまだ如亭という号は用いていない。○総角　小児の髪形。

転じて小児をいう。○弱人　年少の人。○過存　立ち寄ること。○顧命　顧みて命ずる。○薦紳　官位が高い貴族。○木鶏　『荘子』達生篇の、闘鶏用の鶏のなかで本当に強い鶏は、他の鶏がいくら鳴き騒いでも何の反応もしない木製の鶏のようだという寓話に拠る。ここは如亭は詩を矜持として作る薦紳などに雷同して詩を作ろうとはせず、何にも動じない木鶏のような態度で詩に向き合っているという意か。○矜持　誇り。自分を飾るもの。○格律　詩の形式的な規則。○涇渭　濁った涇水と澄んだ渭水。大きく明白な違い。○明人範囲　盛唐詩を手本として作詩した明七子など古文辞格調派の詩風の範囲。○三百篇　『詩経』のこと。○田畯　農民。○紅女　機織りの女。女工。○化工　造化のたくみ。自然のわざ。○髣髴　そっくりなさま。○白氏　唐の詩人白居易（字を楽天）。○風梳柳髪、浪洗苔鬚　『和漢朗詠集』に収める都良香《みやこのよしか》の「気霽風梳新柳髪、氷消浪洗旧苔鬚」（気《き》霽《は》れては風新柳《かぜしんりゅう》の髪を梳《けず》る、氷消《こおりき》えては浪旧苔《なみきゅうたい》の鬚《ひげ》を洗《あら》ふ）をいう。○泣鬼神　『古今集』真名序に「天地を動かし、鬼神を感ぜしめ、人倫を化し、夫婦を和すること、和歌より宜《よろ》しきは莫《な》し」。○元白　唐の詩人元稹《げんしん》と白居易。○寥寥乎　ひっそりとしているさま。数が少ないさま。○寛斎河先生　市河寛斎（一七四九～一八二〇）。如亭の詩の先生。昌平黌啓事役を辞職後、天明七年（一七八七）に江湖詩社を結成し、江戸詩壇に清新性霊派の詩を根付かせた。如亭はその江湖詩社四才子の一人。○楊誠斎　南宋の詩人楊万里。陸游・范成大とともに南宋三大家の一人。○方秋崖　南宋の詩人方岳。○殊俗異風　珍しい風俗。○華語　美しい表現。ここは詩語。○奇険　珍しく取り付きにくいさま。○古色閑澹　古雅な趣があり、閑寂で淡白なさま。○藍出者　『荀子』勧学に、「青は藍より出でて、藍より青し」。出藍の誉れ。弟子が先生より優れていることをいう。〇構思　考えを組み立てる。考えをめぐらす。〇五字　五言詩の一句の字数。ここは広く詩の一句をいう。〇撚断　捻り切る。唐の盧延譲《ろえんじょう》の「苦吟」詩に、「数茎《すうけい》の鬚《ひげ》を撚断《ねんだん》す」。〇興感　心に生ずる感情。〇風月　美しい自然の景物。〇偏長　偏った長所。〇鶏口　小さな団体の首領。〇斯道　ここは漢詩の道。漢詩界、漢詩壇。〇壮　壮年。この年、如亭は三十一歳。〇底止　行き止まる。〇才思　才能ある思考。才知。〇僅僅乎　わずかなさま。〇箇端　手紙や文書の端。〇寛政癸丑　寛政五年（一七九三）。〇高岡秀成　宝暦三年生まれで如亭より十歳年長。幕府の水引御用達で、漢学者。〇撰　文章を作る。

私は永日を子供の頃から知っている。年少者で往々にして詩を善くすることを褒められる者については、私は初めから子供扱いして、笑いながら「その詩に乳臭《ちちくさ》さが無いなんてことがあろうか」と言っていた。年が若くて才能を褒められるというのは、信ずるには足りないことだからである。さらに永日とは好みが同じではないということもあって、いつも会うという間柄ではなかったので、その頃の永日のことは詳しく知らない。しかし、後年になって永日は詩人としてますます有名になった。私は永日の詩二、三首を手に入れて口ずさんだところ、詩に風趣があるのに気づいた。近年はしばしば立ち寄ってくれるので、親しく永日の言論に接して、詩においては苦心することいよいよ深く、切磋琢磨の効果が十分に現われるようになったことを知った。近頃、永日はその著作『木工集』を携えてやって来て、私に序文を書くことを求めてやまなかった。永日は先生や友人が少ないわけでもないのに、私に序文を書くよう命じたのは、おそらく私が古くからの知り合いであるのと、同じように幕府に職仕しているからであろう。永日の家は代々幕府に仕える御大工である。詩集に「木工」の語をつけたのは、身分の高い方々と同列にはならないようにと謙遜したからであろう。さらには『荘子』のいう木鶏《もくけい》を手本にして、詩人として付和雷同しないという気持をも示そうとしたからであろう。永日が詩人として自《みずか》ら居場所を占めようとしている所は、世間一般の詩人が詩を君子の飾りものと考えているのとは異なっているのである。ならば、私はどうして序文を書くのを辞退できようか。

さて中国の詩人の詩は、あるものは格律を以て勝り、あるものは風調を以て勝るというように、作者の好みによって趣を異にし、遂には大きな違いを生んでしまった。それをうけて、後代の人は各々自分の好みによって詩の優劣を競い合ったが、近頃の多くの詩人は格律を尚《とうと》び、しかも間違ったことに大言壮語を以て詩を作っている。要するに、そのような作というものは、明代の詩人の枠から外に出ることができていないのである。そもそも『詩経』三百篇のなかの国風の詩は、多くは農民や女工たちの口から出たものであるが、その情や景を表現するに当たっては微細にして余すところがなく、造化の工《たくみ》をそのまま象《かたど》ったようなところがある。格律に拘《こだわ》る詩人は、どうして情や景をありありと表現することができようか。もし格律を基準にして詩を語るとすれば、それは風雅を求める詩人の趣旨からは遠ざかってしまうのである。

我が国では昔、白居易の詩風が一世を風靡した。『和漢朗詠集』に収める都良香《みやこのよしか》の「風《かぜ》は柳《やなぎ》の髪《かみ》を梳《けず》り、浪《なみ》は苔《こけ》の鬚《ひげ》を洗《あら》ふ」というに至っては、実に天地の精妙な秘密を表現したというべきものであって、これを詩句として表わしたのであるから、鬼神に感動の涙を流させるに足るものになった。

唐の元稹《げんしん》や白居易であってもこれ以上の作はない。ところが、近年はこのような詩風は地を掃《はら》ってしまい、耳にすることがない。永日は初め、詩の作り方を市河寛斎先生に学んだ。当時、寛斎先生は白居易の詩風を世間に向けて首唱し、それに従う門生たちは日に日に多くなった。永日はその詩法を我がものにするや、少しくそれを変えて宋代の有名詩人たちの詩法を雑《まじ》え、なかでも楊誠斎や方秋崖の詩体をもっとも喜んだ。景や情を表現するのに巧みに繊細緻密さを求め、鉄を溶かして金に変えるというところに心を用いた。珍しい風俗、取るに足りない言葉、ささいな事柄という、なかなか詩語に入れ難いとされるものを、尽《ことごと》く拾い集めて詩の材料とし、あれこれと変幻自在な表現に仕上げているのは、永日独自の工夫によるものである。永日の詩の表現は奇抜で尖ったものが多いために、一般の人が喜ぶものにはならないが、いつも識者からは賞讃されている。古雅な趣や閑寂淡白さという点ではまだ及ばないところがあるが、鋭さや巧みさ、細やかさや深さという点においては、大いに寛斎先生を越えるところがある。

永日の詩集にはもともと三百余首の詩が収められていたが、詩風が変わる以前の昔の詩はすべて削ってしまい、この『木工集』にはわずかに五十一首を残している。おそらくその意としたところは、精緻な詩を残すことにあって、詩数の多さにはなかったからである。永日は生まれつき怠惰で、煩わしい事には堪えられず、唯だ詩に没頭することだけができた。詩を苦吟し、あれこれ考えをめぐらすに当たっては、何度も何度も推敲を加え、一字であってもいい加減にはしない。詩の一句のために何本かの鬚《ひげ》を無駄に撚《ひね》り切ったりはしないのである。永日はみずから、「私にはほかに善くする技芸は何もない。心に生ずる感情を自然の美しい景物に托する手段としては、私には詩しかない。何日も苦吟し続けても、これまで私はそれを苦労だと思ったことはない」と言う。おそらくそれが永日にとっては本性に近いことなので、そうなるのであろう。天が才能を生み出す時に、多くの場合その人の長所に偏りを与えるというのは、その才能を十分に発揮させるためなのである。永日は人として拠るべき大事を捨て、詩作という小事を選び取って生きている。詩作の道においてそのトップランナーになろうとしているのだろうか。永日はなお壮年である。その才能をもってこのように苦心を重ねれば、将来の老成は止《とど》まるところを知らないであろう。私は昔、永日を子供扱いして、その才知がここまで到達しようとは思わなかった。この詩集は小さなものであるが、永日の才知の高さと努力の深さとを見るには十分である。かくしてこの言葉を掲げてこの序文の最後に書き記すことにする。寛政五年初夏の日、高岡秀成作る。

1

老将　以下七絶

少壮談兵軽六奇
英名半生老清時
苦心窮尽孫呉略
纔試閑窓一局碁

老将《ろうしょう》　以下七絶

少壮《しょうそう》より兵《へい》を談《だん》じて六奇《りくき》を軽《かろ》んず
英名《えいめい》　半生《はんせい》　清時《せいじ》に老《お》ゆ
苦心《くしん》して窮《きわ》め尽《つ》くせし孫呉《そんご》の略《りゃく》をもて
纔《わず》かに試《こころ》む　閑窓《かんそう》　一局《いっきょく》の碁《ご》

七言絶句。韻字、奇・時・碁（上平声四支）。

○六奇　六つの奇計。漢の陳平が高祖劉邦のために考え出したという（『史記』陳丞相世家）。○孫呉　春秋時代の兵法家である孫武と呉起。また彼らが著わした兵法書『孫子』と『呉子』。○略戦略。兵略。

若く元気な時から兵法を論じてきたが、奇計は軽蔑してきた。名声に包まれた半生を過ごし、天下太平の世に老いを迎えている。苦心して窮め尽くした『孫子』『呉子』の戦略は、長閑《のど》かな窓辺で打つ一局の碁に試みるよりほかないのである。

2

冬日食河豚　河豚至冬日雪飛始肥江戸人時以為珍雑蘿蔔而為羹味最美矣

天下無双西子乳
百銭買得入貧家
雪園蘿蔔自甘美
不待春洲生荻芽

梅堯臣詩春洲生荻芽春岸飛楊花河豚当是時貴不数魚蝦

冬日《とうじつ》、河豚《かとん》を食《く》ふ。河豚《かとん》は冬日《とうじつ》、雪《ゆき》の飛《と》ぶに至《いた》つて始《はじ》めて肥《こ》ゆ。江戸《えど》の人《ひと》、時《とき》に以《もつ》て珍《ちん》と為《な》し、蘿《ら》蔔《ふく》を雑《まじ》へて羹《あつもの》と為《な》す。味《あじ》、最《もつと》も美《び》なり

天下無双《てんかむそう》　西子乳《せいしにゆう》
百銭《ひやくせん》　買《か》ひ得《え》て　貧家《ひんか》に入《い》る
雪園《せつえん》の蘿蔔《らふく》　自《おの》づから甘美《かんび》
春洲《しゆんしゆう》　荻芽《てきが》を生《しよう》ずるを待《ま》たず

梅堯臣《ばいぎようしん》の詩《し》に、「春洲荻芽《しゆんしゆうてきが》を生《しよう》じ、春岸楊花《しゆんがんようか》を飛《と》ばす。河《か》豚《とん》是時《このとき》に当《あ》たり、貴《とうと》きこと魚蝦《ぎよか》を数《かぞ》へず」。

七言絶句。韻字、家・芽（下平声六麻）。
○河豚　ふぐ。『物類称呼』巻二に、「京江戸ともに、ふぐとよぶ。西国及び四国にて、ふくとうと云《いう》。又江戸にて異名を、てつぽうと云。其故はあたると急《たちまち》死すと云意也」。○蘿蔔　大根。○羹　熱い汁物。ここは河豚汁《ふぐじる》をいう。味噌仕立ての河豚汁は当時もっとも一般的な河豚の調理法。○

西子乳　春秋時代の美女西施の乳房。平仄の関係で「施」の字は使えないので、「西子」とした。『本草綱目』巻四十四・河豚に、「時珍曰く、腹下白くして光らず。……彼の人、春月甚しくこれを珍貴とす。尤もその腹の腴《ゆ》なるを重んじ、呼びて西施乳と為す」とあるように、フグの異称。『聯珠詩格』巻十八に収める宋の洪駒父の「西施乳」詩に、「蔞蒿短短《ろうこうたんたん》として荻芽《てきが》肥《こ》ゆ、正《まさ》に是《こ》れ河豚《かとん》上《のぼ》らんと欲《ほっ》する時《とき》、甘美《かんび》遠《とお》く西子《せいし》が乳《ちち》に勝《まさ》れり、呉王当日《ごおうとうじつ》未《いま》だ曾《かっ》て知《し》らず」。○春洲　春季の川の中洲。○荻芽　荻《おぎ》の新芽。○梅堯臣詩　宋の詩人梅堯臣の「氾饒州《はんじょうしゅう》の坐中《ざちゅう》、客《きゃく》の河豚魚《かとんぎょ》を食《く》ふを語《かた》る」と題する五言古詩。以下の引用はその冒頭部の四句。○楊花　ヤナギの花。柳絮《りゅうじょ》。春、風に乗って空中に舞う。○魚蝦　魚と海老。

［冬の日に河豚《ふぐ》を食べる　河豚は冬の日に雪が舞うようになって初めて脂が乗る。江戸っ子はその時になるとこれを珍味として、大根と一緒に河豚汁に仕立てる。たいへんな美味である。］

美女西施《せいし》の乳房にも喩えられる河豚の身はこのうえなく美味しいので、貧乏人の家では百文の銭を奮発しても買い入れる。雪が降れば菜園の大根は甘くなる。梅堯臣《ばいぎょうしん》は詩のなかで春の中洲に荻の芽が生えると河豚が美味しくなるといったが、甘みを増した大根と一緒に煮た冬の河豚汁が何といっても一番だ。

◇河豚については如亭の遺稿として出版された『詩本草』（文政五年刊）第三十二段に次のような記事があり、この詩の転句と結句を引用している。「河豚《かとん》、美にして人を殺す。一に西施乳《せいしにゅう》と名づく。

又た、猶ほこれ江瑶柱《こうようちゅう》の西施舌《せいしぜつ》と名づけ、蠣房《れいぼう》の太真乳《たいしんにゅう》と名づくるがごとし。皆な佳艶の称なり。関東、賞するに冬月を以てす。余が「雪園《せつえん》の蘿菔《らふく》自《おの》づから甘美《かんび》、春洲《しゅんしゅう》荻芽《てきが》を生《しょう》ずるを待《ま》たず」の句有る所以《ゆえん》なり。梁蛻巌《りょうぜいがん》先生の集中に七古一篇有り。妙、梅聖兪《ばいせいゆ》が五古に減ぜず。周紫芝《しゅうしし》が「平生《へいぜい》欠《か》く所《ところ》惟《た》だ一死《いっし》。更《さら》に杯中《はいちゅう》鏌鎁《ばくや》を論《ろん》ず可《べ》けんや」といふに至つては、先づ吾が心を得る者と謂ひつ可し」。

3

寄滕生
御殿山頭春欲遍
軽寒軽暖雨餘天
世情不解幽情足
酔倒黄公酒舎辺

滕生《とうせい》に寄《よ》す
御殿山頭《ごてんさんとう》　春遍《はるあまね》からんと欲《ほっ》す
軽寒《けいかん》　軽暖《けいだん》　雨余《うよ》の天《てん》
世情《せいじょう》　解《かい》さず　幽情《ゆうじょう》の足《た》るを
酔倒《すいとう》す　黄公酒舎《こうこうしゅしゃ》の辺《あたり》

七言絶句。韻字、遍・天・辺（下平声一先）。
○滕生　江戸における如亭の年少の友人で修姓（中国風に漢字一字にした姓）を滕とした人物には篆刻家の中田粲堂《さんどう》がいるが、これに当たるかどうかは分からない。粲堂は安永元年（一七七二）生まれなので、如亭より九歳の年少。○御殿山　品川の東海寺の北にある小丘。海が見え、花見で賑わった行楽地。○軽寒軽暖　うすら寒さとほの暖かさ。元の黄庚《こうこう》の「修竹の宴に東園に客す」詩に、「春《はる》は在《あ》り軽寒軽暖《けいかんけいだん》の中《なか》」。○世情　世俗の人情。○幽情　心中の奥深い思い。○黄公酒舎　黄公酒壚に同じ。魏晋の時、竹林の七賢が集まって飲んだ酒屋。転じて、友人同士が集まって酒を酌み交わす居酒屋をいう。『聯珠詩格』巻十五に収める唐の陸亀蒙の「酒醒む」詩に、「酔倒《すいとう》す黄公《こうこう》の旧酒壚《きゅうしゅろ》」。

御殿山《ごてんやま》の辺りはまもなく一面の春景色。雨が上がって、うすら寒さとほの暖かさが交互に入れ替わる三寒四温の天候になった。世間の人は僕の心に鬱積している思いを理解してくれない。それで僕は酒をあおり、居酒屋の傍らで酔いつぶれてしまうのだ。

◇結句の「酔倒す」の主語を「滕生」と解することも可能だが、「酔倒す」の主語を作者如亭として解釈した。

29　木工集

4

洗竹

階前減翠延風月
却喜漁竿剰幾枝

竹《たけ》を洗《す》かす
階前《かいぜん》　翠《みどり》を減《げん》じて風月《ふうげつ》を延《ひ》く
却《かえ》つて喜《よろこ》ぶ　漁竿《ぎょかん》　幾枝《いくし》を剰《あま》すを

記　得　去　年　端　午　後
扶　君　酔　向　晩　涼　移

記《き》得《とく》す　去年端午《きょねんたんご》の後《のち》
君《きみ》が酔《よ》ひを扶《たす》けて晩涼《ばんりょう》に向《お》いて移《うつ》せしを

七言絶句。韻字、枝・移（上平声四支）。
○洗竹　竹の茂った枝を剪り取る。　○延風月　宋の周必大の「使臣周允《ししんしゅういん》の平園老叟《へいえんろうそう》の真《しん》を松竹亀《しょうちくき》鶴《かく》の間《かん》に写《うつ》すに戯《たわむ》れに賛《さん》す」詩に、「松《まつ》は以《もっ》て霜雪《そうせつ》に傲《おご》る可《べ》く、竹《たけ》は以《もっ》て風月《ふうげつ》を延《ひ》く可《べ》し」。　○漁竿　釣竿《つりざお》。剪り取った竹の枝を釣竿にすることをいう。　○端午　五月五日。　○君酔　陰暦五月十三日は竹酔日《ちくすいじつ》と称され、竹を植えるのに良い日とされた。「君」は竹を指しているが、晋の王徽之《おうきし》が竹を愛して「此君」と言った故事に拠る。

庭に下りる石段の前に植えてある竹の翠の枝を剪って、風や月の光の通りをよくした。この作業でかえって何本かの釣竿を手に入れたことが喜ばしい。去年の端午の節句の後、竹酔《ちくすい》の日の夕暮れ時に、涼風に吹かれながら君《たけ》をここに移植したのが思い出される。

5　冬夜即事
奇　句　捜　来　喜　不　禁

冬夜《とうや》即事《そくじ》
奇句《きく》　捜《さが》し来《きた》つて喜《よろこ》び禁《た》へず

衝寒欲写脱重衾
隔街時識頭陀過
連声念仏暁雲深

寒《かん》を衝《つ》きて写《うつ》さんと欲《ほっ》し　重衾《ちょうきん》を脱《だっ》す
街《まち》を隔《へだ》てて時《とき》に識《し》る　頭陀《ずだ》の過《す》ぐるを
連声《れんせい》　念仏《ねんぶつ》す　暁雲《ぎょううん》の深《ふか》きに

七言絶句。韻字、禁・衾・深（下平声十二侵）。
○即事　多く詩題に用いる語で、その時の事柄を題材とする詩。○重衾　二重に重ねた夜具。○宋の陸游の「除夜の雪」詩に、「只《た》だ怪《あや》しむ重衾《ちょうきん》の寒《かん》を禦《ふせ》がざるを」。○頭陀　托鉢修行の僧侶。○連声　声を合わせる。唱和する。

素晴らしい詩句を探し得て喜びに堪えず、寒さを侵して書き写そうと、重ねた夜着から脱け出る。ちょうどその時、夜明け時の垂れ込めた雲の下、通りを隔てた向こうの町を、托鉢の僧侶たちが声を合わせて念仏を唱えながら通り過ぎてゆくのに気づいた。

6

桜花

幾陣春風青帝使

桜花《おうか》

幾陣《いくじん》の春風《しゅんぷう》　青帝《せいてい》の使《つかい》

来催野外破繁葩
芳根不許伝西土
特作東方第一花

来《きた》り催《うなが》す　野外《やがい》　繁葩《はんぱ》を破《やぶ》れと
芳根《ほうこん》　許《ゆる》さず　西土《さいど》に伝《つた》はるを
特《とく》に東方第一《とうほうだいいち》の花《はな》と作《な》す

七言絶句。韻字、葩・花（下平声六麻）。
○幾陣　「陣」は、途切れ途切れに押し寄せては去るようなものを数える語。　○青帝　春を司る神。
○繁葩　盛りの花。宋の文同の「山桜」詩に、「繁葩《はんぱ》浅紅《せんこう》を露《あら》はす」。　○芳根　美しい根。ここは桜の根をいう。　○東方第一花　『大和本草』巻十二に、「日本ニ昔ハ梅ヲ花ト云。中世以来桜ヲ花ト云。日本ニテ花ヲ賞スルニコレヲ第一トス」。なお唐の許渾《きよこん》の「客《きやく》の卜居《ぼくきよ》を遂《と》げず汧隴《けんろう》に薄遊《はくゆう》する有《あ》り、因《よ》つて題《だい》す」詩に、「落《お》ち尽《つく》す春風第一《しゆんぷうだいいち》の花《はな》」。

途切れ途切れに吹く春風は春の神さま青帝のお使いだ。野外で膨らみを見せている桜の数多《あまた》の蕾《つぼみ》を吹き破ろうとしているかのようだ。しかし、青帝はこの美しい桜の根が西方の土地に伝わるのを許さず、特別に東方の国日本の第一の花としたのだ。

◇如亭の盟友大窪詩仏は『詩聖堂詩話』（寛政十一年刊）の巻頭において、桜の詩の歴史を取り上げ、近年の桜の詩について触れて、「源栲亭《げんこうてい》・太田《おおた》玩鷗《がんおう》諸人の如き、各々其の詩有れども、亦た未だ称するに足らず。唯だ柏舒亭《はくじょてい》の絶句独り佳なり」と評し、如亭のこの詩の転句と結句を紹介している。但し、そこでは結句は「留作東方第一花（留めて東方第一の花と作す）」となっており、小異がある。

7

元是六宮推一人
三千笑不及君顰
淡粧軽抹天成質
誰道桃花占断春
　白敏中桃花詩占断春光
　是此花

元是《もとこ》れ六宮《りくきゅう》　一人《いちにん》を推《お》す
三千《さんぜん》の笑《わらい》は君《きみ》が顰《ひそみ》に及《およ》ばず
淡粧軽抹《たんしょうけいまつ》　天成《てんせい》の質《しつ》
誰《たれ》か道《い》ふ　桃花《とうか》　春《はる》を占断《せんだん》すと
　白敏中《はくびんちゅう》の桃花《とうか》の詩《し》に、「春光《しゅんこう》を
　占断《せんだん》するは是《こ》れ此《こ》の花《はな》」。

七言絶句。韻字、人・顰・春（上平声十一真）。
〇六宮　皇后の住む六つの宮殿。後宮をいう。唐の白居易の「長恨歌」に楊貴妃を描いて、「眸《ひとみ》を廻《めぐ》らして一《ひと》たび笑《わら》へば百媚《ひゃくび》生《しょう》じ、六宮《りくきゅう》の粉黛《ふんたい》顔色《がんしょく》無《な》し」。〇三千　後宮の女性たちの数。白居易の「長恨歌」に、「後宮《こうきゅう》の華麗《かれい》三千人《さんぜんにん》、三千《さんぜん》の寵愛《ちょうあい》一身《いっしん》に在《あ》り」。〇顰　眉を顰めること。ここは桜の花の憂いを含んだ美しさの形容。越の美女西施が胸の病のために眉を顰めたが、その姿がまた美しかったという故事を踏まえている。〇淡粧軽抹　薄化粧。宋の蘇軾の「湖上《こじょう》に飲《うたげ》せしが初《はじ》めは晴《は》れ後《のち》は雨《あめ》ふれり二首《にしゅ》」詩その二の、「西湖《せいこ》を把《と》つて西子《せいし》に比《ひ》せんと欲《ほっ》すれば、淡粧濃抹《たんしょうのうまつ》総《す》べて相宜《あいよろ》し」を意識した表現。○占断　独占する。○白敏中　唐の長慶年間の進士。白居易の従弟。但し、この詩句は『全唐詩』には見られない。この詩句は『全宋詩』に、太宗の太平興国五年の進士向敏中《しょうびんちゅう》の七言絶句「桃花」詩の結句として見えている。ここは宋の向敏中とすべきところを唐の白敏中と誤ったか。

もともと後宮ではたった一人の美女だけが推重されて、三千人の宮女の笑《え》みもその一人の美女の顰《ひそ》みには及ばなかったように、美女の顰みのような桜花の美しさには多くの春の艶《あで》やかな花々も及ばない。桜花の薄化粧のような美しさは天成のものだ。春の光を独占しているのは桃の花だなどと、いったい誰が言ったのであろうか。

8

雨訪淡浦翁途中即事

烟蓑雨笠泥藜杖
曲径平堤趁景経
野水無流緑一面
小蛙飛上密浮萍

雨《あめ》に淡浦翁《たんぽおう》を訪《と》ふ途中《とちゅう》の即事《そくじ》

烟蓑《えんさ》　雨笠《うりゅう》　泥藜杖《でいれいじょう》
曲径《きょくけい》　平堤《へいてい》　景《けい》を趁《お》ひて経《す》ぐ
野水《やすい》　流《なが》るること無《な》くして緑一面《みどりいちめん》
小蛙《しょうあ》　飛《と》び上《あ》がる　密浮萍《みつふひょう》

七言絶句。韻字、経・萍（下平声九青）。
○淡浦翁　未詳。詩の内容から推測するに、江戸郊外の向島辺りに隠棲していた老人か。○烟蓑雨笠　煙雨（霧雨）のなかで身につけている蓑と笠。宋の方岳の「春日雑興」詩に、「収《おさ》め得《え》たり烟《えん》蓑《さ》雨笠《うりゅう》の身《み》」。○藜杖　藜《あかざ》の茎で作った杖。粗末だが軽い杖。○野水　野川。○密浮萍　びっしりと隙間なく生えている浮草。

煙るような雨のなか蓑笠《みのかさ》をつけ、泥濘《ぬかるみ》に杖を曳いて、曲がりくねった小道や平らに続く土手の上を、景色を見ながら歩いてゆく。野中の流れは一面の緑に覆われて見えないが、小さな蛙が密生する浮草の上に跳び上がった。

9

隔水疎鐘飯後撞
濃烟罩却暗長江
白飛時印青青立
一様新秧鷺一双

水《みず》を隔《へだ》つる疎鐘《そしょう》　飯後《はんご》に撞《つ》く
濃烟《のうえん》　罩却《とうきゃく》して　長江《ちょうこう》暗《くら》し
白《しろ》飛《と》びて　時《とき》に青青《せいせい》に印《いん》して立《た》つ
一様《いちよう》の新秧《しんおう》　鷺一双《さぎいっそう》

七言絶句。韻字、撞・江・双（上平声三江）。
○疎鐘飯後撞　宋の方岳の「徐宰《じょさい》の珠渓《しゅけい》に集《つど》ふに次韻す」詩に、「僧《そう》は須《もち》ひず飯後《はんご》の鐘《かね》を敲《たた》くを」。
○罩却　包み込む。籠める。○長江　長く流れる川。ここは大川《おおかわ》（隅田川）を指すか。○青青　草の青々と茂っているさま。○新秧　植えたばかりの稲の苗。

夕食後に撞く疎《まば》らな鐘の音が川向こうから聞こえてくる。濃い靄《もや》が立ち込めて大川《おおかわ》の川面は見えない。その時、白いものが飛んできて青々とした処にまるで印《いん》を押したかのように立った。苗を植えたばかりの一面の稲田に、つがいの鷺が降り立ったのである。

10

和菅伯美将赴野火留邑
見別之作
句至窮愁清且新
相思自此寄来頻
天公欲試君詩巧
配所還為見月人

菅伯美《かんはくび》の将《まさ》に野火留邑《のびどめむら》に赴《おもむ》かんとし
別《わか》れらるるの作《さく》に和《わ》す
句《く》は窮愁《きゆうしゆう》に至《いた》つて清《きよ》く且《か》つ新《あら》たなり
相思《そうし》　此自《これよ》り寄《よ》せ来《きた》ること頻《しき》りならん
天公《てんこう》　君《きみ》が詩《し》の巧《たく》みなるを試《こころ》みんと欲《ほつ》して
配所《はいしよ》　還《かえ》つて月《つき》を見《み》る人《ひと》と為《な》す

七言絶句。韻字、新・頻・人（上平声十一真）。
○和　詩を唱和する。　○菅伯美　高崎藩士で如亭と同じく江湖詩社の詩人でもあった菅谷帰雲（一七五七～一八二三）。名を清成、字を伯美、号を帰雲。藩主の勘気を蒙り、寛政二年（一七九〇）に武蔵国野火止村に左遷された。　○野火留邑　現、埼玉県新座市野火止。高崎藩の飛地があり、平林寺に陣屋が置かれていた。伯美はその陣屋の役人に左遷されたのである。　○窮愁　困窮の愁い。　○清且新　伯美や如亭の参加した江湖詩社の詩人たちは、性霊説の詩論を奉じ、清新な詩を詠もうと心がけた。　○相思　相手のことを思う。　○天公　天帝。人の運命を司る天の主宰者。宋の陸游の「小雨」詩に、「天公分付《てんこうぶんぷ》して詩人《しじん》に与《あた》ふ」。　○配所　罪人が配流される場所。『古事談』などによると、源中納言顕基は罪を得て辺鄙な土地に島流しにされるのではなく、「罪なくして配所の月をみむ」すなわち罪のない身でそうした辺鄙な土地に赴いて月を眺めたい、それこそ風流の極致だと言ったという。ここには、おそらくこうした故事が踏まえられていよう。

詩句は困窮の愁いによって清新なものになる。ですから、これからは私のことを思い出して、あなたは頻繁に詩を寄せてくるようになるでしょう。天帝はあなたの詩の巧みさを試そうとして、かえってあなたを配流の地で月を眺める人にしたのです。

◇菅伯美の『帰雲山房絶句鈔』（文化十三年刊）には、「庚戌四《こうじゅつし》月十九日《がつじゅうくにち》、将《まさ》に貶所《へんしょ》に赴《おもむ》かんとす、発期《はっき》は夕《ゆうべ》に在《あ》り。懐《おも》ひを写《うつ》す」と題して、「征袍着《せいほうき》るに嬾《ものう》くして涙龍鍾《なみだりょうしょう》、強《し》て江涯《こうがい》に立《た》ちて痩容《そうよう》を観《み》る、都下《とか》の風煙今一日《ふうえんいまいちにち》、愁《うれ》へ聞《き》く浅草午時《せんそうごじ》の鐘《かね》」という七言絶句を収める。如亭はこの詩に唱和したのかもしれない。

11

中秋作

水精毬脱雲羅転
七宝丸離海匣遷
金屋茆堂無別照
三千世界一明前

中秋《ちゅうしゅう》の作《さく》

水精《すいしょう》の毬《まり》は雲羅《うんら》を脱《だっ》して転《てん》じ
七宝《しっぽう》の丸《まる》は海匣《かいこう》を離《はな》れて遷《うつ》る
金屋《きんおく》　茆堂《ぼうどう》　別照無《べつしょうな》し
三千世《さんぜんせ》界《かい》　一明《いちめい》の前《まえ》

七言絶句。韻字、遷・前（下平声一先）。○水精毬　水晶製の球体。ここは月をいう。唐の姚合《ようごう》の「月に対《つき》ふ《むか》」詩に、「一片《いっぺん》の黒雲何処《こくうんいずこ》にか起《おこ》る、皐羅《そうら》籠却《ろうきゃく》す水精毬《すいしょうきゅう》」。○雲羅　空を覆う薄雲。○七宝丸　「七宝」は金・銀・瑠璃などの七つの宝。ここは美しく輝く月を宝玉に擬《なぞら》えた表現。○海匣　海を宝石箱に擬えた言い方。○金屋　立派な建物。○茆堂　粗末な建物。○三千世界　もと仏語だが、ここは広い世界の意。宋の楊万里の「陳蹇叔郎中《ちんけんしゅくろうちゅう》の乙巳上元晴和《いつしじょうげんせいわ》に和《わ》す」詩に、「三千世界月明《さんぜんせかいげつめい》の中《なか》」。

まるで水晶の毬《まり》が薄雲から脱け出して転がるかのように、あるいはまた丸い宝石が海という宝石箱を離れて遷っていくかのように、中秋の満月が夜空をのぼっていく。立派なお屋敷も、茅葺《かやぶ》きのあばら屋も、皆な同じように満月に照らされて、この広い世界が一つの明かりの前に現われ出る。

12

戯贈

仙花本不人間種
占断芬芳逞媚姿
悩殺多情逐春蝶
香風暖処着猫児

戯《たわむ》れに贈《おく》る

仙花《せんか》は本《も》と人間《じんかん》の種《たね》ならず
芬芳《ふんぽう》を占断《せんだん》して媚姿《びし》を逞《たくま》しうす
多情《たじょう》の春《はる》を逐《お》ふ蝶《ちょう》を悩殺《のうさつ》して
香風暖《こうふうあたた》かき処《ところ》　猫児《びょうじ》を着《つ》く

七言絶句。韻字、姿・児（上平声四支）。
○仙花　仙人世界の花。ここは遊里吉原の遊女をいう。○占断　独り占めする。○芬芳　良い匂い。○悩殺　心をかき乱す。○多情　浮気心。移り気。○蝶　女を追いかける男の比喩でもある。○猫児　猫。「児」は小さなもの、可愛いものに付ける接尾辞。寛政年間頃の吉原では、「猫」は情人また色男を表わす言葉として流行した。

仙界の花とでもいうべき遊女はもともと人間世界のものではない。良い匂いを独り占めし、艶《あで》やかな姿をこれ見よがしにひけらかす。春色を追いかける浮気な蝶《おとこ》たちの心を悩ませながら、良い香りのする風が吹く暖かな処に、猫《いろおとこ》を招き寄せている。

13

春興

遇花無酒又無銭
坐着南簷尽日眠
識得群児閙街口
風中紙破落庭鳶

春興《しゆんきよう》

花《はな》に遇《あ》ひて　酒無《さけな》く又《ま》た銭無《ぜにな》し
南簷《なんえん》に坐着《ざちやく》して尽日眠《じんじつねむ》る
識《し》り得《え》たり　群児《ぐんじ》の街口《がいこう》を閙《さわが》すを
風中《ふうちゆう》　紙破《かみやぶ》れて　庭《にわ》に落《お》つる鳶《とび》

七言絶句。韻字、銭・眠・鳶（下平声一先）。

○春興　春の興趣。○南簷　南向きの軒《のき》。○街口　表通りの十字路。○鳶「紙鳶」すなわち凧《たこ》をいう。宋の陸游の「村童の渓上に戯るるを観る」詩に、「紙鳶《しえんばつこ》跋扈して風《かぜ》を挟《はさ》みて鳴《な》る」。

花見時になって酒も無く、おまけに金も無いので、南向きの軒端《のきば》に坐ったまま一日中眠っている。

風に吹き破られた紙鳶《たこ》が我が家の庭に落ちてきた。それで、子供たちが表通りの十字路で騒いでいるわけが分かった。

14

訪文魚

桃花三月趁鶯啼
不訪桃花訪柳栖
風送潮頭波漾漾
夕陽楼在櫓声西

文魚《ぶんぎょ》を訪《と》ふ

桃花《とうか》　三月《さんがつ》　鶯啼《おうてい》を趁《お》ひて
桃花《とうか》を訪《と》はず　柳栖《りゅうせい》を訪《と》ふ
風《かぜ》は潮頭《ちょうとう》を送《おく》りて　波漾漾《なみようよう》
夕陽《せきよう》の楼《ろう》は櫓声《ろせい》の西《にし》に在《あ》り

七言絶句。韻字、啼・栖・西（上平声八斉）。
○文魚　幕府の足代方御用達《あしろかたごようたし》を務めた町人大和屋太郎次の表徳《ひょうとく》（遊所での通名）。享保十五年（一七三〇）～寛政十二年（一八〇〇）。蔵前に住んだ。遊里で豪遊した十八大通の一人に数えられたが、豪遊のため後に破産したという。○鶯啼　鶯の鳴き声。○柳栖　柳の植えてある住居。ここは文魚の別荘をいうか。○潮頭　沖の方からさしてくる潮の波頭。○漾漾　揺れ動くさま。○櫓声　櫓を漕ぐ音。宋の張耒《ちょうらい》の「秋日海州《しゅうじつかいしゅう》の乗槎亭《じょうさてい》に登《のぼ》る」詩に、「潮《しお》を趁《お》ひて帰去《ききょ》する櫓声《ろせい》忙《いそが》し」。

桃の花が爛漫と咲く春三月、鶯の鳴き声を追いかけて、桃の花ではなく、柳の植えてあるあなたの住まいを訪ねる。海の上を吹き渡ってくる春風は波頭《なみがしら》を送って水面を揺り動かしているが、水の上を伝わって聞こえてくる櫓の音よりも西に、あなたの住まいの高殿が夕陽に照らされて建っている。

15　夕落花　和歌題

残点紅粧尚媚姿
多情惜別故如痴
風刀向晩更厳酷
幻出女兵違令時

夕《ゆうべ》の落花《らっか》　和歌題《わかだい》
残点《ざんてん》の紅粧《こうしょう》　尚《な》ほ媚姿《びし》
多情《たじょう》　別《わか》れを惜《お》しんで故《ことさ》らに痴《ち》なるが如《ごと》し
風刀《ふうとう》　晩《ばん》に向《むか》ひて更《さら》に厳酷《げんこく》
幻《まどわ》し出《いだ》す　女兵《じょへい》の令《れい》に違《たが》ふ時《とき》

七言絶句。韻字、姿・痴・時（上平声四支）。
○和歌題　和歌を詠む時の題。ここはそれを用いて詠んだ詩。例えば室町時代の歌人飛鳥井雅世に「夕落花」の題で「山風の限りのみかは散るを惜しみ暮るるをしたふ花の木かげは」（『宋雅集』）などがある。○紅粧　女性の化粧。紅色を多く用いるので、こういう。○多情　情が深い。○風刀　刀のように身を切る寒風。○厳酷　残酷。○幻出　幻のようにぼんやりと現わし出す。○女兵　女性の兵士。唐の玄宗皇帝が侍女を二組に分けて花の枝で戦わせたという花軍《はないくさ》の故事を意識する。

紅《べに》の化粧が点々と剝げ残っているかのように、枝には花が散り残ってまだ艶《なま》めかしい姿をとどめている。深情けの花たちは、とりわけ未練がましく春との別れを惜しんでいるかのようだ。しかし、鋭い刀のような寒風は夕暮れ時になるといっそう残酷に吹きつけるであろう。そうなれば、残りの花も散り尽くして、まるで女の兵士が軍令に違反して処刑される時のような姿を、幻のように現わすことになろう。

16

弘福寺小池分韻

応為喧声害誦経
追蛙網取満池萍
殺風景裏清詩料
倩得閑松静竹青

弘福寺《こうふくじ》の小池《しょうち》、韻《いん》を分《わか》つ
応《まさ》に喧声《けんせい》の誦経《ずきょう》を害《がい》するが為《ため》なるべし
蛙《かえる》を追《お》ひて網取《もうしゅ》す　満池《まんち》の萍《うきくさ》
殺風景裏《さっぷうけいり》　清詩料《せいしりょう》
閑松静竹《かんしょうせいちく》を倩《やと》ひ得《え》て青《あお》し

七言絶句。韻字、経・萍・青（下平声九青）。

〇弘福寺　現在、東京都墨田区向島にある黄檗《おうばく》派の禅寺。牛頭山弘福寺。如亭は二十九歳の寛政三年(一七九一)八月一日に、白居易を祭る香山詩社をこの寺で開いた。○分韻　詩会などでそれぞれが韻字を分担して詩を詠むこと。○萍　浮草。○殺風景　風雅の趣のない景色。興醒めな風景。○倩　人に代理を頼む。雇う。

うるさい鳴き声が誦経を邪魔するためであろうか、寺では蛙を追い払い、池いっぱいの浮草を網で取り除いてしまった。しかし、興醒めになったこの景色の中に、かえって清らかな詩の材料が生まれることになった。閑《しず》かな佇まいを見せる松や竹の葉の青さをしばらく借り映して、池は青々とした水面を見せている。

17

題山水図
一領公衣俗了人
何年得買碧山春
此中還恨廬佳処
不洗心愁万斛塵

山水図《さんすいず》に題《だい》す
一領《いちりょう》の公衣《こうい》　人《ひと》を俗了《ぞくりょう》す
何《いず》れの年《とし》か　買《か》ふことを得《え》ん　碧山《へきざん》の春《はる》
此《こ》の中《なか》　還《かえ》つて恨《うら》む　佳処《かしょ》に廬《いおり》して
心愁《しんしゅう》　万斛《ばんこく》の塵《ちり》を洗《あら》はざるを

七言絶句。韻字、人・春・塵(上平声十一真)。

○一領　ひと揃い。○公衣　役人の着る衣服。○俗了　卑俗にしてしまう。宋の方岳の「梅花」詩に、「梅有《うめあ》りて雪無《ゆきな》ければ精神《せいしん》ならず、雪有《ゆきあ》りて詩無《しな》ければ人《ひと》を俗了《ぞくりょう》す」とあり、この詩を収める『訳注聯珠詩格』において、如亭は「俗了《やぼにな》る」という訳注を付している。○碧山　深緑の山。唐の李白の「山中問答」詩に、「余《よ》に問《と》ふ何《なん》の意《い》ぞ碧山《へきざん》に棲《す》むと」とあり、この詩を収める『訳注聯珠詩格』において、如亭は「碧山《やまおく》」という訳注を付している。○万斛塵　非常に多くの俗塵。

一着の役人の衣服は人を俗っぽくしてしまうものだ。いったい何年《いっ》になったらこの画に描かれるような深い緑に覆われた奥山の春を手に入れることができるのだろう。この画のような素晴らしい場所に隠遁して、心中の愁いや大量の俗塵を洗い落とすことをしてこなかったということが、振り返ってみると恨めしく思われる。

18

早秋病起呈藤翁
恵風恩雨一涼新
秋気呼醒伏枕人
牀畔抛書躍然起
城中好暫逐紅塵

早秋病起《そうしゅうびょうき》、藤翁《とうおう》に呈《てい》す
恵風恩雨《けいふうおんう》　一涼《いちりょう》新《あら》たなり
秋気《しゅうき》　呼《よ》び醒《さ》ます　伏枕《ふくちん》の人《ひと》
牀畔《しょうはん》　書《しょ》を抛《なげう》ちて躍然《やくぜん》として起《た》つ
城中《じょうちゅう》　好《よ》し　暫《しばら》く紅塵《こうじん》を逐《お》はん

七言絶句。韻字、新・人・塵（上平声十一真）。○病起　病気から起き上がる。○藤翁　未詳。○伏枕　長く病床に横たわること。○牀畔　寝床の傍ら。○躍然　勢いのよいさま。○暫　しばらく。暫に同じ。○紅塵　賑やかな町の道路に舞い上がる土ぼこり。

恵みの風が吹き、恩《めぐ》みの雨が降って、新たな涼しさが到来し、秋の気配が病気の私を生き返らせてくれた。寝床の傍らに書物を抛《ほう》り出して勢いよく起き上がり、さあ、しばらく町の雑踏の中に繰り出すことにしよう。

19

自遣

曾在昏昏酔夢間
醒来始省此心閑
此心閑処還真隠
不羨離塵向碧山

自《みずか》ら遣《や》る

曾《かつ》て昏昏《こんこん》たる酔夢《すいむ》の間《かん》に在《あ》りき
醒《さ》め来《きた》つて始《はじ》めて省《せい》す　此《こ》の心《こころ》の閑《かん》なるを
此《こ》の心《こころ》の閑《かん》なる処《ところ》　還《かえ》つて真隠《しんいん》
羨《うらや》まず　塵《ちり》を離《はな》れて碧山《へきざん》に向《むか》ふを

七言絶句。韻字、間・閑・山（上平声十五刪）。

○自遣　自己の内部にある思いを晴らす。○昏昏　うつらうつらするさま。○酔夢　酒に酔って、見る夢。唐の李渉《りしょう》の「鶴林寺《かくりんじ》に題《だい》す」詩に「終日昏昏酔夢《しゅうじつこんこんすいむ》の間《かん》」とあり、この詩を収める『訳注聯珠詩格』において、如亭は「終日昏々《ひがないちにちまつくらになつ》て酔夢間《ゆめすけでゐるうち》に」と訳注を付けている。○省　かえりみる。○真隠　本当の隠逸の境地。○碧山　詩17の語注参照。

かつて酔い心地のうちに夢を見てうつらうつらしていた。夢から醒めて始めて我が心の閑寂なことに気づいた。この心の閑寂な処にかえって本当の隠者の境地があるのだ。だから、俗塵を離れて緑濃い奥山に向かうのを羨むのはやめにしよう。

20

晩景

彩霞西抹尋詩立
堤草緑多過雨餘
招得王孫欲何去
昌平橋上売軽輿

晩景《ばんけい》

彩霞《さいか》　西《にし》に抹《まつ》するとき　詩《し》を尋《たず》ねて立《た》つ
堤草《ていそう》　緑多《みどりおお》し　過雨《かう》の余《よ》
王孫《おうそん》を招《まね》き得《え》て何《いず》くにか去《さ》らんと欲《ほっ》す
昌平橋上《しょうへいきょうじょう》　軽輿《けいよ》を売《う》る

七言絶句。韻字、餘・輿(上平声六魚)。

○晩景　夕暮れ時の景色。○彩霞　美しい夕焼け。○抹　刷毛《はけ》などでさっと色を塗る。○王孫　貴公子。良家の息子。○何去　疑問の言い方だが、言外に遊里吉原に向かうことを暗示する。○昌平橋　湯島聖堂の東南、神田川に架かる橋。孔子を祭る聖堂に近いので、孔子の郷里昌平郷に因《ちな》んで名付けられた。○軽輿　辻待ちの駕籠に使われる手軽な四手《よつで》駕籠。六如《りくにょ》の『葛原詩話』巻四に、「此ノ方三ケノ津、スベテ繁華ノ土地ニハ、辻駕籠ト云モノアリテ、人ヲ載スルナリ。明ノ程敏政《ていびんせい》西湖聯句ノ結句ニ、「遊ビ倦ミテ愁フルコト莫レ帰路ノ遠キヲ、湧金門外《ゆうきんもんがい》軽輿有リ」ト作ル。語勢ヲ考フルニ辻カゴノコトナリ」と解説する。

美しい夕焼けが西の空に現われた時、私は詩を詠もうとして佇んでいた。通り雨の過ぎた後、土手の草の緑はいっそう濃くなったようだ。昌平橋の畔《たもと》で客引きをしている辻駕籠の人足は、羽振りのよさそうな坊ちゃんたちに声を掛けて、いったいどこに行こうとしているのだろうか。

21

送人帰奥兼呈源仲旋
人《ひと》の奥《おく》に帰《かえ》るを送《おく》り、兼《か》ねて源仲旋《げんちゅうせん》に呈《てい》す

秋色深時曳杖初
秋色深《しゅうしょくふか》き時《とき》　杖《つえ》を曳《ひ》く初《はじめ》

錦林攀尽向郷閭
諸侯三百都門第
不直故人松島廬

錦林《きんりん》　攀《よ》ぢ尽《つ》くして　郷閭《きょうりょ》に向《む》かふ
諸侯三百《しょこうさんびゃく》　都門《ともん》の第《だい》
故人《こじん》　松島《まつしま》の廬《いおり》に直《あた》らず

七言絶句。韻字、初・閭・廬（上平声六魚）。
○奥　奥州。陸奥国。○源仲旋　塩竈神社（現、宮城県塩竈市にある）の神官藤塚知周。源は修姓。仲旋は字。江戸に遊学して市河寛斎に学んだことがあり、如亭とも交友関係があった。○錦林　紅葉・黄葉で美しく色づいた林。○郷閭　故郷。○諸侯三百　諸侯は大名。江戸時代を通じて大名家の数は約三百だった。○都門第　藩の江戸屋敷。江戸藩邸。○松島　塩竈神社は松島湾を囲む入江の一つ千賀浦《ちがのうら》（塩釜湾）の丘の上に鎮座する。

秋景色が深まった時、あなたは杖を曳いて旅立ち、紅葉した林を満喫しながら故里に向かおうとしている。ここ江戸には三百諸侯の立派なお屋敷があるが、景勝地松島に住む旧友源仲旋君よ、君の庵ほど素晴らしい住まいはないよ。

22

除夜　時読張潮虞初新志

独把虞初挑燭読
偸閑閉戸不相迎
路人何事摩肩去
十字街頭昼四更

除夜《じょや》　時《とき》に張潮《ちょうちょう》の虞初新志《ぐしょしんし》を読《よ》む
独《ひと》り虞初《ぐしょ》を把《と》りて　燭《ともしび》を挑《かか》げて読《よ》む
閑《かん》を偸《ぬす》み　戸《と》を閉《と》ぢて　相迎《あいむか》へず
路人《ろじん》　何事《なにごと》ぞ　肩《かた》を摩《す》り去《さ》る
十字街頭《じゅうじがいとう》　昼《ひる》　四更《しこう》

七言絶句。韻字、迎・更（下平声八庚）。
○張潮虞初新志　清の張潮編の小説集。二十巻。明末清初の随筆・雑記類から小説的な内容の文章を集めたもの。○挑燭　灯芯を掻き立てて灯火を明るくする。白居易の「長恨歌」に、「孤灯《ことう》挑《かか》げ尽《つく》して未《いま》だ眠《ねむ》りを成《な》さず」。○偸閑　『聯珠詩格』巻十「偸字を用ひる格」に収める宋の程顥《ていこう》の「偶成」詩に、「将《まさ》に謂《い》はんとす閑《かん》を偸《ぬす》みて少年《しょうねん》を学《まな》ぶ」。○閉戸　漢の孫敬はつねに戸を閉じて読書していたので、町の人から閉戸先生と呼ばれたという。○十字街頭　大通りの交差点。○昼四更　四更は夜の時間を五等分した、その四番目の時間帯、すなわち真夜中過ぎの時刻。それが昼のように賑やかだというのである。六如の『葛原詩話』巻四は「造語極メテ奇巧」なる表現として、宋の楊万里の「夏夜月下《かやげっか》の独酌《どくしゃく》」詩の「渓月昼三更《けいげつひるさんこう》」という詩句を挙げている。

閑暇を盗み、戸を閉め切って、客を迎えることもせず、独り『虞初新志《ぐしょしんし》』を手にとり灯火を明るくして読んでいる。道行く人はどうして肩を触れ合うようにして、雑踏を忙し気に通り過ぎてゆくのだろうか。今は真夜中過ぎなのに、大通りの十字路はまるで昼日中《ひるひなか》のようだ。

23

元旦枕上口号

街上囂囂到五更
暁来人定夢将成
行商隔戸連呼扇
聴取年頭第一声

元旦枕上《がんたんちんじょう》の口号《こうごう》

街上囂囂《がいじょうごうごう》として五更《ごこう》に到《いた》る
暁来《ぎょうらい》　人定《ひとさだ》まりて　夢《ゆめ》　将《まさ》に成《な》らんとす
行商《ぎょうしょう》　戸《と》を隔《へだ》てて連《しき》りに扇《おうぎ》と呼《よ》ぶ
聴取《ちょうしゅ》す　年頭《ねんとう》の第一声《だいいっせい》

七言絶句。韻字、更・成・声（下平声八庚）。
○枕上　寝床の上。○口号　詩を口ずさむこと。○囂囂　騒がしいさま。○五更　夜の時間を五等分した最後の時間帯。○暁来　夜明け方。○人定　人が寝静まること。○行商　江戸の町では、元旦の未明から行商人がお年玉用の扇を売り歩いた。

夜明けの直前まで大通りは騒がしかったが、明るくなると人も静まり、ようやく夢を結ぶようになった。年頭の第一声は何だろうかと耳を傾けると、戸外で行商人が「扇、扇」と連呼するのが聞こえてくる。

24

早春休日

雪霽街泥一尺深
家居自在擁綿衾
欠銭無酒呼春色
吟味新詩当点心

早春《そうしゆん》の休日《きゆうじつ》
雪霽《ゆきは》れて　街泥《がいでい》　一尺深《いつしやくふか》し
家居《かきよ》自在《じざい》に綿衾《めんきん》を擁《よう》す
銭《ぜに》を欠《か》きて　酒《さけ》の春色《しゆんしよく》を呼《よ》ぶ無《な》ければ
新詩《しんし》を吟味《ぎんみ》して点心《てんしん》に当《あ》つ

七言絶句。韻字、深・衾・心（下平声十二侵）。
○街泥一尺深　南宋の陸游の「除夕」詩に、「雪後泥《せつごどろ》は深《ふか》し一尺強《いつしやくきよう》」。○擁　抱きかかえる。○綿衾　木綿の上掛け布団。○春色　春らしい長閑《のど》かで目出度い気分。○吟味　詩を吟じて玩味する。○点心　間食のための茶菓子などをいう。

雪はやんだが街路の泥濘《ぬかるみ》は一尺もの深さになった。今日は家に居て木綿の上掛けにくるまれて気ままに過ごしている。金が無いので酒を買って春めいた気分になることもできず、出来たばかりの詩を吟味して茶菓子がわりにしている。

25

漫書

失脚当年落世塵
塵中苦恋洞中春
看過百歳三分一
叵耐風霜老得人

漫《まん》に書《しょ》す
脚《あし》を失《しっ》して　当年《とうねん》　世塵《せじん》に落《お》つ
塵中《じんちゅう》　苦恋《くれん》す　洞中《どうちゅう》の春《はる》
看々過《みるみるす》ぐ　百歳三分《ひゃくさいさんぶん》の一《いち》
耐《た》へ叵《がた》し　風霜《ふうそう》の人《ひと》を老得《ろうとく》するに

七言絶句。韻字、塵・春・人（上平声十一真）。
○漫書　とりとめもなく書く。○当年　往年。昔年。○世塵　世俗の塵。俗世間。人間世界。
○苦恋　しきりに恋しがる。○洞中春　洞穴の中の春。仙界の春。洞穴は仙人の住む所。あるいは、ここは如亭らしく「洞房の春」すなわち遊里の温柔郷をいうのかもしれない。○百歳三分一　白居易の「花下《かか》に自《みずか》ら酒《さけ》を勧《すす》む」詩に、「言《い》ふ莫《なか》れ三十是《さんじゅうこ》れ年少《ねんしょう》と、百歳三分《ひゃくさいさんぶん》して已《すで》に一分《いちぶん》」。○叵耐　耐え難い。○風霜　年月、また困難苦辛の喩え。

私はその昔失脚して、仙界から世俗の塵の中に落ちてしまった人間だ。俗塵にまみれて、かつて住んだ洞穴の春をしきりに恋しく思ってきたが、みるみるうちに百年の三分の一が過ぎた。年月が人を老いさせてしまうということには、耐え難いものがある。

26

奉寄寛斎先生

健竹軽携山又水
公餘趁景役唫魂
老天本与詩為地
招得河翁住一番

寛斎先生《かんさいせんせい》に寄《よ》せ奉《たてまつ》る

健竹《けんちく》 軽《かる》く携《たずさ》ふ 山《やま》又た水《みず》
公余《こうよ》 景《けい》を趁《お》ひて唫魂《ぎんこん》を役《えき》せん
老天《ろうてん》 本《も》と詩《し》と地《ち》を為《な》す
河翁《かおう》を招《まね》き得《え》て住《じゅう》せしむること一番《いちばん》

七言絶句。韻字、魂・番（上平声十三元）。
○寛斎先生　市河寛斎。序文の語注参照。　○健竹　丈夫な竹の杖。　○公餘　公務の余暇。この頃、寛斎は富山藩儒となり、隔年、富山に赴任していた。　○唫魂　詩人の魂。詩魂。　○老天　天に対して敬愛の意を込めた呼称。宋の方岳の「茘子《れいし》を方蒙仲《ほうもうちゅう》に送《おく》る」詩に、「老天《ろうてん》は詩《し》と地《ち》を為《な》さず、却《かえ》つて欠《か》く閩中《びんちゅう》に住《じゅう》せしむること一番《いちばん》」。　○一番　一度。一回。

寛斎先生は丈夫な竹の杖を軽々と携えて山水を満喫なさっている。公務の余暇に好い風景を求め、詩魂を働かせていらっしゃるのであろう。天はもともと詩とは相性が良く、寛斎翁を招いて一度《ひとたび》この世界に住まわせたのである。

27　宮詞

金鴨香銷月影移
銀釭背坐思如絲
多情為覓和歌料
鉤上珠簾待子規

宮詞《きゅうし》
金鴨《きんおう》　香銷《こうしょう》して　月影移《げつえいうつ》る
銀釭《ぎんこう》に背坐《はいざ》して　思《おも》ひは糸《いと》の如《ごと》し
多情《たじょう》　和歌《わか》の料《りょう》を覓《もと》むるが為《ため》に
珠簾《しゅれん》を鉤上《こうじょう》して子規《しき》を待《ま》つ

七言絶句。韻字、移・絲・規（上平声四支）。
○宮詞　後宮のことを主題にして詠む詩。○金鴨　金鍍金《めっき》をした鴨の形をした香炉。○銀釭　燭台、あるいは灯火。『聯珠詩格』巻十四に収める唐の施肩吾の「戎婦《じゅふ》の詞」に、「半落《はんらく》の銀釭午夜《ぎんこうごや》闌《たけなわ》なり」。○鉤上　巻き上げて鉤《かぎ》で留める。○珠簾　簾《すだれ》の美称。○子規　ほととぎす。和歌の世界では、『古今集』の恋の歌の巻頭に「ほととぎす鳴くや五月《さつき》の菖蒲草《あやめぐさ》あやめも知らぬ恋もするかな」（よみ人しらず）という歌が配され、夏の歌に「ほととぎす人まつ山に鳴くなれば我うちつけに恋ひまさりけり」（紀貫之）があるように、ほととぎすと恋情とは縁語関係にあった。

金の鴨形の香炉の香は消えて月も傾いた。灯火を背にして坐ると思いは糸のように乱れる。この深い恋心を歌に詠むために材料を探し求めようとして、簾を巻き上げて鉤《かぎ》で留め、ほととぎすの飛び過ぎるのを待っている。

28

夏初

買春銭尽子規初
緑樹漸深過雨餘
欲解新衣当新味
朝暾窓外売松魚

夏《なつ》の初《はじ》め

春《はる》を買《か》ひて銭《ぜに》尽《つ》く　子規《しき》の初《はじ》め
緑樹《りょくじゅ》　漸《ようや》く深《ふか》し　過雨《かう》の余《よ》
新衣《しんい》を解《と》いて新味《しんみ》に当《あ》てんと欲《ほっ》す
朝暾《ちょうとん》　窓外《そうがい》　松魚《しょうぎょ》を売《う》る

七言絶句。韻字、初・餘・魚（上平声六魚）。
○買春銭尽　六如の『葛原詩話』巻三に、「承平旧纂ニ、進士、第セザル者、親知酒肉ノ費ヲ供ス。買春銭ト号ス。……買春銭イカナル風流文字ゾ」。また宋の劉克荘の「季弟《きてい》の韻《いん》に和《わ》す二十首」詩に、「春《はる》を買《か》ひて楡銭《ゆせん》を費《ついや》すに過《す》ぎず」。○解新衣　新しい着物を脱ぐ。「新衣」は、四月一日に衣更えしたばかりの新しい着物。『詩本草』第十七段に、「松魚は即ち葛貲屋《かつお》、吾が郷の一大奇品、四月初めて店に上れば、則ち満城競ひて之を賞し、其の価《あたい》異《い》宝《ほう》の如し。或《ある》いは之が為に相狂《あいきょう》して、衣を典《てん》し刀を脱して之を弁ずる者有るに至る」とあるように、江戸っ子は着物を質入れしても初鰹を食べようとした。○新味　季節のはしりの味。ここは初鰹を指す。○朝暾　朝日。

　ほととぎすが鳴き始めた時には、春の遊びに散財したため、金はもうなくなっていた。通り雨の後、木々の緑はようやく濃くなった。衣更えしたばかりの新しい着物を脱いで質入れし、はしりの美味を賞したいと思う。朝日の輝く窓の外では行商人が初鰹を売り歩いている。

29

即事

催呼童子剪園蔬
買得重来晩市魚
掃取衡茆欲迎客
西窓静撿挿花書

即事《そくじ》

童子《どうじ》を催呼《さいこ》して園蔬《えんそ》を剪《き》らしむ
買《か》ひ得《え》たり　重来《ちょうらい》　晩市《ばんし》の魚《うお》
衡茆《こうぼう》を掃取《そうしゅ》して客《きゃく》を迎《むか》へんと欲《ほっ》して
西窓《せいそう》　静《しず》かに撿《けん》す　花《はな》を挿《さしはさ》む書《しょ》

七言絶句。韻字、蔬・魚・書（上平声六魚）。
○即事　目前の事物を題材にして詠んだ詩。○催呼　呼び立てる。宋の陸游の「林亭書事」詩に、「稚子《ちし》を催呼《さいこ》して書《しょ》を曬《さら》すに忙《いそが》し」。○童子　子供の召使い。童僕。○園蔬　菜園の野菜。○重

来　重ねてやって来る。○晩市　夕方の市。○衡茆　冠木門《かぶきもん》と茅葺きの家。粗末な家。○西窓　夕陽の射す西向きの窓。○挿花書　花を挿んである手紙。

童僕を呼び立てて菜園の野菜を剪らせ、重ねて夕方の市に出かけて魚を買った。客を迎えようとして粗末な我が茅屋《ぼうおく》を掃除し、夕陽の射す西向きの窓辺で、その人が寄越した花の挿まれた手紙を静かに読み直している。

30

新居作

重盧旧地識君恩
素業相伝孫又孫
子弟何憂生活冷
一枚曲尺是田園

新居《しんきよ》の作《さく》

重《かさ》ねて旧地《きゆうち》に盧《いおり》して君恩《くんおん》を識《し》る
素業《そぎよう》　相伝《あいつた》ふ　孫《まご》又《ま》た孫《まご》
子弟《してい》　何《なん》ぞ憂《うれ》へん　生活《せいかつ》の冷《ひや》やかなるを
一枚《いちまい》の曲尺《きよくしやく》　是《こ》れ田園《でんえん》

七言絶句。韻字、恩・孫・園（上平声十三元）。

○旧地　もと居た土地に再び新居を構えて住むようになったというのだが、この頃如亭は何度か転居しており、旧地が具体的にどこを指すかは未詳。○君恩　主君の恩。柏木家は幕府の小普請方大工棟梁であるから、徳川将軍の恩ということになる。〇素業　家代々の仕事。〇曲尺　直角に曲がった金属製のものさし。大工道具の一つ。

再びもと居た土地に住むようになって君恩のありがたさを知った。代々の家業を子孫たちへ伝えていかねばならないと思う。我が家の子弟たちよ、貧しい生活をどうして憂える必要があろうか。家業の道具である一枚の曲尺こそ、我が家の生計を支える田園なのだ。

31

莫笑

莫笑江湖哀意思
江湖社友句清新
風流到底非官事
多少詩人半野人

笑《わら》ふこと莫《なか》れ

笑《わら》ふこと莫《なか》れ　江湖《こうこ》の哀意思《あいいし》
江湖《こうこ》の社友《しやゆう》　句《く》　清新《せいしん》
風流《ふうりゆう》　到底《とうてい》　官事《かんじ》に非《あら》ず
多少《たしよう》の詩人《しじん》　半《なか》ばは野人《やじん》

七言絶句。韻字、新・人（上平声十一真）。
〇江湖　一般的には世間の意であるが、ここは如亭が参加した江湖詩社の意にも用いる。江湖詩社は天明七年（一七八七）に昌平黌啓事役を辞職した市河寛斎が両国矢の倉に開いた詩社で、如亭のほか大窪詩仏・菊池五山・小島梅外などの詩人たちが参加し、江戸の詩壇に性霊派の清新な詩風をもたらした。○到底　つまるところ。畢竟。『聯珠詩格』巻七に収める宋の何応龍の「家に居る」詩に、「家《いえ》に居《お》るは到底官《とうていかん》に居《お》るに勝《まさ》れり」。○官事　役人仕事。○多少　多く。

笑ってくれるな、俗世間に生きている私の哀しい思いを。江湖詩社の社友たちの作る詩句は清新だ。作詩という風流韻事はつまるところ役人仕事とは相容れない。多くの詩人たちの半分は在野の人間ではないか。

32

石榴

妙舞名高新入内
軽盈未試曳飛霞
紅裙挂似焼衣桁
化作庭前五月花

石榴《ざくろ》

妙舞《みょうぶ》　名《な》高《たか》くして新《あら》たに入内《じゅだい》す
軽盈《けいえい》　未《いま》だ試《こころ》みられず　飛霞《ひか》を曳《ひ》くを
紅裙《こうくん》　挂《か》けて衣桁《いこう》を焼《や》くに似《に》たり
化《か》して庭前《ていぜん》五月《がっ》の花《はな》と作《な》る

七言絶句。韻字、霞・花（下平声六麻）。

○石榴　ザクロ科の落葉小高木。六、七月頃（陰暦五月頃）に紅い花を咲かせる。○入内　内裏《だいり》に入る。後宮に入る。○軽盈　女性の嫋《たお》やかな容姿。○飛霞　空に漂う紅い霞。○紅裙　紅い裳裾《もすそ》。
唐の万楚の「五日妓《いっかぎ》を観《み》る」詩に、「紅裙妬殺《こうくんとさつ》す石榴《ざくろ》の花《はな》」。○衣桁　衣紋掛《えもんか》け。○五月花　陰暦
五月に咲くザクロの花。宋の寇準《こうじゅん》の「頂山《ちょうざん》」詩に、「榴花《りゅうかご》五月《がつ》の天《てん》」。

舞いが巧みだという評判が高くて宮中に迎え入れられたが、紅い霞をたなびかせるような軽やかな舞いはまだ試されていない。舞いに用いる紅い裳裾《もすそ》が掛かる衣紋掛けはまるで燃えているようで、これが五月になると庭先に咲く紅い石榴の花になるのである。

33

夜雨

臥聞落葉撲柴関
連暁声声睡不閑
早起推窓知是雨
更青庭上小青山

夜雨《やう》

臥《ふ》して聞《き》く　落葉《らくよう》の柴関《さいかん》を撲《う》つを
暁《あかつき》に連《つらな》って　声声《せいせい》　睡閑《ねむりかん》ならず
早起《そうき》　窓《まど》を推《お》して　知《し》る是《こ》れ雨《あめ》なるを
更《さら》に青《あお》し　庭上《ていじょう》の小青山《しょうせいざん》

七言絶句。韻字、関・閑・山（上平声十五删）。
○柴関　柴で作った粗末な門。○更青　宋の楊万里の「冷水浦《れいすいほ》に泊《はく》す」詩に、「雨外《うがい》の青山更《せいざんさら》に青《あお》

き処《ところ》」。

横になったまま落葉が柴の戸に当たる音を耳にしていた。夜明け時までその音が続いて、安眠できなかった。早起きして窓を押し開けると、緑に覆われた庭の築山がひときわ青々としているので、その音が雨音だったことがわかった。

34

立春

晩来随例了郷儺
無意新題入酔哦
坐著剛知駆鬼緊
心頭誤走旧詩魔

立春《りつしゅん》

晩来《ばんらい》 例《れい》に随《したが》ひて郷儺《きようだ》を了《りよう》す
新題《しんだい》をもて酔哦《すいが》に入《い》るに意無《いな》し
坐著《ざちやく》 剛《まさ》に知《し》る 鬼《おに》を駆《か》るの緊《きび》しきにて
心頭《しんとう》 誤《あやま》りて走《はし》らす 旧詩魔《きゆうしま》

七言絶句。韻字、儺・哦・魔（下平声五歌）。
○晩来　夕暮れ時。「来」は助辞。○郷儺　追儺《ついな》の祭。ここは、節分の夜に豆を撒いて鬼を追い払う鬼やらいの行事。○新題　新しい詩題。○酔哦　酔って詩を口ずさむ。○坐著　坐る。○剛　まさしく。はっきりと。○心頭　心の中。○詩魔　作詩したいという気持を駆り立てる不思議な魔力。唐の白居易の「酔吟二首」詩に、「酒狂《しゅきょうま》又た詩魔《しま》の発《はっ》するを引《ひ》く」。
　夕暮れ時、恒例の鬼やらいの行事を終えた。ほろ酔い気分のなか新しい詩題で詩を詠もうなどというつもりはなかった。ところが腰を落ち着けると、節分の鬼をあまりに厳しく追い払ったために、心の中にもとから棲み着いていた詩魔を間違って走り回らせてしまったことに、はっきりと気づかされた。

35

奉呈北山先生
鉄肝石胆喜君知
何数世間軽薄児
無奈詩魔妨素志
逢人愧問吉原詞

北山先生《ほくざんせんせい》に奉呈《ほうてい》す
鉄肝《てっかん》　石胆《せきたん》　君《きみ》が知《し》るを喜《よろこ》ぶ
何《なん》ぞ数《かぞ》へん　世間《せけん》　軽薄《けいはく》の児《じ》
奈《いか》んともすること無《な》し　詩魔《しま》の素志《そし》を妨《さまた》ぐるを
人《ひと》に逢《あ》ひて問《と》はるるを愧《は》づ　吉原詞《よしわらし》

七言絶句。韻字、知・児・詞（上平声四支）。
○北山先生　山本北山（一七五二～一八一二）。天明三年（一七八三）に詩論書『作詩志彀《しこう》』を出版し、江戸詩壇に性霊説の詩論を紹介した。これが転機となって江戸の詩壇はそれまでの古文辞格調派の擬古主義の詩風から大きく転換していくことになった。〇鉄肝石胆　豪胆さ、またそれを具えた人物をいう。北山は孝経学者としても知られ、天明の飢饉に際しては窮民救済活動に立ち上がったり、寛政異学の禁に対しては反対の声を挙げるなど、気骨のある儒者としても知られていた。〇素志　日頃の志。本来の志。〇吉原詞　如亭が寛政年間の初年頃に遊里吉原での遊蕩生活をもとに作詩した竹枝《ちくし》詞《し》。もと三十首の連作であったが、後年に二十首に推敲・整理されたものが『詩本草』などに収められた。

豪胆なあなたの知遇を得たのは喜ばしいことですが、私ごとき俗世間の軽薄者など、あなたはまともには相手にしてくださらないでしょう。詩魔というものが志を妨げてしまうのを私はどうすることもできないのです。人に逢うと吉原詞《よしわらし》のことを問われるのですが、まことに慙愧《ざんき》に堪えません。

36

移居　以下七律

世業抛来万事休
悪詩羸病未能遒
往年句少今年句
近日憂多昔日憂

移居《いきょ》　以下七律

世業《せいぎょう》抛《なげう》ち来《きた》つて万事《ばんじ》休《きゅう》すれども
悪詩《あくし》羸病《るいびょう》は未《いま》だ遒《つく》ること能《あた》はず
往年《おうねん》の句《く》は今年《こんねん》の句《く》より少《すく》なく
近日《きんじつ》の憂《うれ》ひは昔日《せきじつ》の憂《うれ》ひより多《おお》し

欠客常寒烹茗鼎
命僮時喚打魚舟
天晴雨歇柴門寂
不聴人声只聴鳩

客《きゃく》を欠《か》いて常《つね》に寒《さむ》し　茗《ちゃ》を烹《に》る鼎《かなえ》
僮《どう》に命《めい》じて時《とき》に喚《よ》ばしむ　魚《うお》を打《う》つ舟《ふね》
天晴《てんは》れ　雨歇《あめや》みて　柴門寂《さいもんせき》たり
人声《じんせい》を聴《き》かず　只《た》だ鳩《はと》を聴《き》く

七言律詩。韻字、休・遒・憂・舟・鳩（下平声十一尤）。
○世業　家代々の仕事。○悪詩　下手な詩。唐の白居易の「田園に帰らんことを想ふ」詩に、「千《せん》首《しゅ》の悪詩《あくし》吟《ぎん》じて日《ひ》を過《す》ごす」。○羸病　痩せ衰えて病気になる。○遒　尽きる。終わりになる。
○鼎　金属などで造られた、ものを煮炊きする容器。○僮　下男。○打魚　網を打って魚を捕る。
○聴鳩　鳩は雨の降り始めや雨上がりによく鳴く。宋の方岳の「上巳顕親寺《じょうしけんしんじ》に遊《あそ》びて其《そ》の壁《かべ》に題《だい》す」詩に、「両岸対《りょうがんむか》ひて鳴《な》く晴雨《せいう》の鳩《はと》」。

先祖代々の家業を放棄してどうしようもなくなってしまったが、下手な詩と病弱な身体とは縁を切ることができない。詩作の数でいえば往年は今年より少なく、憂いは昔日より近日の方が多い。訪ねてくる客も無いので茶を煮る鼎はいつも寒々としており、時には網を打って魚を捕ろうと下男に命じて舟の用意をさせる。雨は止み空は晴れたが、我が家の柴門はひっそりとして人声《ことごえ》はせず、鳩の鳴き声を聴くばかりだ。

37

木端人新築土木竣工教予題之端人素好武以游俠自任而近日折節読書予不勝喜因贈以長句

於玉池辺移宅住
朝吟夜読碧紗中
衣生匣底伏蛟剣
弦断壁間除虎弓
錦褥膝穿排睡雨
花箋手裂喚酲風
自今多欲盛詩句
新剪琅玕換旧筒

木端人《ぼくたんじん》、新築《しんちく》の土木《どぼく》竣工《しゅんこう》し、予《よ》をして之《これ》に題《だい》せしむ。端人《たんじん》素《も》とより武《ぶ》を好《この》み、游俠《ゆうきょう》を以《もっ》て自任《じにん》す。而《しか》るに近日《きんじつ》、節《せっ》を折《お》りて書《しょ》を読《よ》む。予《よ》喜《よろこ》びに勝《た》へず、因《よ》つて贈《おく》るに長句《ちょうく》を以《もっ》てす

於《お》玉《たま》が池《いけ》の辺《あたり》　宅《たく》を移《うつ》して住《じゅう》す
朝《あさ》に吟《ぎん》じ　夜《よる》に読《よ》む　碧紗《へきさ》の中《なか》
衣《さび》は生《しょう》ず　匣底《こうてい》　蛟《みずち》を伏《ふく》せし剣《つるぎ》
弦《げん》は断《た》ゆ　壁間《へきかん》　虎《とら》を除《のぞ》きし弓《ゆみ》
錦褥《きんじょく》　膝《ひざ》は穿《うが》つ　睡《ねむり》を排《はい》する雨《あめ》
花箋《かせん》　手《て》は裂《さ》く　酲《よい》を喚《よ》ぶ風《かぜ》
今自《いまよ》り多《おお》く詩句《しく》を盛《も》らんと欲《ほっ》して
新《あら》たに琅玕《ろうかん》を剪《き》りて旧筒《きゅうとう》に換《か》ふ

七言律詩。韻字、中・弓・風・筒（上平声一東）。

○木端人　未詳。但し、大窪詩仏の『詩聖堂詩話』（寛政十一年刊）に、女流詩人として木端人の妻順姑《じゅんこ》の名前を挙げ、七言絶句五首を紹介する。○游俠　信義を重んじ、強きを挫き弱きを助けるという生き方、またそのような生き方をする人。男伊達《おとこだて》。○折節　主義を変える。○長句　ここは七言律詩をいう。○於玉池　江戸神田の地名。お玉が池という小さな池があった。○碧紗　緑色の薄絹。○衣生　「衣」は、表面を覆うものをいうことから、ここは錆《さび》が生ずることをいう。唐の姚合《ようごう》の「盧大夫将軍《ろたいふしょうぐん》に贈る」詩に、「剣《つるぎ》を抜《ぬ》いて衣《さび》の生《しょう》ずるを歎《なげ》く」。○匣底　箱の底。○伏蛟剣　蛟（龍の一種）を切り伏せた剣。○除虎弓　虎を退治した弓。○錦褥　錦の敷物。○花箋　花模様のある美しい紙。遊女からの手紙をいうか。○喚醒　酒を飲みたい気持を喚起する。○琅玕　崑崙に産する緑色の石であるが、ここは竹をいう。○旧筒　旧い竹の筒。ここは、これまで「花箋」を入れていた書筒をいい、それを詩を入れるための新しい詩筒に換えるというのであろう。

「木端人は家の新築工事を終えて、私にその家の詩を作らせた。端人はもともと武芸を好み、遊俠の徒をもって自任していた。ところが、近頃は主義を変えて書物を読むようになった。そこで私は喜びのあまり、律詩を贈ることにした。」

お玉が池の辺りに引越しをし、君は書斎の緑色の薄絹のカーテンの中で、朝には詩を吟じ、夜には読書している。蛟龍《こうりゅう》を切り伏せたことのある剣は箱の中にしまい込まれて錆が生じ、虎を退治したことのある弓は壁間に置かれて弦は切れたままだ。眠りを妨げる雨が降るなか、君の坐り続けたままの膝は錦の敷物を窪ませ、酔いを誘う風が吹くなか、君はかつて馴染みの遊女から貰った花模様の手紙を手ずから破り捨てる。これからはたくさん作るようになる詩句を納めようとして、君は新たに竹を切って詩筒を作り、これまで使っていた旧い書筒に換える。

38

冬夜書懐

擁著綿裘眠復醒
孤燈雨外夢難真
危楼浮白那辺夕
幽径踏青何処春
再四呼茶無婢応
尋常伴火有猫馴
寄居猶未離都下
還似遠方遷謫人

冬夜《とうや》、懐《おも》ひを書《しよ》す

綿裘《めんきゆう》を擁著《ようちやく》して　眠《ねむ》りて復《ま》た醒《さ》む
孤灯《ことう》　雨外《うがい》　夢《ゆめ》　真《しん》なり難《がた》し
危楼《きろう》に白《はく》を浮《うか》べしは那辺《なへん》の夕《ゆう》ぞ
幽径《ゆうけい》に青《せい》を踏《ふ》みしは何処《いずこ》の春《はる》ぞ
再四《さいし》　茶《ちや》を呼《よ》べども婢《ひ》の応《おう》ずる無《な》く
尋常《じんじよう》　火《ひ》に伴《ともな》ひて猫《ねこ》の馴《な》るる有《あ》り
居《きよ》を寄《よ》せて　猶《な》ほ未《いま》だ都下《とか》を離《はな》れざるに
還《かえ》つて遠方遷謫《えんぽうせんたく》の人《ひと》に似《に》たり

七言律詩。韻字、真・春・馴・人（上平声十一真）。
○擁著　抱きかかえる。○綿裘　綿布製の外套。褞袍《どてら》。○孤燈雨外　雨の向こうに見える一つの明かり。唐の杜甫の「村夜」詩に、「村舂雨《そんしょうう》外急《がいきゅう》に、隣火《りんか》夜深《やしん》に明《あき》らかなり」。○危楼　高楼。○浮白　罰として飲ませる酒杯。また、広く酒杯をいう。○踏青　春に緑の若草を踏む。○何処　「所」を意味する場合と「時」を意味する場合とがあるが、ここは「時」を意味するか。○再四　再三再四。何度も。○尋常　つねに。○都下　都の中。ここは江戸の町なかをいう。○遷謫人　罪を得て島流しにされた人。宋の楊万里の「正月十二日東坡《とうば》の白鶴峰《はっかくほう》の故居に游ぶ。其の北に思無《しむ》邪斎《じゃさい》の真蹟《しんせき》猶ほ存す」詩に、「詩人《しじん》古《いにしえ》自《よ》り遷謫《せんたく》を例《れい》とす」。

温袍《どてら》を抱きかかえて眠ったり起きたり。雨の向こうに灯火が一つ見えて、なかなか夢を結べない。高殿で酒杯を重ねたのはどこの夕べだったのだろうか。ひっそりとした小道に緑の若草を踏んだのはいつの春だったのだろうか。茶を持って来るよう何度命じても下女の返事はないが、いつものように火の傍にはよく馴れた猫がいる。仮住まいになってもまだ江戸の町なかは離れていないのだが、かえって遠方に島流しにされた人のようだ。

39

己酉歳莫

人 間 変 故 有 前 期
吾 宅 二 年 三 度 移

己酉《きゆう》の歳莫《さいぼ》

人間《じんかん》の変故《へんこ》　前期《ぜんき》有《あ》り
吾《わ》が宅《たく》　二年《にねん》に三度《さんど》移《うつ》る

窮鬼随身駆不去
病魔侵体撃還窺
唯貪枕上一場夢
聊剰嚢中百首詩
送尽餘冬春又至
何知蹭蹬遂無為

窮鬼《きゅうき》　身《み》に随《したが》ひて駆《か》れども去《さ》らず
病魔《びょうま》　体《からだ》を侵《おか》して撃《う》てども還《ま》た窺《うかが》ふ
唯《た》だ貪《むさぼ》る　枕上《ちんじょう》　一場《いちじょう》の夢《ゆめ》
聊《いささ》か剰《あま》す　嚢中《のうちゅう》　百首《ひゃくしゅ》の詩《し》
余冬《よとう》を送《おく》り尽《つ》くして　春《はる》又《ま》た至《いた》る
何《なん》ぞ知《し》らん　蹭蹬《そうとう》として遂《つい》に為《な》すこと無《な》きを

七言律詩。韻字、期・移・窺・詩・為（上平声四支）。
○己酉　寛政元年（一七八九）の干支。如亭二十七歳の年。○人間　人間世界。世間。○変故　異変。○窮鬼　貧乏神。宋の陸游の「雨中東村《うちゅうとうそん》を過《す》ぐ」詩に、「窮鬼霊有《きゅうきれいあ》りて揮《ふる》へども去《さ》らず」。○前期　前兆。○病魔　疫病神《やくびょうがみ》。○聊　『助辞訳通』に、「聊ノ字、イササカト読ム。敢テ博大ニセザルノ辞ト注ス。ウチバニ言フ辞也」。○嚢中　作った詩を入れる袋の中。唐の詩人李賀はお供の童子に古錦嚢を背負わせ、詩が出来ると紙に書いてその嚢の中に投じたという。○餘冬　冬の残り。晩冬。○蹭蹬　勢いを失ったさま。宋の陸游の「病中雨夜《びょうちゅううや》」詩に、「蹭蹬今此《そうとういまかく》の如《ごと》し、沈綿《ちんめん》復た支《ささ》へず」。

世間の異変には前兆がある。我が家は二年に三度移った。貧乏神は身にまとわりついて追い払っても去ろうとせず、疫病神《やくびょうがみ》は体に侵入して撃退してもまた隙《すき》を窺う。枕の上で唯だその場限りの空しい夢を貪り、詩を入れておく嚢《ふくろ》の中にはとりあえず百首ほどの詩が入っているばかりだ。冬の残りを送り尽くして春がまたやって来る。失意のうちにとうとう無為に過ごすようになってしまうなんて、思いもよらないことだった。

40

春尽

綿衣換去知春尽
更愕忙忙在夢中
依雨葉増添鴨緑
趁風花断送猩紅
嚢心欠句雖捐爾
屐歯無泥亦負公
身意今閑游事歇
午窓纔有老鶯通

春尽《はるつ》く

綿衣《めんい》　換《か》え去《さ》りて　春《はる》の尽《つ》くるを知《し》る
更《さら》に愕《おどろ》く　忙忙《ぼうぼう》として夢中《むちゅう》に在《あ》りしに
雨《あめ》に依《よ》る葉《は》は鴨緑《おうりょく》を増添《ぞうてん》し
風《かぜ》を趁《お》ふ花《はな》は猩紅《しょうこう》を断送《だんそう》す
嚢心《のうしん》　句《く》を欠《か》きて爾《なんじ》を捐《す》つると雖《いえど》も
屐歯《げきし》　泥《どろ》無《な》きも亦《ま》た公《こう》に負《そむ》く
身意《しんい》　今閑《いまかん》にして游事《ゆうじ》歇《や》む
午窓《ごそう》　纔《わず》かに老鶯《ろうおう》の通《つう》ずる有《あ》り

七言律詩。韻字、中・紅・公・通（上平声一東）。

○忙忙　忙しいさま。○鴨緑　鴨の羽毛の緑色。○断送　投げ捨てる。送り捨てる。宋の陸游の詩「春晩雨中の作」に、「風雨《ふうう》何心《なにごころ》もて春《はる》を断送《だんそう》す」。○猩紅　猩々の血のように鮮やかな紅色。宋の陸游の「春行」詩に、「猩紅《しょうこう》露《つゆ》を帯《お》びて海棠《かいどう》湿《うるお》ひ、鴨緑《おうりょく》堤《つつみ》に平《たい》らかにして湖《こ》水明《すいあき》らかなり」。○嚢心　詩を入れる袋の中。「嚢中」に同じ。○爾　春を擬人化した言い方。○公　「天公」の略。天公は造化を司る天の神さま。宋の楊万里の「初夏即事十二解」詩に、「秋菊冬梅公《しゅうきくとうばいこう》に負《そむ》かず」。○游事　外を出歩くこと。○老鶯　春が過ぎて鳴く鶯。晩鶯。

綿入れを脱ぎ替えて春は終わったと思った。春の間はせわしなくして、まるで夢の中にいるようだったことに今更ながら驚く。雨が降ったので木々の葉は鴨の羽毛のような緑色を増し、風を追いかけるかのように花は鮮やかな紅い花びらを送り捨てている。袋の中に詩句が無いのは春を楽しまなかったからだが、下駄の歯が泥で汚れていないというのも、春をもたらしてくれた天公に背いたことになる。今は身も心も静かにして、外を出歩くのをやめている。昼下がりの窓辺を掠《かす》めるように晩鶯が飛び過ぎていく。

41　晩春窮居

晩春《ばんしゅん》の窮居《きゅうきょ》

曲身纔直臥南簷
天減寒威骨免砭
誅竹欲編新雨笠
穿花未訪旧風帘
還因索句難抛枕
且為留香不捲簾
時向隣池閑聴取
鳴蛙閤閤日来添

曲身《きょくしん》　纔《わず》かに直《ちょく》にして南簷《なんえん》に臥《ふ》す
天《てん》　寒威《かんい》を減《げん》じて　骨《ほね》　砭《いしばり》を免《まぬか》る
竹《たけ》を誅《ちゅう》して編《あ》まんと欲《ほっ》す　新雨笠《しんうりゅう》
花《はな》を穿《うが》ちて未《いま》だ訪《と》はず　旧風帘《きゅうふうれん》
還《かえ》つて句《く》を索《もと》むるに因《よ》つて　枕《まくら》を抛《なげう》ち難《がた》く
且《しばら》く香《かおり》を留《とど》むるが為《ため》に　簾《すだれ》を捲《ま》かず
時《とき》に隣池《りんち》に向《むか》ひて閑《かん》に聴取《ちょうしゅ》すれば
鳴蛙《めいあ》　閤閤《こうこう》　日来添《にちらいそ》ふ

七言律詩。韻字、簷・砭・帘・簾・添（下平声十四塩）。
○窮居　貧しい住まい。○曲身　身体を曲げる。宋の陸游の「夜寒」詩に、「曲身《きょくしん》の直《ちょく》を成《な》すは炉《ろ》の温《あたた》かきに頼《よ》る」。○南簷　南向きの軒端。○砭　石針。病気治療のために用いた。○誅竹　竹の枝葉を剪る。○風帘　風に翻る酒屋の旗。○閤閤　蛙の鳴き声の形容。○日来　日に日に。

曲げた体をわずかに伸ばして、南向きの軒先で横になっている。寒さが和らいだので骨は石針を打たれたような痛さを免れている。竹の枝を剪って新しく雨笠《あまがさ》を編もうかと思ったりもするが、吹き散る花びらのなかを歩いて、風に翻る馴染みの酒屋の旗を訪ねることはまだしていない。酒よりも詩句をものにしようとしているため枕から離れ難く、とりあえずは香を留めておくために簾は巻き上げない。時に近くの池に向けてのんびり耳を傾けると、コウコウという蛙の鳴き声が日に日に大きくなって聞こえてくる。

42　五日臥病偶題

写出霊均一幅図
蓬頭垢面欠湯梳
病魔進得詩魔退
薬味親来酒味疎
雨響窓前医倦枕
風披案上釣眠書
此身何日着蓑笠
小艇閑穿烟水漁

五日《いつか》、病《やまい》に臥《ふ》して偶々《たまたま》題《だい》す
写《うつ》し出《だ》す　霊均《れいきん》　一幅《いっぷく》の図《ず》
蓬頭垢面《ほうとうこうめん》　湯梳《とうそ》を欠《か》く
病魔《びょうま》進《すす》み得《え》て　詩魔《しま》退《しりぞ》き
薬味《やくみ》親《した》しみ来《きた》つて　酒味《しゅみ》疎《そ》なり
雨《あめ》は響《ひび》く　窓前《そうぜん》　倦《けん》を医《い》する枕《まくら》
風《かぜ》は披《ひら》く　案上《あんじょう》　眠《ねむ》りを釣《つ》りし書《しょ》
此《こ》の身《み》　何《いつ》の日《ひ》か蓑笠《さりゅう》を着《つ》けて
小艇《しょうてい》　閑《かん》に烟水《えんすい》を穿《うが》ちて漁《りょう》せん

七言律詩。韻字、図（上平声七虞）、梳・疎・書・漁（上平声六魚）の通押。
○五日　五月五日。端午の節句。楚の大夫屈原《くつげん》の入水自殺した日。○霊均　屈原の号。○蓬頭　髪の乱れた頭。○垢面　垢《あか》で汚れた顔。○湯梳　湯浴みをし髪を梳《す》くこと。○薬味　薬のあじ。○釣眠　眠気を誘い出す。○烟水　靄で朦朧とした水面。

私の姿はまるで屈原を描いた一幅の画のようだ。湯に入らず櫛で髪を梳くこともないので、伸び放題の頭はもじゃもじゃだし、顔は垢だらけだ。病魔が姿を現わすと詩魔は退き、薬の味に親しむようになって酒の味とはご無沙汰になった。窓辺の枕元に聞こえてくる雨音は倦怠を癒してくれ、眠気を誘い出した机上の本は風にまくれている。我が身は何日《いつ》になったら蓑笠《みのかさ》を身にまとい、靄に煙る水面に小舟を浮かべて閑かに釣りをするようになるのだろうか。

43

夏雨集谷文晁宅

非城非市又非邨
短短疎籬小小園
半日偸閑身免役
一時貪冷骨承恩

夏雨《かう》、谷文晁宅《たにぶんちょうたく》に集《あつ》まる

城《じょう》に非《あら》ず　市《いち》に非《あら》ず　又《ま》た邨《むら》に非《あら》ず
短短《たんたん》の疎籬《そり》　小小《しょうしょう》の園《その》
半日《はんにち》　閑《かん》を偸《ぬす》みて　身《み》　役《えき》を免《まぬか》れ
一時《いっとき》　冷《れい》を貪《むさぼ》りて　骨《ほね》　恩《おん》を承《う》く

呼来驟雨蛙鳴舌
鎖得濃陰樹護根
多謝釣詩還酔卻
蹣跚帰屐破苔痕

驟雨《しゅうう》を呼《よ》び来《きた》つて　蛙《かえる》　舌《した》を鳴《な》らし
濃陰《のういん》を鎖《とざ》し得《え》て　樹《き》　根《ね》を護《まも》る
多謝《たしゃ》す　詩《し》を釣《つ》らんとして還《かえ》つて酔卻《すいきゃく》して
蹣跚《まんさん》たる帰屐《きげき》　苔痕《たいこん》を破《やぶ》るを

七言律詩。韻字、邨・園・恩・根・痕（上平声十三元）。
○谷文晁　如亭と同年の宝暦十三年（一七六三）に江戸に生まれた。天明八年（一七八八）田安家に出仕し、寛政四年（一七九二）松平定信の近習となった。画家として名高く、書斎を写山楼と号した。居宅は江戸下谷二丁目にあった。詩51の詩題にあるように、寛政三年（一七九一）八月一日に如亭たちが向島弘福寺に白居易を祭る香山詩社を結んだ時、文晁が白居易の像を描いた。○非城非市　「非城市」に同じ。「城市」は市街地、町。○半日偸閑　唐の李渉《りしょう》の「鶴林寺《かくりんじ》に題す」詩の、「又《ま》た浮《ふ》生半日《せいはんにち》の閑《かん》を得《え》たり」に拠る表現。如亭は『訳注聯珠詩格』においてこの一句を、「又浮生《このよ》の半日の閑《ひま》を得た《ひろつ》」と訳注している。○役　職務。○貪冷　冷気を貪る。○驟雨　にわか雨。○多謝　深くお詫びする。○蹣跚　よろめくさま。○帰屐　帰路の履物。○苔痕　苔の生えているところ。唐の劉禹錫《りゅううしゃく》の「陋室《ろうしつ》の銘《めい》」に、「苔痕《たいこん》は階《かい》に上《のぼ》りて緑《みどり》に、草色《そうしょく》は簾《すだれ》に入《い》りて青《あお》し」。

町でもなく、また村でもないところに、丈の低い疎らな垣根と小さな庭の君の家がある。勤めから解放され、半日、暇な時間を得てそんな君の家を訪ね、お蔭でしばしの間は思う存分涼しさを味わうことができた。蛙は盛んに鳴いて俄雨《にわかあめ》を呼び寄せ、樹木は根を護るかのように濃い葉陰を地上に落としている。詩句を得ようとして酒が過ぎたせいか却って酔ってしまい、帰りにふらつく足取りで、庭の苔を踏みつけてしまったのを深くお詫びしたい。

44

田家分韻

三間老屋碧湾邨
竹影槐陰午景繁
蟬背衣軽披又斂
魚唇絮密吐還呑
候平時逐桑麻楽
辞陋処依風俗敦
正是家翁閑事業
農書説得課児孫

田家《でんか》、韻《いん》を分《わか》つ

三間《さんげん》の老屋《ろうおく》　碧湾《へきわん》の邨《むら》
竹影《ちくえい》　槐陰《かいいん》　午景《ごけい》繁《しげ》し
蟬背《せんばい》　衣軽《ころもかる》くして　披《ひら》いて又《ま》た斂《おさ》め
魚唇《ぎょしん》　絮密《わたみつ》にして　吐《は》いて還《ま》た呑《の》む
候《こう》　平《たい》らかなる時《とき》は桑麻《そうま》の楽《らく》を逐《お》ひ
辞《じ》　陋《ろう》なる処《ところ》は風俗《ふうぞく》の敦《あつ》きに依《よ》る
正《まさ》に是《こ》れ家翁《かおう》の閑事業《かんじぎょう》
農書《のうしょ》　説《と》き得《え》て児孫《じそん》に課《か》す

七言律詩。韻字、邨・繁・呑・敦・孫（上平声十三元）。
○田家分韻　「田家」は農家。ここは、これを詩題として詩会の参加者で韻を分担して作詩したことをいう。○三間　「間」は、家の柱と柱の間を数える単位。三間はそれが三つある三部屋の小さな家。○午景　昼の日ざし。○架　楊柳の綿毛。○候　気候。天気。○桑麻　農作業。○風俗　その土地の生活ぶり。○敦　篤実。○家翁　家長。○閑事業　宋の陸游の「春日雑賦五首」詩のその二に、「笑《わら》ふに堪《た》へたり散人《さんじん》の閑事業《かんじぎょう》」。○農書　農事に関する書物。

碧《あお》い入江沿いの村に小さな古家があり、強い日ざしに照らされた竹や槐《えんじゅ》の陰が色濃い。樹にとまる蟬の羽は軽い衣のように開いたり閉じたりし、水中の魚の唇は水面を隙間《すきま》なく覆う柳の綿毛を吐き出したかと思うとまた呑み込んでいる。気候の穏やかな時節には農作業を楽しんでいるが、口下手なところは暮らしぶりが浮《うわ》ついていないからだ。農書を子や孫たちに読み聞かせるのは、まさに一家の主《あるじ》の暇な時の仕事である。

45

歳莫書懐
雪意侵衾欠穏眠
病身空度一年年

歳莫《さいぼ》、懐《おも》ひを書《しょ》す
雪意《せつい》　衾《ふすま》を侵《おか》して穏眠《おんみん》を欠《か》く
病身《びょうしん》　空《むな》しく度《わた》る　一年年《いちねんねん》

冬将尽処寒梅上
春似帰時火閣辺
世業常甘居坐後
家貧却嘆在人先
何当抛擲塵埃去
得買城東幾稜田

冬《ふゆ》の将《まさ》に尽《つ》きんとする処《ところ》は寒梅《かんばい》の上《うえ》
春《はる》の帰《かえ》るに似《に》たる時《とき》は火閣《かこう》の辺《あたり》
世業《せいぎょう》常《つね》に甘《あま》んず　坐《ざ》の後《うしろ》に居《お》るを
家貧《かひん》　却《かえ》つて嘆《たん》ず　人《ひと》の先《さき》に在《あ》るを
何《いつ》か当《まさ》に塵埃《じんあい》を抛擲《ほうてき》し去《さ》りて
城東《じょうとう》　幾稜《いくりょう》の田《た》を買《か》ふことを得《う》べき

七言律詩。韻字、眠・年・辺・先・田（下平声一先）。
○雪意　雪が降りそうな気配。雪催《もよ》い。○寒梅　寒中の梅。冬の梅。○火閣　炬燵《こたつ》。○幾稜　『韻会』に、「農人、田の遠近多少を指して幾稜と曰ふ」。

雪もよいの寒さが掛け布団から侵入してきて安眠を妨げる。こうして病をかかえた身で一年一年を空しく過ごしている。寒中に咲く梅花からは冬が終わろうとしているのが感じられ、炬燵の辺りにはもう春が戻ってきているような気がする。先祖代々の家業ではいつも人に後れをとり、家計の貧しさという点ではかえって人よりも先んじているのが嘆かわしい。いつの日か世俗の塵を抛って、町の東に幾ばくの田を買うことができるようになるのであろうか。

◇この詩は同題で、山本緑陰編『臭蘭稿甲集』（寛政五年刊）にも収録される。但し、第四句目の「火閤」は、『臭蘭稿甲集』では「暖閤」になっている。

46　病来

斗米尋常役嬾身
病来還喜暫離塵
鶯花海裡寒盟客
朱墨堆中失意人
貪口禁魚餐更減
愁眉欠酒皺難伸
不平心事誰知道
冉冉年光五六春

病来《びょうらい》

斗米《とべい》尋常《じんじょう》嬾身《らんしん》を役《えき》す
病来《びょうらい》還《かえ》つて喜《よろこ》ぶ　暫《しばら》く塵《ちり》を離《はな》るるを
鶯花《おうか》海裡《かいり》寒盟《かんめい》の客《きゃく》
朱墨堆中《しゅぼくたいちゅう》失意《しつい》の人《ひと》
貪口《どんこう》魚《うお》を禁《きん》ぜられて餐《さん》は更《さら》に減《げん》じ
愁眉《しゅうび》酒《さけ》を欠《か》きて皺《しわ》は伸《の》び難《がた》し
不平《ふへい》の心事《しんじ》誰《たれ》か知道《ちどう》す
冉冉《ぜんぜん》たる年光《ねんこう》五六《ごろく》の春《はる》

七言律詩。韻字、身・塵・人・伸・春（上平声十一真）。
○病来　病気になってよりこのかた。○斗米　一斗の米。僅かな俸禄米。晋の陶潜は五斗米という僅かな俸禄のために役人生活を続けるのを厭って、県令の職を辞して故郷の田園に帰った。○尋常　つねに。平生。○鶯花海　「鶯花」は遊女の比喩。したがって「鶯花海」は、遊里や遊郭を意味する。宋の陸游の「荔枝《れいし》楼小酌《ろうしようしやく》二首」詩に、「新《あら》たに鶯花海裏《おうかかいり》より出《い》で来《きた》る」。○寒盟　盟約に背くこと。○朱墨　中国では役所の文書は朱と墨の両方の色が用いられたことから、公用の文書をいう。宋の陸游の「山中の作」詩に、「朱墨紛紛《しゆぼくふんぷん》として満庭《まんてい》に訟《うつた》ふ」。○貪口　食いしん坊の口。○知道　気づく。○冉冉年光　じわじわと過ぎ去る年月。宋の陸游の「飛ぶことに倦む」詩に、「冉冉《ぜんぜん》たる年光《ねんこう》眼《まなこ》を過《す》ぎて空《むな》し」。

僅かな俸禄のために平生は嬾《ものう》い体を使役しているが、病を得て以来、かえって暫くのあいだ俗塵から離れられるのを喜んでいる。私は遊里においてはすっかり疎遠な客になり、家では家業の事務文書に囲まれる失意の人になってしまった。食いしん坊の口は魚を禁止されて食はいっそう細くなり、愁いによって顰《ひそ》めるようになった眉は、酒が飲めないためなかなか皺を伸ばすのも難しい。私のこの満たされぬ思いにいったい誰が気づいてくれるのだろうか。このようにして五、六年の歳月がじわじわと過ぎ去っていったのだ。

47

題蟄龍室　以下五律

唫身雲雨護
高臥不窺門
雨自江為脚
雲還石作根
匣塵雷剣古
階蘚費笻存
静極草廬外
応逢三顧恩

蟄龍室《ちつりゅうしつ》に題《だい》す　以下五律

唫身《ぎんしん》　雲雨《うんう》護《まも》り
高臥《こうが》　門《もん》を窺《うかが》はず
雨《あめ》は自《も》と江《かわ》を脚《あし》と為《な》し
雲《くも》は還《かえ》つて石《いし》を根《ね》と作《な》す
匣塵《こうじん》　雷剣《らいけん》古《ふ》り
階蘚《かいせん》　費笻《ひきょう》存《そん》す
静《せい》は極《きわ》まる　草廬《そうろ》の外《そと》
応《まさ》に三顧《さんこ》の恩《おん》に逢《あ》ふなるべし

五言律詩。韻字、門・根・存・恩（上平声十三元）。
○蟄龍室　書斎の号かと思われるが、誰の書斎かは未詳。「蟄龍」は、身を隠している龍の意で、活躍の場を得られず世に隠れている才能ある人士をいう。○唫身　詩人の身体。詩人。○雲雨　雲と雨は龍が引き連れるものとして、龍の縁語。○高臥　世俗と無縁に生活すること。隠逸生活をいう。○雨自江為脚　「雨脚」は雨足。糸状の雨が地上に届く辺り。唐の白居易の「竹枝詞四首」に、「波《は》面風生《めんかぜしょう》じて雨脚《うきゃく》斉《ひと》し」。○雲還石作根　「雲根」は雲の生ずるもと。石をいう。唐の賈島《かとう》の

「李凝《りぎょう》の幽居に題す」詩に、「石《いし》を移《うつ》して雲根《うんこん》を動《うご》かす」。〇匣塵雷剣古　晋の王嘉の『拾遺記』によれば、顓頊《せんぎょく》の剣は戦いでは威力を発揮したが、使わない時は匣《はこ》の中に在って龍虎の吟をなしたという。そのことからこの故事は、野に在りながら名声が外に聞こえている人を指して用いられる。また『晋書』張華伝によれば、雷煥《らいかん》は龍泉・太阿という二つの宝剣を得たが、雷煥の死後、剣が川に躍り入ったので、それを水中に捜させたところ長さ数丈の二匹の龍が居たが、光彩《こうさい》を照らし波浪驚沸《きょうふつ》して、どこかに消え去ったという。この一句は、これら二つの典故を踏まえたもの。〇階蘚　庭に下りる階段に生えた苔。〇費笻　費長房《ひちょうぼう》の杖。『後漢書』費長房伝によれば、費長房は壺公に仙術を学ぼうとしたが成らず、壺公から授けられた杖に乗って故郷に帰った。その乗ってきた杖を池に投げ入れたところ龍に変じたという。〇三顧　三度訪問する。礼を尽くして有能な人材を求めること。諸葛亮《しょかつりょう》の「前出師《ぜんすいし》の表《ひょう》」の、「先帝、臣の卑鄙《ひひ》なるを以てせず、猥《みだ》りに自《みずか》ら枉屈《おうくつ》し、臣を草廬の中に三顧す」に拠る。

龍が雲雨を伴うように、あなたは雲雨に護られて詩を口ずさんでいるが、隠遁生活をしているあなたは門を窺ったりはしない。草庵を覆う雲雨の雨脚《あまあし》は川面に届き、雲は石から湧き起こっている。雷煥《らいかん》の宝剣が箱の塵の中に長く埋もれていたように、あなたは世間から身を隠している。また、あなたは郷里に帰ることもないので、費長房が帰郷に使ったような杖は龍に変ずることもなく、階《きざはし》を覆う苔の上に置かれたままである。草庵の外はひっそりとしているが、かつて蜀の劉備《りゅうび》が諸葛亮《しょかつりょう》に三顧《さんこ》の礼を以て出馬を求めたように、きっとあなたも三顧の恩を忝《かたじけな》くして王者の招聘を受けるようになるであろう。

48　題面山居

静景遠塵寰
幽居近水湾
去煩防白髪
養拙占朱顔
足食魚堪釣
采薪林好刪
午陰涼可掬
屋裡是青山

面山居《めんざんきょ》に題《だい》す
静景《せいけい》　塵寰《じんかん》に遠《とお》く
幽居《ゆうきょ》　水湾《すいわん》に近《ちか》し
煩《はん》を去《さ》りて白髪《はくはつ》を防《ふせ》ぎ
拙《せつ》を養《やしな》ひて朱顔《しゅがん》を占《し》む
食《しょく》を足《た》して　魚《うお》　釣《つ》るに堪《た》へ
薪《たきぎ》を采《と》りて　林《はやし》　刪《けず》るに好《よ》し
午陰《ごいん》　涼《りょう》　掬《きく》す可《べ》し
屋裡《おくり》　是《こ》れ青山《せいざん》

五言律詩。韻字、寰・湾・顔・刪・山（上平声十五刪）。
○面山居　書斎の号かと思われるが、誰の書斎かは未詳。○塵寰　俗世間。○水湾　入江。○去煩　煩わしいことを避ける。○養拙　拙い生き方を守る。○朱顔　血色の良い顔。○午陰真昼の木陰。〇可掬　手で掬《すく》うほど数が多い。〇青山　隠逸の場所をいう。

静かな景色は俗世間から遠く、この隠れ家は入江に近い。煩わしさを避けることで白髪になるのを防ぎ、拙い生き方を守ることで血色の良い顔色を我がものにしている。魚釣りができるので食料の足しになり、林は木を伐るのに好都合なので薪が手に入る。真昼の木陰は十分な涼しさで、屋内がそのまま隠遁の場所である青山《せいざん》になっている。

49

贈立人帰自信中

爾占山居久
詩才遇景加
孤舟一蓑雨
匹馬四蹄花
試墨霜前葉
看松雪後茶
何知痼疾浅

立人《りつじん》の信中《しんちゅう》自《よ》り帰《かえ》るに贈《おく》る

爾《なんじ》　山居《さんきょ》を占《し》むること久《ひさ》し
詩才《しさい》　景《けい》に遇《あ》ひて加《くわ》へん
孤舟《こしゅう》　一蓑《いっさ》の雨《あめ》
匹馬《ひつば》　四蹄《してい》の花《はな》
墨《すみ》を試《こころ》む　霜前《そうぜん》の葉《は》
松《まつ》を看《み》る　雪後《せつご》の茶《ちゃ》
何《なん》ぞ知《し》らん　痼疾《こしつ》浅《あさ》く

長別好烟霞　　長《なが》く好烟霞《こうえんか》に別《わか》れんとは

五言律詩。韻字、加・花・茶・霞（下平声六麻）。
○立人　如亭の弟。名を位、字を立人、号を正亭。少年時、信州に養子に行き、後年は信州上田で医を業とした。『臭蘭稿甲集』（寛政五年刊）、『晩晴吟社詩』（寛政十二年刊）、『盛音集』（文化元年刊）、『海内才子詩』（文政三年刊）など如亭関連の詞華集に詩が収録されており、詩を善くした。寛政二、三年頃、一時信州から江戸に帰ってきた時の作と思われる。○匹馬四蹄　一匹の馬の四つ足の蹄《ひづめ》。○痼疾　こびりついて治らない癖。山水を酷愛することを「烟霞の痼疾」という。○好烟霞　美しい山水の景色。

お前は山に住んで久しいから、美しい景色に出会って詩才はいっそう磨かれたであろう。雨中に蓑を着けて小舟を浮かべたり、馬に乗って蹄で落花を踏むような山居の生活を楽しんできたではないか。霜が降りる前の木々の葉を水墨で描いてみたり、雪の降った後に茶を煮て松の姿を愛でるような風雅な生活をしてきたではないか。ところが、お前はそうした生活が身に染みついたわけではなかったのか、美しい山水と別れてこうして江戸に帰ってくるなんて思ってもいなかったよ。

50　寄題菅伯美所居

居自幽閑極
詩人得意場
痴僧月敲戸
黠鼠昼窺堂
鶴却推形痩
茶還譲句香
餘生捐世事
占断箇柴桑

　菅伯美《かんはくび》の所居《しょきょ》に寄題《きだい》す
居《きょ》は自《も》と幽閑《ゆうへい》の極《きょく》
詩人《しじん》　得意《とくい》の場《じょう》
痴僧《ちそう》　月《つき》に戸《と》を敲《たた》き
黠鼠《かつそ》　昼《ひる》に堂《どう》を窺《うかが》ふ
鶴《つる》は却《かえ》つて形《かたち》の痩《や》せたるを推《お》し
茶《ちゃ》は還《かえ》つて句《く》の香《かんば》しきに譲《ゆず》る
余生《よせい》　世事《せいじ》を捐《す》てて
占断《せんだん》す　箇《こ》の柴桑《さいそう》

五言律詩。韻字、場・堂・香・桑（下平声七陽）。
○菅伯美　江湖詩社の詩人で高崎藩士の菅谷伯美。寛政二年（一七九〇）に高崎藩の飛地があった武蔵国野火止村に左遷されていた。「所居」はその野火止村の住まい。詩10の語注参照。○痴僧　世俗の事に疎い僧侶。○月敲戸　唐の詩人賈島は、「僧は推す月下の門」の詩句を得た時、「推」の一字を「敲」に改めるべきかどうかについて苦吟したという。その故事を意識した表現。○黠鼠　ずるがしこい鼠。明の薛雍《せつよう》の「鴉声謡《あせいよう》」詩に、「黠鼠《かつそ》昼出《ひるいで》て人《ひと》を畏《おそ》れず」。○占断　独り占めする。

○柴桑　江西省九江県の地名。晋の陶潜の故郷。陶潜は官を捨ててここに帰隠した。

住まいはもとより極めてひっそりとしていて、詩人にとっては願ってもない場所でしょう。そこでは、世事に疎い僧侶が月下に戸口を敲《たた》いたり、ずるがしこい鼠が昼間から姿を現わしたりしているのでしょう。鶴は痩せていた方が好ましいように、あなたも鶴のように好ましく痩せ、あなたは香しい茶を楽しんでいるでしょうが、あなたがそこで作る詩句はその茶の香しさよりも勝っていましょう。あなたは世俗のことをうち捨ててそこで余生を過ごし、かつて陶淵明が退隠した柴桑《さいそう》のようなその地を、独り占めしているのでしょう。

51

是歳辛亥寛斎河先生
将欲以八月朔結香山
詩社而祭白氏之神矣
属谷文晁画其像既而
先生応富山侯聘之越
中期至昶等同諸盟兄
集于城東弘福精舎拈

是《こ》の歳辛亥《としじんがい》、寛斎河《かんさいか》先生《せんせい》、将《まさ》に八月《はちがつ》朔《さく》を以《もっ》て香山詩社《こうざんししゃ》を結《むす》びて白氏《はくし》の神《しん》を祭《まつ》らんと欲《ほっ》す。谷文晁《たにぶんちょう》に属《しょく》して其《そ》の像《ぞう》を画《えが》かしむ。既《すで》にして先生《せんせい》、富《と》山侯《やまこう》の聘《へい》に応《おう》じ越中《えっちゅう》に之《ゆ》く。期《き》至《いた》り、昶等《ちょうら》諸盟兄《しょめいけい》と同《おな》じく城東《じょうとう》の弘福精《こうふくしょう》舎《じゃ》に集《あつ》まり、香《こう》を拈《つま》み詩《し》を賦《ふ》し、因《よ》

香賦詩因以結得香山
社為起句各作唐律一
章奠之冀不曠先生雅
意也

結得香山社
香山興可追
焼紅林煖酒
掃緑石題詩
酔外添君像
唫辺欠我師
楽中生暗恨
相憶在天涯

つて「結《むす》び得《え》たり香山社《こうざんしゃ》」を以《もっ》て起《き》句《く》と為《な》して、各々《おのおの》唐律一章《とうりついっしょう》を作《つく》り之《これ》を奠《そな》ふ。先生《せんせい》の雅意《がい》を曠《むな》しうせざらんことを冀《こいねが》へばなり

結《むす》び得《え》たり　香山社《こうざんしゃ》
香山《こうざん》　興《きょう》追《お》ふ可《べ》し
紅《くれない》を焼《や》きて林《はやし》に酒《さけ》を煖《あたた》め
緑《みどり》を掃《は》きて石《いし》に詩《し》を題《だい》す
酔外《すいがい》　君《きみ》が像《ぞう》を添《そ》へ
唫辺《ぎんぺん》　我《わ》が師《し》を欠《か》く
楽中《らくちゅう》　暗恨《あんこん》を生《しょう》ず
相憶《そうおく》　天涯《てんがい》に在《あ》り

五言律詩。韻字、追・詩・師（上平声四支）と涯（上平声九佳）の通押。
○是歳　『倭読要領』に、「是歳ノ字ヲ、コトシト読コト非ナリ。コノトシト読ベシ。コトシト読メバ、今歳ノ義ニナル。是歳ハ、今歳ノ義ニアラズ」。○辛亥　寛政三年（一七九一）の干支。○寛

斎河先生　市河寛斎。如亭の詩の先生で、如亭も参加した江湖詩社を天明七年（一七八七）に開いた。序文の語注参照。○八月朔　八月一日。白居易は会昌六年（八四六）八月に没した。○香山詩社　白居易を祭る詩社。香山は白居易の号。○白氏之神　白居易の霊。○谷文晁　詩43の語注参照。○先生応富山侯聘之越中　具体的には寛政三年四月のこと。○祀　如亭の名。○城東　江戸の町の東、ここは向島を指す。○弘福精舎　向島にある黄檗派の禅寺である牛頭山弘福寺。○拈香　焼香のため、香を指先でつまむ。○唐律　律詩。律詩の形式は唐代に確立されたので、こういう。○一章　一首。○奠　供える。○曠　空しくする。無にする。○焼紅林煖酒、掃緑石題詩　白居易の七言律詩「王十八《おうじゆうはち》の山に帰るを送り仙遊寺に寄題す」の頷聯の二句「林間《りんかん》に酒《さけ》を煖《あたた》めて紅葉《こうよう》を焼《や》き、石上《せきじよう》に詩《し》を題《だい》して緑苔《りよくたい》を掃《はら》ふ」に拠る。この頷聯の二句は『和漢朗詠集』にも取られて名高い。○暗恨　人知れぬ恨み。白居易の「琵琶行」に、「別《べつ》に幽愁暗恨《ゆうしゆうあんこん》の生《しよう》ずる有《あ》り」。○相憶　相手を思うこと。相思。白居易の「郡中閑独《ぐんちゆうかんどく》微之《びし》及《およ》び崔湖州《さいこしゆう》に寄《よ》す」詩に、「両処《りようしよ》也《ま》た応《まさ》に相憶《そうおく》在《あ》るべし」。

「この歳寛政三年、市河寛斎先生は八月一日に香山詩社を結成して白居易の霊を祭ろうとし、谷文晁に委嘱してその肖像を描かせた。ところが寛斎先生は富山藩侯の招聘に応じることになり、越中富山に赴任してしまった。そこで予定した時が来たので、わたくしは他の盟友たちと一緒に向島の弘福寺に集まり、焼香して詩を賦し、「結《むす》び得《え》たり香山社《こうざんしや》」を第一句目として各々が律詩一首を詠んで白居易の肖像にお供えした。寛斎先生の風雅の意思を無にすることがないようにと願ったからである。」

　香山社を結成したのは、白居易（香山）の詩興が追慕すべきものだからである。白居易は林の中で紅葉を焼いて酒を温め、石の上の緑苔を掃いて詩を題するという、興趣に富んだ詩句を詠じた。そこで、我々は酒席の傍らにあなた（白居易）の肖像を祭り、詩を詠んでお供えするのだが、この詩社を発起した我が師（市河寛斎）の姿はない。我々の相思う寛斎先生は遥か遠い所に居るため、この楽しい場にあっても我々の心中には人知れず恨みの思いが生じてしまうのである。

吉原詞

余少時嘗堕在酒海肴山于北里之中、作吉原詞三十首、頗為同臭所賞、後不復作此種詩、餬口四方、藁亦散落、不復知近日都知属阿誰也、追憶往事、亦遊仙枕上一夢哉、今録所記者二十首以附巻末

余《よ》、少時嘗《しょうじかつ》て酒海肴山《しゅかいこうざん》に北里《ほくり》の中《なか》に堕在《だざい》し、吉原詞《よしわらし》三十首《さんじっしゅ》を作《つく》る。頗《すこぶ》る同臭《どうしゅう》の為《ため》に賞《しょう》せらる。後《のち》には復《ま》た此《こ》の種《しゅ》の詩《し》を作《つく》らず。四方《しほう》に餬口《ここう》し、藁《こう》も亦《ま》た散落《さんらく》す。復《ま》た近日《きんじつ》の都知《とち》、阿《あ》誰《すい》に属《ぞく》するかを知《し》らざるなり。往事《おうじ》を追憶《ついおく》す。亦《ま》た遊仙枕上《ゆうせんちんじょう》の一夢《いちむ》なるかな。今記《いまき》する所《ところ》の者二《ものに》十首《じっしゅ》を録《ろく》して以《もっ》て巻末《かんまつ》に附《ふ》す。

○酒海肴山　海のように大量の酒を容れる大きな盃と山のように盛られた酒の肴。豪勢な酒宴の比喩。『葛原詩話』巻四に、「陸詩ニ、同寮飛㆓酒海㆒、小吏擘㆓蠔山㆒。自注ニ、酒海者大劒盃、容㆓一升㆒、当時所㆑尚トアリ。此方ノ浮瀬ノ類ナラン。又清異録ニ、雍都酒海也トアリ。コレハ酒ヲ醸スル国ニテ、イロ〳〵ノ酒アルコトヲ云ヘリ。コノ方ノ伊丹池田ナド酒海ト称ベシ。因ミニ記ス。蠔山ノコトハ、丹鉛録ニ委ク出ヅ」。○北里　江戸の遊里吉原。唐の都長安の色町であった平康里《へいこうり》は、

都城の北に位置していたことから北里と称され、後に広く色町を北里と称するようになった。ちなみに吉原も江戸の北の方角に位置していた。○同臭　同じ嗜好を持つ人の意。遊里を漢詩に詠むことは必ずしも好ましいことではないという意識が当時は一般的にあったため、謙退の意を込めて「臭」の字を用いた。『詩本草』自筆草稿において、この語に「同コトヲスク者」と傍注する。○餬口　寄食する。『詩本草』自筆草稿には「糊口」とあり、その傍注に「カマキアルク」。「かまぐ」は、食を乞う。○稾　「吉原詞」の原稿。○散落　散り散りになる。「吉原詞」は初め三十首の連作として作詩されたが、三十首を具備したものは伝存しない。補注参照。○都知　遊女屋の中で頭株の遊女。お職女郎。「老妓ヲ云。随園詩話ニ云、唐人以㆓老妓㆒為㆓都知㆒。何モカミ分テイル義」（『翠雨軒詩話』巻四・都知）。『詩本草』自筆草稿傍注に、「クルワノウチデリツパナヤツヲ云」。○阿誰　疑問の代名詞。だれ。どの人。『詩本草』自筆草稿傍注に、「ダレガ」。○遊仙枕　伝説上の枕で、これを枕にして眠ると、夢で仙人のいるところに遊べるとされた。『開元天宝遺事』の「游仙枕」に、「亀茲国《きじこく》、枕一枚を進め奉る。その色瑪瑙《めのう》の如く、温温として玉の如し。製作甚だ樸素《ぼくそ》たり。これを枕にして寝れば、則ち十洲・三島・四海・五湖尽く夢中に在りて見る所なり。帝因《よ》つて名を立てて游仙枕と為す」。

私はかつて若い頃に遊里吉原での贅沢三昧な遊びに惑溺して、「吉原詞」と題する三十首の連作詩を作ったことがあったが、それは嗜好を同じくする人々に大いに賞められたのだった。しかし、その後は二度とこの種の詩を作ることはなかった。私はあちらこちらに寄食する境涯になったため、

「吉原詞」の原稿も散り散りになってしまった。そして今や、近頃の吉原の看板女郎は誰がつとめているのかなどということも私は知らない。昔の吉原での出来事を思い出してみると、それもまた遊仙枕《ゆうせんちん》を用いると見ることができるという夢のような世界だった気がする。「吉原詞」の中から、今に記憶している二十首を書きとめて、この『詩本草』の巻末に付することにする。

◇「吉原詞」が作詩されたのは、如亭の詩の師匠であった市河寛斎が玄味子《げんみし》というペンネームを用いて『北里歌』を出版した天明六年（一七八六）以後、そして如亭が小普請方の大工棟梁を辞職した寛政六年（一七九四）以前、おそらくは如亭の二十歳代後半の寛政初年頃ではなかったかと推定される。遊里吉原を素材とした竹枝詞「吉原詞」は当初三十首の連作であったものの、いつの間にか「散落」してしまい、三十首を具備したテキストは現存しておらず、現在は不完全ながら「吉原詞」全体の三分の二程度を収める幾つかのテキストによって、その内容を窺うほかない。それらのテキストを成立時期の古い順に列挙すれば、次のようになる。

作詩当初の形にもっとも近いテキストは、①寛政十一年十月成立の『間叟雑録』（無窮会図書館平沼文庫蔵写本）所収の「吉原詞」二十三首である。そして、これに近接する時期のテキストとして、②『崑岡炎餘』所収の「吉原詞」二十三首がある。『崑岡炎餘』は文政九年（一八二六）刊の板本であるが、これに収める「吉原詞」は享和元年（一八〇一）夏に如亭自らが筆写して友人の幕府御畳《おたたみ》方《がた》大工棟梁の中村仏庵に贈ったものである。さらに、これに次ぐ時期のテキストに、③写本『如亭山人詩初集』（訳注者蔵）に収める「吉原詞」二十首、および④伊達貫一郎氏蔵の如亭自筆『吉原詞詩巻』二十首（『太平詩文』第21号所収「如亭山人題跋注解（抄）」第三回参照）がある。『如亭山人詩初集』の成立時期は未詳だが、如亭四十四歳の文化三年（一八〇六）秋の作を収めるので、それより少し後の成立と考えてよいであろう。『吉原詞詩巻』は文化五年六月の成立である。そして、如亭最晩年の時期のテキストとして、⑤『詩本草』自筆草稿（文政元年成立）に収める「吉原詞」二十首と、⑥板本『詩本草』（文政五年刊）に収める「吉原詞」二十首がある。如亭自身が「散落」したと記しているが、時期を異にし、収録詩の配列および詩句に少なからざる異同がある何種類ものテキストが残されているということは、如亭が「吉原詞」に対して終生強く執着し、折々に推敲を加えていたことを示していると言ってよいであろう。ここには、最終的な形を示す板本『詩本草』所収の「吉原詞」二十首を収めることにした。

ちなみに、このような何種類にも及ぶ「吉原詞」テキスト間の推敲・改編過程を分析した日本文化研究会「如亭山人題跋注解（抄）」第三回（『太平詩文』第21号）や松原梨佳「『吉原詞』の変遷」（『成蹊国文』第41号）は、その推敲・改編過程の背後に、作者如亭の次のような意図を推測している。すなわち、「吉原詞」は初めは雑然とした配列の連作であったが、推敲・改編を重ねていくうちに、作者如亭は「吉原詞」に、遊女の一生というストーリー性を付与しようとしたのではないかというのである。たしかに、ここに収録する「吉原詞」の最終形二十首の配列からは、そのようなストーリーを読み取ることも可能であろう。

52

月暗長隄去路遥
竹輿桐屐換華鑣
女閭門内明于昼
金屋粧成千阿嬌

月暗《つきくら》くして　長隄《ちょうてい》　去路《きょろ》遥《はる》かなり
竹輿《ちくよ》　桐屐《とうげき》　華鑣《かひょう》に換《か》ふ
女閭門内《じょりょもんない》　昼《ひる》よりも明《あき》らかなり
金屋《きんおく》　粧成《しょうな》る　千阿嬌《せんあきょう》

七言絶句。韻字、遥・鑣・嬌（下平声二蕭）。
○長隄　長堤に同じ。山谷堀と吉原をつなぐ土手道である日本堤《にほんづつみ》をいう。○去路　行く道。○竹輿　竹製の乗物。駕籠。○桐屐　桐の履物。桐の下駄。○換華鑣　ここは、馬を下りることをいう。華鑣は馬にかませる美しいくつわ。○女閭門　色町の門。ここは吉原の大門《おおもん》を指す。○金屋　華美な建物。○千阿嬌　多くの美人。「阿嬌」は、漢の陳午の女《むすめ》の名。転じて美人の意。『漢武故事』によれば、武帝は幼時、阿嬌を得ば金屋を以て貯えんと言い、後に即位して皇后に迎えた。

月の光が暗いなか、吉原に向かう日本堤の土手道が遥かに長く続いている。美しい轡《くつわ》を付けた馬から、桐の下駄に履き替え、竹の駕籠に乗り替えた貴公子が、吉原に向かっている。吉原の大門《おおもん》の内側は昼よりも明るく、華麗な建物の中では化粧を終えた多くの美女たちが待っている。

53

金蓮裊裊弄軽柔
日暮香風趁歩稠
満面桃花春似海
迎郎笑入小迷楼

金蓮《きんれん》 裊裊《じようじよう》として 軽柔《けいじゆう》を弄《ろう》す
日暮《にちぼ》 香風《こうふう》 歩《ほ》を趁《お》ひて稠《おお》し
満面《まんめん》の桃花《とうか》 春《はる》 海《うみ》に似《に》たり
郎《ろう》を迎《むか》へて笑《わら》ひて入《い》る 小迷楼《しようめいろう》

七言絶句。韻字、柔・稠・楼（下平声十一尤）。

○金蓮　美女の足。南斉の東昏侯が寵姫潘妃《はんぴ》の歩行する途上に黄金製の蓮華を敷き、その上を歩かせて「歩歩《ほほ》、蓮花を生ず」と言った故事に拠る。○裊裊　しなやかにまといつくさま。○弄軽柔　軽やかに柔らかな足取りで歩む。遊女が遊女屋から客を引手茶屋《ひきてぢやや》に迎えに行くために盛装して、外《そと》八文字《はちもんじ》の足取りで練り歩く、いわゆる道中《どうちゆう》のさまを表現した一句。○満面桃花　女性の美貌の比喩。博陵の崔護《さいご》が清明の日に、都城の南にあるひっそりとした庭院の桃花の下で、一人の美女に出会ったという、唐の孟棨《もうけい》の『本事詩』の故事に拠る。○春似海　辺り一面に春景色が広がっているさま。○小迷楼　小さな迷楼。「迷楼」は隋の煬帝が揚州の近くに建てて驕奢な生活をし、女色に耽ったという楼の名。転じて、妓楼を指す。

まつわりつくような軽やかな足取りで遊女たちは客を出迎えに行く。日暮れ時の吉原では遊女たちの出迎えの道中《どうちゅう》につれて、香りの良い風が濃密に漂い渡る。遊女たちの顔は桃の花が咲いたかのように美しく、辺り一面に春景色が広がっているかのようだ。遊客を出迎えた遊女たちは笑みを浮かべながら妓楼へと入っていく。

54

屧廊響断柝声伝
半滅銀鐙欲曙天
六曲屛温私語細
纖纖玉臂借郎眠

屧廊《しょうろう》　響《ひび》き断《た》えて　柝声《たくせい》伝《つた》ふ
半滅《はんめつ》の銀鐙《ぎんとう》　曙《あ》けんと欲《ほっ》する天《てん》
六曲屛《ろっきょくへい》温《あたた》かにして　私語《しご》細《こま》やかなり
纖纖《せんせん》たる玉臂《ぎょくひ》　郎《ろう》に借《か》して眠《ねむ》る

七言絶句。韻字、伝・天・眠（下平声一先）。
○屧廊　響屧廊の略。響屧廊は、春秋時代、廊の床板を特別な作りにして、歩くと音が出るようにした呉の王宮の廊。吉原の遊女屋では、遊女たちは厚い上履きの草履を履き、廊下を歩くとパタパタと音がしたので、それを踏まえてこう表現した。○柝声　火の用心を告げる夜回りの拍子木の音。○銀鐙　銀色に輝いている灯火。○六曲屛　六枚折りの屛風。遊女の部屋の調度。『聯珠詩格』巻十五に収める蕭冰厓《しょうひょうがい》の「小牕」詩に、「六曲《ろっきょく》の屛風白紵《びょうぶはくちょ》の詞《し》」。○玉臂　美女の美しい腕。

廊下から草履の音がしなくなり、夜回りの拍子木の音が聞こえてくる。もうすぐ夜が明けようとする頃、銀色に輝いていた灯火も半ば消えかかっている。温かな六枚折りの屏風の中では、睦言がひそひそと交わされていたが、やがて遊女は細く美しい腕を客に預けたまま寝入ってしまった。

55

暁来雲雨散高唐
独掩重屏臥洞房
裏面不知紅日上
外頭早已報蘭湯

暁来《ぎょうらい》　雲雨《うんう》　高唐《こうとう》に散《さん》ず
独《ひと》り重屏《ちょうへい》を掩《おお》ひて洞房《どうぼう》に臥《ふ》す
裏面《りめん》は知《し》らず　紅日《こうじつ》の上《のぼ》るを
外頭《がいとう》　早《すで》に蘭湯《らんとう》を報《ほう》ず

七言絶句。韻字、唐・房・湯（下平声七陽）。
○雲雨　男女の交情の比喩。宋玉の「高唐賦」（『文選』）に、楚の襄王が高唐で夢に神仙の女と契り、別れる時に、女が旦《あした》には朝雲《ちょううん》となり、暮には行雨《こうう》となると告げたということに拠る。○高唐　戦国時代の楚国の台観の名。雲夢沢《うんぼうたく》の中に在ったという。宋玉の「高唐賦」から、男女の交情を「高唐の夢」ともいう。「高唐に散ず」というのは、ここでは泊まり客が夜明け時に遊女のもとから帰っていったことをいう。○重屏　重ねた屏風。二重の屏風。○洞房　女性の部屋。ここは遊女の部屋。○外頭　屋外。○蘭湯　蘭などの香草を入れて沸かした湯。明の楊維楨の「昭陽曲」に、「美《び》人初《じんはじ》めて睡起《すいき》し、内史《ないし》蘭湯《らんとう》を報《ほう》ず」。

　夜明け時に情を交わした客は帰り、遊女は独り屏風を引き回して部屋で眠っている。明るい太陽が昇っているのは部屋の中からは分からないが、外ではもう朝湯の準備が出来たことを報せている。

56

三竿酒醒夢初回
日午猶慵臨鏡臺
姉妹相邀還欲飲
楼前恰売蛤蜊来

三竿《さんかん》　酒醒《さけさ》めて夢初《ゆめはじ》めて回《めぐ》る
日午《にちご》　猶《な》ほ慵《ものう》し　鏡台《きようだい》に臨《のぞ》むに
姉妹相邀《しまいあいむか》へて　還《ま》た飲《の》まんと欲《ほっ》す
楼前《ろうぜん》　恰《あたか》も蛤蜊《こうり》を売《う》り来《きた》る

七言絶句。韻字、回・臺・来（上平声十灰）。
○三竿　太陽が高く昇って、朝も遅い時間になったことをいう。○夢初回　夢から初めて覚める。
○日午　正午。まひる。○姉妹　姉女郎と妹女郎。○蛤蜊　ハマグリとアサリ、またアサリのこと。この詩の転句・結句は、唐の皮日休の七言絶句「酒病偶作」の転句・結句「何事《なにごと》か晩来《ばんらい》還《ま》た飲《の》まんと欲《ほっ》す、牆《かき》を隔《へだ》てて聞《き》く蛤蜊《こうり》を売《う》る声《こえ》」を意識するか。

朝遅くになって昨夜の酒も醒め、ようやく夢から目覚めた。お昼時になったが、鏡台に向かって化粧に取りかかるのは億劫《おっくう》だ。姉女郎と妹女郎が一緒になって、また酒を飲もうとしていると、ちょうど妓楼の前にアサリ売りの行商人がやって来た。

57

歌舞春深継酒前
夜長宝炬照華筵
王孫百万纏頭費
買得東風不暁天

歌舞《かぶ》　春深《はるふか》くして酒前《しゅぜん》に継《つ》ぐ
夜長《よるなが》くして　宝炬《ほうきょ》　華筵《かえん》を照《て》らす
王孫《おうそん》　百万《ひゃくまん》　纏頭《てんとう》の費《ついえ》
買《か》ひ得《え》たり　東風《とうふう》の不暁天《ふぎょうてん》

七言絶句。韻字、前・筵・天（下平声一先）。
○宝炬　蠟燭の美称。吉原の遊女の部屋では、当時は高価な照明であった百目《ひゃくめ》蠟燭を用いた。唐の羅隠の「臺城」詩に、「宴罷《えんや》みて明堂爛《めいどうかがや》き、詩成《しな》りて宝炬残《ほうきょざん》す」。○華筵　美しい敷物。○王孫　貴族の子弟。良家のお坊ちゃん。○纏頭　歌舞などを演じた者に与える祝儀。唐の白居易の「琵琶行」詩に、「五陵《ごりょう》の年少争《ねんしょうあらそ》ひて纏頭《てんとう》す」。○東風不暁天　暖かな春風の吹く夜の明けない空。賑やかな宴が夜通し続く遊女屋のさまをいう。

春たけなわの酒宴では延々と歌舞が続き、夜更けまで蠟燭の明るい光が美しい敷物を照らしている。金持のお坊ちゃん客は多額の祝儀を惜しげもなくばらまき、暖かな春風に包まれているかのような、夜通しの宴《うたげ》を我がものにする。

58

有情夜雪擁房櫳
笑語春多羅綺叢
不信世間寒到骨
王孫坐在肉屛中

有情《うじよう》の夜雪《やせつ》　房櫳《ぼうろう》を擁《よう》す
笑語《しようご》　春多《はるおお》し　羅綺《らき》の叢《そう》
信《しん》ぜず　世間《せけん》　寒《かん》の骨《ほね》に到《いた》るを
王孫《おうそん》は坐《ざ》して肉屛《にくへい》の中《なか》に在《あ》り

七言絶句。韻字、櫳・叢・中（上平声一東）。
○房櫳　れんじ窓。○羅綺叢　薄絹や綾絹の草むら。美しく高価な衣装で着飾った遊女たちの集まりの比喩。○肉屛　肉屛風の略。肉陣に同じ。周囲に人を並べて風除けにし、暖房の代わりとしたもの。ここは遊女に取り囲まれているさまをいう。宋の劉克荘の「事を記す」詩に、「姫院《きいん》の肉《にく》屛俄頃《へいにわか》に散《さん》ず」。

情《なさけ》知りの夜の雪は妓楼のれんじ窓をすっぽりと包み、妓楼の中では美しく着飾った女たちが笑いさざめいて一面の春のようだ。女たちに取り囲まれて坐っている金持のお坊ちゃん客は、外は骨に沁みるほどの厳しい寒さだということを信じない。

59

撃柝声声夜正長
少年郎対少年娘
多情不語相羞渋
焚尽枕頭心字香

撃柝《げきたく》　声声《せいせい》　夜正《よるまさ》に長《なが》し
少年《しょうねん》の郎《ろう》は対《たい》す　少年《しょうねん》の娘《じょう》
多情《たじょう》　語《かた》らず　相羞渋《あいしゅうじゅう》す
焚《た》き尽《つ》くす　枕頭《ちんとう》の心字《しんじ》香《こう》

七言絶句。韻字、長・娘・香（下平声七陽）。
○撃柝　火の用心などのため、拍子木を撃って夜回りをすること。○少年　年が若い。○相羞渋　もじもじし合う。唐の韓偓の「無題」詩に、「羞渋《しゅうじゅう》として佯《いつわ》りて伴《とも》を牽《ひ》き、嬌饒《きょうじょう》として人《ひと》に泥《なず》まんと欲《ほっ》す」。○枕頭　枕元。○心字香　香の名。明の周嘉冑《しゅうかちゅう》の『香乗』によれば、素馨《そけい》・茉莉《まつり》の半開のものと沈香《じんこう》を薄く切ったものとを合わせた香で、香の粉末を篆字《てんじ》の心の形にしたことから、こう名付けられた。『聯珠詩格』巻十一に収める趙彦伌《ちょうげんひ》の「春昼」詩に、「古鼎《こてい》焼き残《のこ》す心字香《しんじこう》」。

深夜、夜回りの撃つ拍子木の音が聞こえてくるなか、年若の客が年若の遊女と向かい合っている。溢れるほどの思いは言葉にならず、お互いもじもじとしている。そうしているうちに、いつの間にか枕元の心の字を象《かたど》った香は燃え尽きてしまった。

60
霖天幾日僅留郎
占尽鴛鴦被底香
小玉不知人苦別
簾前故挂掃晴娘

霖天《りんてん》　幾日《いくにち》　僅《わず》かに郎《ろう》を留《とど》む
占《し》め尽《つ》くす　鴛鴦被底《えんおうひてい》の香《こう》
小玉《しょうぎょく》は知《し》らず　人《ひと》の別《わか》れに苦《くる》しむを
簾前《れんぜん》　故《ことさ》らに挂《か》く　掃晴娘《そうせいじょう》

七言絶句。韻字、郎・香・娘（下平声七陽）。
○霖天　長雨の空。　○鴛鴦被　オシドリの模様を刺繡してある男女共寝の衾《ふすま》（夜具）。「被底鴛鴦」は、衾の中の男女の比喩。『開元天宝遺事』に、「帝、時に貴妃を綃帳《しょうちょう》の内に擁して、宮嬪《きゅうひん》に謂ひて曰はく、爾等《なんじら》は水中の鸂鶒《けいちょく》を愛するも、我が被底の鴛鴦と争如《いずれ》ぞ」。　○小玉　伝説的な侍女の名。ここは遊女に小間使いとして付き従う禿《かむろ》をいう。唐の白居易の「長恨歌」に、「金闕《きんけつ》の西廂《せいしょう》に玉扃《ぎょくけい》を叩《たた》き、転《てん》じて小玉《しょうぎょく》をして双成《そうせい》に報《ほう》ぜしむ」。　○故挂　わざわざ軒端に吊《つる》す。　○掃晴娘　長雨が晴れることを祈って吊す照る坊主。「雨久しければ、白紙を以て婦人の首を作り、紅緑の紙を剪《き》りてこれを衣とし、苕蒂苗《ちょうそうびょう》を以て小帚《しょうそう》に縛り、これを携へしめて竿を簷際《えんさい》に懸くるを掃晴娘《そうせいじょう》と曰ふ」(『帝京景物略』春場)。

長雨が幾日も降り続いているので、何とか客を引き留め、オシドリ模様の夜具に焚きこめた香を占め尽くしている。恋しい人との別れは苦しいものだということが分からない禿《かむろ》は、窓に掛かる簾の前にわざわざ照る照る坊主を吊して、雨が上がるようにと祈っている。

61

暁起与郎同浴時
蘭湯室暖沁香肌
笑他比翼鴛鴦子
翠羽花毛依冷池

暁起《ぎょうき》　郎《ろう》と同浴《どうよく》する時《とき》
蘭湯《らんとう》　室暖《しつあたた》かにして　香肌《こうき》を沁《ひた》す
笑《わら》ふ　他《か》の比翼《ひよく》の鴛鴦子《えんおうし》
翠羽花毛《すいうかもう》　冷池《れいち》に依《よ》るを

七言絶句。韻字、時・肌・池(上平声四支)。
○蘭湯　詩55の語注参照。○香肌　美しい肌。○比翼鴛鴦子　雌雄の仲の良いオシドリ。「比翼の鳥」は、雌雄ともに目が一つ、翼が一つで、いつも二羽が一体となって飛ぶという伝説上の鳥。「子」は接尾語。唐の白居易の「長恨歌」に、「天《てん》に在《あ》りては願《ねが》はくは比翼《ひよく》の鳥《とり》と作《な》り、地《ち》に在《あ》りては願《ねが》はくは連理《れんり》の枝《えだ》と為《な》らん」。○翠羽花毛　鴛鴦の緑色の美しい羽毛。○冷池　水の冷たい池。

朝早く起きて暖かな浴室で馴染みの客と一緒に湯浴《ゆあ》みしていると、香草を入れて沸かした湯が肌に沁《し》みるが、そんな時はあの雌雄の仲の良いオシドリが、緑色の美しい羽毛を冷たい池の水に浸していているのが可笑しく思われてくる。

62

不許黄金贖妾身
妾身只許有心人
何当荊布成君婦
却話当時旧苦辛

許《ゆる》さず　黄金《おうごん》　妾身《しょうしん》を贖《あがな》ふを
妾身《しょうしん》　只《た》だ許《ゆる》す　有心《うしん》の人《ひと》
何《いつ》か当《まさ》に荊布《けいふ》　君《きみ》が婦《ふ》と成《な》りて
却《かえ》つて当時《とうじ》の旧苦辛《きゅうくしん》を話《わ》すべし

七言絶句。韻字、身・人・辛（上平声十一真）。
○妾身　女性の一人称の謙称。後漢の蔡琰《さいえん》の「胡笳《こか》十八拍」詩に、「千金《せんきん》を遣《や》りて妾身《しょうしん》を贖《あがな》ふ」。○有心人　真心の有る人。情の有る人。○荊布　茨のかんざしと木綿の衣。粗末な装いの意から、粗末な身なりの妻。糟糠《そうこう》の妻。

お金で私を買うことを私は許さない。私はただ真心の有る人だけにこの身を任せたい。いつの日かきっとあなたの糟糠の妻になって、今の苦労を昔の苦労として振り返って話すようになりたい。

63

舞閣歌楼連繍甍
夜深無処不春情
誰知戸外秋風満
明月橋頭擣紙声

舞閣《ぶかく》　歌楼《かろう》　繍甍《しゅうぼう》連《つら》なる
夜深《よるふ》けて　処《ところ》として春情《しゅんじょう》ならざるは無《な》し
誰《たれ》か知《し》らん　戸外《こがい》　秋風《しゅうふう》の満《み》つるを
明月《めいげつ》　橋頭《きょうとう》　紙《かみ》を擣《う》つ声《こえ》

七言絶句。韻字、甍・情・声（下平声八庚）。
○舞閣歌楼　歌舞にさざめく高殿。ここは吉原の茶屋や遊女屋の建物をいう。○繍甍　美しく飾られた瓦。但し、この時代の吉原の建物は瓦屋根ではなく、すべて檜《ひ》皮葺《わだぶ》きだったので、ここは詩的表現。○春情　春のような艶めかしい雰囲気。○橋頭　山谷堀に架かる山谷橋の橋畔。○擣紙声　漉《す》き返《がえ》しの紙を紙砧《かみぎぬた》で打つ音。吉原に程近い山谷辺には、浅草紙（下等な漉き返し紙）を作る業者が多かったことによる。『柳多留』百二十二篇に、「すがきが止むと山谷の遠砧《とおぎぬた》」。
吉原では歌舞にさざめく高殿が美しい屋根を連ねている。夜が更《ふ》けると辺り一面に春のような艶めかしい雰囲気が漂う。空には月が明るく輝き、山谷橋の辺りからは漉《す》き返《がえ》しの紙を打つ砧《きぬた》の音が聞こえてくるが、ここ吉原では誰も戸外に秋風が吹いているのに気づかない。

64

十載煙花誤了儂
鏡中漸減旧姿容
暁窓酒醒歓情少
自啓彫籠放小蛩

十載《じっさい》の煙花《えんか》 儂《われ》を誤了《ごりよう》す
鏡中《きようちゆう》 漸《ようや》く減《げん》ず 旧姿容《きゆうしよう》
暁窓《ぎようそう》 酒醒《さけさ》めて 歓情少《かんじようすく》なし
自《みずか》ら彫籠《ちようろう》を啓《ひら》いて小蛩《しようきよう》を放《はな》つ

七言絶句。韻字、儂・容・蛩（上平声二冬）。
○十載　十年。苦界十年という言葉があるように、遊女の年季奉公の年限は通常十年だったことを踏まえていう。○煙花　遊女稼業。○儂　一人称の代名詞。○誤了（我が身の）生き方をすっかり誤らせてしまった。○歓情　歓楽的な心情。唐の白居易の「歳暮微之に寄す三首《さいぼびし》」詩に、「自《みずか》ら覚《おぼ》ゆ歓情《かんじよう》の日《ひ》に随《したが》ひて減《げん》ずるを」。○彫籠　模様を彫って装飾した虫籠。○小蛩　コオロギ。

十年の遊女勤めが我が身を誤らせてしまった。鏡に映る容貌は昔に比べると衰えが目立つようになった。酒が醒めて夜明け時の窓辺に坐っていると、歓楽を喜ぶ心持が以前よりも少なくなっているのを感じる。美しい虫籠を手ずから開けて、コオロギを自由にしてやる。

65
推病日来深閉房
豪華不復競新粧
羅襦宝帯送春尽
猶脱玉釵留粉郎

病《やまい》を推《お》して　日来《にちらい》　深《ふか》く房《ぼう》を閉《とざ》す
豪華《ごうか》　復《ま》た新粧《しんしょう》を競《きそ》はず
羅襦《らじゅ》　宝帯《ほうたい》　春《はる》を送《おく》り尽《つ》くして
猶《な》ほ玉釵《ぎょくさい》を脱《だつ》して粉郎《ふんろう》を留《とど》む

七言絶句。韻字、房・粧・郎（下平声七陽）。
○推病　病気にかこつける。仮病を使う。○日来　近頃。○新粧　新しい流行の装い。○羅襦宝帯　薄絹の短衣と宝石で飾った贅沢な帯。唐の盧照鄰の「長安古意」詩に、「羅襦宝帯君《らじゅほうたいきみ》が為《ため》に解《と》き、燕歌《えんか》趙舞君《ちょうぶきみ》が為《ため》に開《ひら》く」。○玉釵　玉《ぎょく》のかんざし。かんざしの美称。『聯珠詩格』巻十四に収める鄭有極の「邸壁」詩に、「玉釵《ぎょくさい》を敲断《こうだん》して紅燭冷《こうしょくひや》やかなり」。○粉郎　おしろいを付けたような色白の美男子。三国時代、魏の何晏《かあん》が美男子で、粉侯・粉郎などと呼ばれたことによる。転じて、最愛の色男を呼ぶ称にも用いられる。

近頃は仮病を使って深く部屋に閉じこもっている。豪華な流行の装いをこれ見よがしにひけらかすようなことはもうなくなった。全盛の時に身につけていた薄絹の衣と宝石で飾った帯を手放してしまったうえに、今では釵《かんざし》まで売り払って情人に貢いでいる。

66
半夜郎帰挽不留　　半夜《はんや》　郎帰《ろうかえ》りて　挽《ひ》けども留《とど》まらず
合歓衾裏一身秋　　合歓衾裏《ごうかんきんり》　一身《いっしん》の秋《あき》
紅腮雨湿烏雲乱　　紅腮《こうさい》　雨湿《あめうるお》ひて　烏雲《ううん》乱《みだ》れ
玳瑁釵摧在枕頭　　玳瑁釵《たいまいさい》は摧《くだ》けて　枕頭《ちんとう》に在《あ》り

七言絶句。韻字、留・秋・頭（下平声十一尤）。
○半夜　真夜中。○挽　引き留める。○合歓衾　男女共寝の衾（夜具）。○紅腮　紅を刷《は》いた頬。
○烏雲　女性の黒髪の比喩。明の余懐の『板橋雑記』に「烏雲《ううん》、堆雪《たいせつ》、竟体芳香《きょうたいほうこう》あり」とあり、明和九年刊の同書の和刻本に付された山崎蘭斎の訓訳には「烏雲《クロカミ》」とある。○玳瑁釵　鼈甲《べっこう》のかんざし。

引き留めたけれども振り切るようにして、真夜中にあの人は帰っていった。共寝の夜具の中に独り取り残されて、我が身ひとりの秋を噛みしめている。紅を刷《は》いた頬は涙の雨に濡れて黒髪は乱れ、髪に挿していた鼈甲の釵《かんざし》は砕けて枕元に散らばっている。

67

月映紗窓雨半残
金釵卜罷涙闌干
暁来不作鴛鴦夢
比翼薦空双枕寒

月《つき》は紗《さ》窓《そう》に映《えい》じて　雨《あめ》は半《なか》ば残《のこ》る
金釵《きんさい》　卜《ぼく》し罷《や》めて　涙闌干《なみだらんかん》
暁来《ぎょうらい》　作《な》さず　鴛鴦《えんおう》の夢《ゆめ》
比翼薦《ひよくせん》空《むな》しうして　双枕《そうちん》寒《さむ》し

七言絶句。韻字、残・干・寒（上平声十四寒）。

○紗窓　紗のカーテンの掛かった窓。女性の部屋のしつらい。○金釵　黄金のかんざし。○卜　占う。ここは、かんざしを畳の上に投げて、落ちたところの畳の目で吉凶を占う畳算《たたみざん》をいう。○涙闌干　涙が溢れて流れ落ちるさま。唐の白居易の「長恨歌」に、「玉容寂寞涙闌干《ぎょくようせきばくなみだらんかん》」。○鴛鴦夢　夫婦あるいは仲の良い男女の相会する夢。唐の李煜《りいく》の「菩薩蛮《ぼさつばん》」詞に、「驚《おどろ》き覚《さ》む鴛鴦《えんおう》の夢《ゆめ》」。○比翼薦　「比翼」は、雌雄の羽がつながって飛ぶという伝説上の鳥を比翼鳥ということから、夫婦が仲良く離れないことの比喩。「薦」は、敷物。○双枕　二つ並んだ枕。魏晋の無名氏の「子夜四時歌」夏歌二十首に、「双枕《そうちん》何《なん》の時《とき》か有《あ》らん」。

月は薄絹のカーテンを照らしているが、雨はまだ残っている。釵占《かんざしうらな》いをやめてからも、涙はとめどなく溢れる。夜明け時になっても鴛鴦の夢を結ぶことはなく、比翼の敷物に居るはずの人の姿はなくて、二つの枕が寒々と並んでいる。

68

別後風光涙湿巾
生憎燕語一楼春
今朝又是無消息
喚取橋頭売卜人

別後《べつご》　風光《ふうこう》　涙《なみだ》　巾《きん》を湿《うるお》す
生憎《あやにく》す　燕語《えんご》　一楼《いちろう》の春《はる》
今朝《こんちょう》　又《ま》た是《こ》れ消息無《しょうそくな》し
喚取《かんしゅ》す　橋頭《きょうとう》　売卜《ばいぼく》の人《ひと》

七言絶句。韻字、巾・春・人（上平声十一真）。
○巾　手ぬぐい。ハンカチ。○生憎　ひとえに憎む。『助語審象』に、「生憎《アナニクヤ》　アダイヤラシイ」。
○燕語　宴語に同じ。酒宴のざわめき。○喚取　呼び寄せる。○売卜人　易者。『聯珠詩格』巻十四に収める宋の許棐《きよひ》の「閨恨」詩の転句・結句の、「自家《じか》の夫婿消息無《ふせいしょうそくな》し、却《かえ》つて恨《うら》む橋頭売卜《きょうとうばいぼく》の人《ひと》」を意識する。

あの人と別れた後は、目にする景色にも涙が溢れて手巾を濡らしてしまう。酒宴のざわめきは春のように心を浮き立たせるもの、けれども今はそれさえも憎らしい。今朝になってもあの人からの音信《おんしん》は無いので、橋の畔にいる易者を呼び寄せて占ってもらう。

69
相思欲寄恨重重
永夜裁書和涙封
影暗銀釭玉虫冷
風伝浅草寺中鐘

相思《そうし》　寄《よ》せんと欲《ほっ》して　恨重重《うらみちょうちょう》
永夜《えいや》　書《しょ》を裁《さい》して　涙《なみだ》と和《とも》に封《ふう》ず
影暗《かげくら》くして　銀釭《ぎんこう》　玉虫《ぎょくちゅう》冷《ひや》やかなり
風《かぜ》は伝《つた》ふ　浅草寺中《せんそうじちゅう》の鐘《かね》

七言絶句。韻字、重・封・鐘（上平声二冬）。
○永夜　長い夜。○裁書　手紙を書く。○銀釭　燭台。『聯珠詩格』巻十九に収める宋の鞏豊《きょうほう》の「将に曙《あ》けんとす」詩に、「玉虫《ぎょくちゅう》膏《あぶら》冷《ひや》やかにして銀釭《ぎんこう》暗《くら》し」。○玉虫　灯火の比喩。

幾重もの恨みを抱きながらも、あの人へ思いを伝えようと、秋の夜長に手紙を書いて、涙と一緒に封をする。燭台の灯火は冷やかに暗い火影《ほかげ》をちらつかせるばかり。浅草寺で打つ後夜《ごや》の鐘の音《ね》が風に乗って聞こえてくる。

70

怨殺郎君太不情
今宵招得数寒盟
百般欲説心還怯
倩麴神要為援兵

怨殺《えんさつ》す　郎君《ろうくん》の太《はなは》だ不情《ふじょう》なるを
今宵《こよい》　招《まね》き得《え》て　寒盟《かんめい》を数《せ》む
百般《ひやつぱん》　説《と》かんと欲《ほっ》して　心還《こころかえ》つて怯《おび》ゆ
麴神《きくしん》を倩《こ》ひて援兵《えんぺい》と為《な》さんと要《よう》す

七言絶句。韻字、情・盟・兵（下平声八庚）。
○怨殺　怨む。「殺」は、意味を強めるための助字。○数　責める。○寒盟　約束に背いたり、約束を忘れたりすること。○百般　あれこれすべて。○倩麴神　酒の力を借りる。「麴神」は、酒の神。宋の晁説之《ちょうえつし》の「飲酒」詩に、「醒後身《せいごみ》を傾《かたむ》けて麴神《きくしん》に事《つか》ふ」。○援兵　援軍。

あの人のたいそう不人情なのが怨めしい。今宵は呼び寄せてその背信を問い詰めよう。ありたけのことをぶちまけたいが、いっぽうではそれが逆効果になるのではないかと怯えてしまう。酒の神さまをお招きして援軍になってもらおうと思う。

71

新辞南曲向循墻
命薄于雲真可傷
正是嫦娥落塵世
月宮従此減清光

新《あら》たに南曲《なんきょく》を辞《じ》して循墻《じゅんしょう》に向《む》かふ
命《めい》は雲《くも》よりも薄《うす》し　真《まこと》に傷《いた》む可《べ》し
正《まさ》に是《こ》れ　嫦娥《じょうが》　塵世《じんせい》に落《お》つ
月宮《げっきゅう》　此《これよ》従り清光《せいこう》を減《げん》ぜん

七言絶句。韻字、墻・傷・光（下平声七陽）。

○南曲　遊里。遊郭。和刻本『板橋雑記』の「南曲《なんきょく》の衣裳粧束《いしょうしょうぞく》は四《し》方《ほう》取《と》りて以《もっ》て式《しき》と為《な》す」という箇所に付される山崎闇斎の訓訳には、「クルワノ衣裳粧束《イシヤウミジマイ》ハホカノ妓《ヲヤマ》モ地女《チヲンナ》モミナコレヲ手本《テホン》トス」とある。○循墻　道路の中央を避けて墻《かき》に沿って行くこと。吉原には周りを囲むお歯《は》黒溝《ぐろどぶ》に沿って、西河岸《にしがし》と羅生門河岸《らしょうもんがし》という下級の女郎を置く切見世《きりみせ》の並ぶ地域があった。ここは、盛りを過ぎた遊女が、吉原の中心にある高級な遊女屋から、周辺の下級な切見世へと勤めを替えることをいうか。○命　運命。○薄于雲　宋の李呂《りりょ》の「黄令裕《こうれいゆう》を懐《おも》ふ二首」詩に、「世態《せたい》は雲《くも》よりも薄《うす》し」。○嫦娥　月に住むとされた美人の名。もと弓の名人羿《げい》の妻であったが、羿が西王母から貰った不死の薬を嫦娥が盗み飲んで、仙女になって月に奔ったという。○塵世　俗世。○月宮　月にあるとされた宮殿。広寒宮とも。ここは遊里吉原を指す。

新たに吉原の遊女から、お歯《は》黒溝《ぐろどぶ》に沿った切見世《きりみせ》の女郎に身を落とすことになった。運命は雲よりも薄情なもので、本当に可哀想なことだ。これはまさに月に住む嫦娥という美女が俗世界に堕ちたようなもので、月の宮殿ともいうべき遊里吉原もこれからは清らかな光が弱くなることであろう。

如亭山人藁初集

如亭山人藁初集序

嘗試問乎人曰西施太真美乎醜乎、必曰美矣、嘗試問乎人曰唐詩佳乎否、必曰佳矣、謂西施太真美者、豈真識西施太真之美哉、徒伝聞其美以為然、今更告以西施太真不美、必不以為然、謂唐詩佳者其詩具存、世皆誦之、而莫識其所以佳、莫識其所以佳故、欺之以唐詩不佳宋詩真佳、世或以為然、甚矣哉、世俗之然不然無定識也、余好読唐詩識其所以佳、無以易之、嘗試挙其説告人、人皆不以為然、独如亭山人以為然、毅然変其詩法、洗鄙俚為正音、捨野狐禅入大乗禅、余与山人相識三十年、其人世為官匠、少不事生産、放情于烟花風月、混跡于游侠俳優、喜友真率洒落之人、寇視修飾辺幅之徒、意之所適諧謔竟日、所不適望望然去之、履行多不中縄墨、顧独嗜吟詠、苦思求合格、乙卯年竟棄家薄遊信越間、辛酉年帰居江戸、余為説唐詩之法、山人戛戛乎奉唐詩之縄墨、不得其中不止、然而履行益在縄墨外、浮浪少年之態竟不磨滅、飄然再遊信越、丙寅年来寓江戸、又将西遊、自乙卯至丙寅凡十二年所得詩千餘首、山人刪其不中縄墨者得一百首、題曰如亭山人初集、求序于余、余曰、甚矣山人之割愛也、既割愛于妻子、又割愛于頭髪、今又兼至割愛于其詩邪、詩人刻一集、唯患其不多、山人則唯如患其不少、山人曰、伝詩何必在多、崔司勲以黄鶴楼一首蓋一代三百年、韓舎人以青烟散入五侯家一句飛名于九重上、且吾所棄詩皆粃糠塵垢也、所存詩骨髄精神也、自今以往得一首存一首、数千万首何難得之有、余壮其言美其意為作之序、依詩人故事、臨別勧酒一盃唱三畳曲、山人尽一杯色洒然、曰既有此序有可以行矣、揮手而去

文化三年春三月　友人浪華葛質序

嘗試《こころみ》に人《ひと》に問《と》ひて「西施《せいし》・太真《たいしん》は美《び》か醜《しゅう》か」と曰《い》はば、必《かなら》ず「美《び》なり」と曰《い》はん。嘗試《こころみ》に人《ひと》に問《と》ひて「唐詩《とうし》は佳《か》なるや否《いな》や」と曰《い》はば、必《かなら》ず「佳《か》なり」と曰《い》はん。西施《せいし》・太真《たいしん》を美《び》と謂《い》ふ者《もの》は、豈《あ》に真《まこと》に西施《せいし》・太真《たいしん》の美《び》を識《し》らんや。徒《ただ》にその美《び》を伝《つた》へ聞《き》きて、以《もっ》て然《しか》りと為《な》すなり。今《いま》、更《さら》に告《つ》ぐるに西施《せいし》・太真《たいしん》は美《び》ならずといふを以《もっ》てせば、必《かなら》ず以《もっ》て然《しか》りと為《な》さず。唐詩《とうし》を佳《か》なりと謂《い》ふ者《もの》は、その詩《し》具《つぶさ》に存《そん》し、世《よ》皆《み》な之《これ》を誦《しょう》す。而《しか》るにその佳《か》なる所以《ゆえん》を識《し》ること莫《な》し。その佳《か》なる所以《ゆえん》を識《し》ること莫《な》きが故《ゆえ》に、之《これ》を欺《あざむ》くに唐詩《とうし》は佳《か》ならず、宋詩《そうし》は真《まこと》に佳《か》なりといふを以《もっ》てせば、世《よ》或《ある》いは以《もっ》て然《しか》りと為《な》さん。甚《はなは》だしきかな、世俗《せぞく》の然《しか》りとすると然《しか》りとせざるとの定識《ていしき》無《な》きことや。余《よ》、唐詩《とうし》を読《よ》むことを好《この》みて、その佳《か》なる所以《ゆえん》を識《し》り、以《もっ》て之《これ》を易《か》ふること無《な》し。嘗試《こころみ》にその説《せつ》を挙《あ》げて人《ひと》に告《つ》ぐ。人皆《ひとみ》な以《もっ》て然《しか》りと為《な》さず。独《ひと》り如亭山人《じょていさんじん》のみ以《もっ》て然《しか》りと為《な》し、毅然《きぜん》としてその詩法《しほう》を変《へん》じ、鄙俚《ひり》を洗《あら》ひて正音《せいおん》と為《な》し、野狐《やこ》禅《ぜん》を捨《す》てて大乗禅《だいじょうぜん》に入《い》る。

余《よ》、山人《さんじん》と相識《あいし》ること三十年《さんじゅうねん》なり。その人《ひと》、世々《よよ》官匠《かんしょうた》為り。少《わこ》うして生産《せいさん》を事《こと》とせず、情《じょう》を烟花《えんか》風月《ふうげつ》に放《ほしいまま》にし、跡《あと》を游侠俳優《ゆうきょうはいゆう》に混《こん》ず。真率洒落《しんそつしゃらく》の人《ひと》を友《とも》とするを喜《よろこ》び、辺幅《へんぷく》を修《しゅう》飾《しょく》するの徒《と》を寇《あだ》とし視《み》る。意《い》の適《かな》ふ所《ところ》は諧謔《かいぎゃく》して日《ひ》を竟《お》ふ。適《かな》はざる所《ところ》は望望然《ぼうぼうぜん》として之《これ》を去《さ》る。履行《りこう》、多《おお》くは縄墨《じょうぼく》に中《あた》らず。顧《かえ》つて独《ひと》り吟詠《ぎんえい》を嗜《たしな》み、苦思《くし》して格《かく》に合《がっ》せんことを求《もと》む。乙卯《いつぼう》の年《とし》、竟《つい》に家《いえ》を棄《す》てて信越《しんえつ》の間《かん》に薄遊《はくゆう》し、辛酉《しんゆう》の年《とし》、帰《かえ》つて江戸《えど》に居《お》る。余《よ》、為《ため》に唐詩《とうし》の法《ほう》を説《と》く。山人《さんじん》、戛戛乎《かつかつこ》として唐詩《とうし》の縄墨《じょうぼく》を奉《ほう》じ、その中《あた》るを得《え》ざれば止《や》まず。然《しか》して履《り》行《こう》は益々縄墨《ますますじょうぼく》の外《そと》に在《あ》り。浮浪少年《ふろうしょうねん》の態《たい》は竟《つい》に磨滅《まめつ》せず。飄然《ひょうぜん》として再《ふた》び信越《しんえつ》に遊《あそ》ぶ。丙寅《へいいん》の年《とし》、来《きた》りて江戸《えど》に寓《ぐう》す。又《ま》た将《まさ》に西遊《さいゆう》せんとす。

乙卯自《いつぼうよ》り丙寅《へいいん》に至《いた》る凡《およ》そ十二年《じゅうにねん》、得《う》る所《ところ》の詩《し》千余首《せんよしゅ》、山人《さんじん》その縄墨《じょうぼく》に中《あた》らざる者《もの》を刪《けず》りて一百首《いっぴゃくしゅ》を得《え》、題《だい》して如亭山人初集《じょていさんじんしょしゅう》と曰《い》ふ。序《じょ》を余《よ》に求《もと》む。余曰《よい》はく、「甚《はなは》だし、山人《さんじん》の愛《あい》を割《さ》くこと。既《すで》に愛《あい》を妻子《さいし》に割《さ》き、又《ま》た愛《あい》を頭髪《とうはつ》に割《さ》く。今又《いまま》た兼《か》ねて愛《あい》をその詩《し》に割《さ》くに至《いた》るか。詩人《しじん》、一集《いっしゅう》を刻《こく》するに、唯《た》だその多《おお》からざるを患《うれ》ふ。山人《さんじん》は則《すなわ》ち唯《た》だその少《すく》なからざるを患《うれ》ふるが如《ごと》し」と。山人曰《さんじんい》はく、「詩《し》を伝《つた》ふるは、何《なん》ぞ必《かなら》ずしも多《おお》きに在《あ》らん。崔司勲《さいしくん》は黄《こう》鶴楼《かくろう》の一首《いっしゅ》を以《もっ》て一代三百年《いちだいさんびゃくねん》を蓋《おお》ひ、韓舎人《かんしゃじん》は「青烟《せいえん》は散《さん》じて五侯《ごこう》の家《いえ》に入《い》る」の一句《いっく》を以《もっ》て名《な》を九重《きゅうちょう》の上《うえ》に飛《ひ》す。且《か》つ吾《わ》が棄《す》つる所《ところ》の詩《し》は皆《み》な粃糠塵垢《ひこうじんこう》なり。存《そん》する所《ところ》の詩《し》は骨髄精《こつずいせい》神《しん》なり。今自《いまよ》り以往《いおう》、一首《いっしゅ》を得《え》て一首《いっしゅ》を存《そん》せば、数千万首《すうせんまんしゅ》何《なん》の得難《えがた》きことかこれ有《あ》らん」と。

余《よ》、その言《げん》を壮《そう》とし、その意《い》を美《び》とし、為《ため》に之《これ》が序《じょ》を作《つく》り、詩人《しじん》の故事《こじ》に依《よ》つて、別《わか》れに臨《のぞ》んで酒一盃《さけいっぱい》を勧《すす》め、三畳《さんじょう》の曲《きょく》を唱《うた》ふ。山人《さんじん》、一杯《いっぱい》を尽《つ》くして色洒然《いろしゃぜん》たり。曰《い》はく、「既《すで》に此《こ》の序有《じょあ》り。以《もっ》て行《い》く可《べ》し」と。手《て》を揮《ふる》つて去《さ》る。

文化三年春三月《ぶんかさんねんはるさんがつ》　　友人浪華葛質序《ゆうじんなにわかつしつじょ》す

○嘗試　「嘗」も「試」もともにココロミニの意。同じ意味の言葉を用いる「復用」の語。○西施　春秋時代の越の美女。呉王夫差は西施の色香に溺れて国を滅ぼした。○太真　唐の玄宗皇帝に寵愛された楊貴妃のこと。太真はその号。○余好読唐詩識其所以佳　この序文を書いた葛西因是《かさいいんぜ》（一七六四～一八二三）は、明末・清初の金聖歎（名は喟《き》）の『貫華堂選批唐才子詩《かんかどうせんひとうさいしし》』や『唱経堂杜詩解《しょうけいどうとしかい》』というような注釈書を読んだ結果、唐詩尊重の詩論を抱くようになり、自らも『通俗唐詩七律解《つうぞくとうししちりつかい》』という唐の七律の注釈書を著わして享和二年（一八〇二）に出版した。○正音　詩の正しい音律。○野狐禅　生かじりで、悟ってもいないのに悟ったつもりになっている禅。○大乗禅　悟りの彼岸に到達した禅。○烟花風月　男女の情愛、また色遊び。ここは遊里などにおける遊蕩をいう。○竟日　終日。○望望然　興味を失うさま。『孟子』公孫丑上に、「其の冠《かんむり》正しからざれば、望望然として之を去る」。○履行　行動。○縄墨　規則。決まりごと。如亭が幕府小普請方の大工棟梁だったので、大工の使う「墨縄《すみなわ》」にちなんで意識的にこの語を用いた。○格　作詩上の規則。○乙卯　寛政七年（一七九五）、如亭三十三歳。○薄遊　漫遊。○辛酉　享和元年

（一八〇二）、如亭三十九歳。〇戛戛乎　困難なさま。唐の韓愈の「李翺《りよく》に答ふる書」に、「戛戛乎《かつかつこ》として其《そ》れ難《かた》き哉《かな》」。〇丙寅　文化三年（一八〇六）、如亭四十四歳。〇割愛于妻子　江戸に寓していた享和二年（一八〇二）九月時点では、如亭には信州から連れてきたと思われる妻があり、『如亭山人藁初集』に収める詩108から、この妻との間には幼児もいたことが分かる。その妻子を棄てて旅立とうとしているというのである。〇割愛于頭髪　詩112に詠まれているように、享和二年の大晦日に如亭は剃髪した。〇崔司勲　盛唐の詩人崔顥《さいこう》。司勲員外郎の官に補せられたのでこういう。『唐詩選』にも収める「黄鶴楼」と題する七律は名作として名高い。〇一代三百年　西暦六一八〜九〇七年の唐王朝をいう。〇韓舎人　中唐の詩人韓翃《かんこう》。大暦十才子の一人。官が中書舎人に至ったのでこういう。『唐詩選』にも収める七絶「寒食」は宦官の専横を諷した詩といわれている。「青烟は散じて五侯の家に入る」はその結句。〇九重　天子の宮殿。朝廷。『本事詩』に拠れば、韓翃のこの詩は徳宗皇帝の耳にも伝わっていたという。〇粃糠　しいな・ぬか。つまらないものの喩え。〇詩人故事　唐の王維の「元二《げんに》の安西《あんせい》に使《つかい》するを送《おく》る」詩、「渭城《いじょう》の朝雨軽塵《ちょううけいじん》を浥《うるお》す、客舎青《かくしゃせい》青《せい》として柳色新《りゅうしょくあら》たなり、君《きみ》に勧《すす》む更《さら》に尽《つ》くせ一杯《いっぱい》の酒《さけ》、西《にし》のかた陽関《ようかん》を出《い》づれば故人《こじん》無《な》からん」が送別の詩として広く愛唱されたので、以後、送別に際してはこの詩を「三畳（三度繰り返す）」して歌ったという。〇洒然　心がさっぱりとしてわだかまりのないさま。〇文化三年春三月　実際に如亭が江戸を発って西遊に出たのは、翌文化四年（一八〇七）三月、如亭四十五歳。〇浪華葛質　葛西因是は大坂出身なのでこういう。葛は葛西の修姓。質は名。如亭のもっとも古い友人の一人。如亭の漢文の師であった昌平黌の儒者平沢旭山の門人で、自らも林家に入門し昌平黌に学んだが、後に破門された。

試みに人に「西施や楊貴妃は美女か醜女か」と質問したならば、必ず「美女だ」と答えるだろう。試みに人に「唐詩は佳《よ》いかどうか」と質問したならば、必ず「佳い」と答えるだろう。西施や楊貴妃を美女だという人も、本当に西施や楊貴妃が美女だったことを知っているわけではない。ただ美女だったということを伝え聞いて、それでそうだと思っているのである。今あらためて西施や楊貴妃は美女ではないといえば、必ずそんなことはないと答えるであろう。唐詩を佳いというが、その詩は紛れもなく存在し、世間の人は皆なそれを口ずさんでいる。しかし、唐詩が佳い理由については知らない。唐詩が佳い理由を知らないわけだから、欺いて唐詩は佳くない、宋詩こそ本当に佳いといえば、世間はひょっとしたらそうだと思うであろう。世間がそう思うか、そう思わないかということについての定見の無さは、何とも甚だしいものがある。私は唐詩を読むのが好きで、唐詩の佳い理由を知っているので、唐詩が佳いという考えを変えることはない。試みに人に自分の説を告げたことがあるが、誰も賛同しなかった。ただひとり如亭山人だけが賛同し、毅然としてそれまでの詩法を変え、卑俗さを洗い流して正しい詩調を獲得し、生悟《なまざと》りの禅から真《まこと》の悟りに到達する本物の禅の境地へと入ったのである。

私は如亭山人と知り合いになって三十年になる。如亭は代々幕府に仕える大工棟梁の家に生まれた。しかし、如亭は若い頃から家業に従事せず、遊蕩に耽り、侠客や役者たちと交遊してきた。率直でこだわりの無い人を友人にするのを喜び、上べを飾るような連中を敵視した。気に入った所では一日中戯《おど》けていたが、気に入らない所では興味を失ってその場を去った。行動の多くは規則に合わず、かえって一人で詩作に親しみ、苦吟して詩格に合うことを追い求めた。乙卯《いつぼう》の歳寛政七年、如亭はとうとう家を棄てて信越地方を遊歴し、辛酉《しんゆう》の歳享和元年に旅から帰って江戸に住んだ。私はその時、如亭のために唐詩の法を説いた。如亭は苦しみながらも唐詩の規則を尊重し、それに合しなければ推敲をやめなかった。しかし、行動はますます規則の外に在り、浮浪少年の態度は終に無くならなかった。そして、飄然として再び信越地方に旅し、丙寅《へいいん》の歳文化三年に戻ってきて江戸に身を寄せ、さらに又た西遊しようとしている。

乙卯の歳寛政七年から丙寅の歳文化三年までおよそ十二年にわたって出来た詩は千余首、如亭はその中から規則に合わないものを削って百首を得、『如亭山人初集』と名付けて、序文を私に求めてきた。そこで私は言った。「山人よ、君は愛着あるものを捨て去ることの何と甚だしいことか。すでに妻子を捨て、頭髪を捨てている。今又た詩まで捨てるに至ったのか。詩人が詩集を出版する時は、唯だ詩数の多くないことを気にするものだ。ところが山人よ、君は唯だ詩数が少なくないことを気にしているように見える」と。如亭山人が言うには、「詩を後世に伝えるということは、必ずしも詩数の多さにあるのではない。崔顥《さいこう》は「黄鶴楼《こうかくろう》」の一首で唐代三百年にわたってその名が広まり、韓翃《かんこう》は「青烟は散じて五侯の家に入る」の一句で、朝廷にまでその名が伝わった。おまけに私が捨てた詩は皆な取るに足りないつまらないものばかりだ。詩集に残した詩は詩人としての私の骨髄や精神とでもいうべきものなのである。今後、会心の一首を得て、その一首を残すようにしていけば、数千万首といえども何の得難いことがあろうか」と。私はその言葉を勇ましいものとし、その意気を立派なものとしてこの序文を作り、詩人の故事に倣い、別れに臨んで一杯の酒を勧め、「陽関三畳《ようかんさんじょう》」の曲を唱った。如亭山人は一杯を飲み干すとさっぱりとした顔付きになり、「すでにこの序文を手にしたからは、もう旅立ってもよかろう」と言い、手を振って去っていった。

文化三年春三月　　友人浪華《ゆうじんなにわ》の葛質《かっしつ》序《じょ》す

◇因是の『因是文稿』（『天香楼叢書』所収）巻一には、この「如亭山人初集序」を収めるが、それに続いて「柏山人集序」と題する文章を収める。この二つの文章は内容的に重なっており、「柏山人集序」は「如亭山人初集序」の初稿かと思われるが、「柏山人集序」の方には因是自身の唐詩尊重の詩論がより詳しく述べられている（本書「解説」の「2　如亭詩の特色――詩法・詩風・抒情」を参照）。

72

塩浜元旦

余詩改法之後取稿尽焚但自乙
卯至丙寅僅存百首是為初集亦
惟記其間時日已

今年乙卯春正月
始免衙門拝長官
要借海楼観日出
布裘暖帽倚欄干

塩浜《しおはま》の元旦《がんたん》

余《よ》が詩《し》、法《ほう》を改《あらた》むるの後《のち》、稿《こう》を取《と》りて尽《ことごと》く焚《や》く。但《ただ》し乙卯《いつぼう》自《よ》り丙寅《へいいん》に至《いた》りて僅《わず》かに百首《ひゃくしゅ》を存《そん》す。是《こ》れ初集《しょしゅう》為《た》り。亦《ま》た惟《た》だその間《かん》の時日《じじつ》を記《しる》すのみ。

今年《ことし》　乙卯《いつぼう》　春正月《はるしょうがつ》
始《はじ》めて免《まぬか》る　衙門《がもん》　長官《ちょうかん》を拝《はい》することを
海楼《かいろう》を借《か》りて日《ひ》の出《で》を観《み》んと要《よう》し
布裘《ふきゅう》　暖帽《だんぼう》　欄干《らんかん》に倚《よ》る

七言絶句。韻字、官・干（上平声十四寒）。
○塩浜　『再校江戸砂子』に拠れば、深川洲崎弁財天の東に位置する平井新田をいう。この地で明和三年（一七六六）七月から製塩を始めたので塩浜と称した。江戸郊外の景勝地でもあった。○余詩改法　葛西因是の影響を受けて詩法を変えたことをいう。葛西因是序および本書解説の「2　如亭詩の特色――詩法・詩風・抒情」を参照。○乙卯　寛政七年（一七九五）、如亭三十三歳。前年の寛政六年、如亭は幕府小普請方大工棟梁の職を辞した。○丙寅　文化三年（一八〇六）、如亭四十四歳。○春正月　五経の一つ『春秋』の冒頭が「元年春王正月」などと始まることを意識してこういう表現を用いたか。大工棟梁を辞職して心機一転した気持を表わそうとしたのであろう。○衙門　役所。○長官　小普請方大工棟梁の直属上司は小普請奉行。役所は常盤橋御門外の龍の口にあった。○海楼　海辺の高楼。塩浜にあった酒楼をいう。○布裘　布で作った防寒用の衣。褞袍《どてら》。唐の白居易に「新たに布裘を製す」と題する詩がある。○暖帽　暖かな帽子。白居易の「即事《そくじ》重《かさ》ねて題《だい》す」詩に、「重裘暖帽寛氈履《ちょうきゅうだんぼうかんせんり》」。

「私は詩法を変えた後に、詩稿を手にしてその尽《ことごと》くを焼いた。但し、乙卯の歳寛政七年から丙寅の歳文化三年に至るまでの、僅か百首の詩だけを残した。これがこの『如亭山人藁初集』である。また唯だその間の時日のみを記しておく。」

今年は乙卯の歳、その春を迎えた正月に、始めて役所で長官に新年の拝礼をしなくともよくなった。そこで海沿いの茶屋に上がって初日の出を観ようと思い、防寒のための褞袍《どてら》と頭巾を身に着けて、欄干に寄りかかっている。

◇写本『如亭山人詩初集』では、この詩の結句は「紫雲静処倚闌干（紫雲静《しうんしず》かなる処《ところ》闌干《らんかん》に倚《よ》る）」となっている。

73

歓宵

歓宵睡短起来遅
乳燕呼過近午時
無事粧成長日静
隔簾看婢浴猧児

歓宵《かんしょう》

歓宵《かんしょう》　睡《ねむり》短《みじこ》うして起来《きらい》遅《おそ》し
乳燕《にゅうえん》　呼《よ》び過《す》ぐ　近午《きんご》の時《とき》
無事《ぶじ》　粧成《しょうな》りて　長日《ちょうじつ》静《しず》かなり
簾《すだれ》を隔《へだ》てて看《み》る　婢《ひ》の猧児《かじ》を浴《よく》するを

七言絶句。韻字、遅・時・児（上平声四支）。
〇歓宵　歓楽の夜。男女が相会う夜をいう。〇乳燕　雛を育てる燕。初夏の景物。宋の陸游の「初夏新晴」詩に、「翩翩《へんぺん》として乳燕《にゅうえん》は簾影《れんえい》を穿《うが》つ」。〇近午　正午に近い時間。〇長日　昼の長い夏の日。〇猧児　犬の一種、ちん。『板橋雑記』に明の金陵の妓家の様子を述べて「階《かい》に升《のぼ》れば則《すなわ》ち猧児《かじ》客《きゃく》を吠《ほ》え」とある。江戸でも遊女や芸者などのペットとして飼われることが多かった。

情人のやって来た嬉しい夜は眠りが短く、朝起きるのも遅い。雛を育てている燕が啼きながら飛び過ぎていく午《ひる》近く。化粧も無事終わり、夏の長い昼の時間が静かに過ぎていく時、下女が狆《ちん》に水浴びさせているのを、簾《すだれ》越しに眺めている。

74

別後

曾将情種蒔心田
別後空床不得眠
展尽相思書一紙
雨窓燈火夜如年

別後《べつご》

曾《かつ》て情種《じょうしゅ》を将《も》つて心田《しんでん》に蒔《ま》く
別後《べつご》の空床《くうしょう》　眠《ねむ》ることを得《え》ず
展《の》べ尽《つ》くす　相思《そうし》の書一紙《しょいっし》
雨窓《うそう》の灯火《とうか》　夜《よる》　年《とし》の如《ごと》し

七言絶句。韻字、田・眠・年（下平声一先）。
○情種　愛情の種。○心田　心。心には感情が生じることから、比喩的にこういう。○空床　空っぽの寝床。晋の張華の「情詩」に、「軽衾空床《けいきんくうしょう》を覆《おお》ふ」。○相思書　相手のことを思慕する手紙。恋文。○夜如年　一夜が一年のようだ。元の楊維楨の「倪元鎮《げいげんちん》を訪《と》ふも遇《あ》はず」詩に、「一窓《いっそう》の灯《とう》火《か》夜年《よるとし》の如《ごと》し」。

女への愛情の種を、かつて我が心の田に蒔いた。今夜やって来たその女が帰った後、独りになった寝床で私は眠ることもできない。以前貰った恋文を広げて、雨の降る窓辺の灯《ともしび》のもとで読み返していると、今夜一夜がまるで一年でもあるかのように長く感じられる。

75

余家旧蔵古泥研一殊為宝愛
近日貧甚出售之友人仏庵作
別研詩

風月場中不暫離
一朝臨別涙如絲
柏郎心緒君知否
大暦詩人嫁妓時

余《よ》が家《いえ》、旧《もと》と古泥研《こでいけん》一《ひと》つを蔵《ぞう》す。殊《こと》に宝愛《ほうあい》為《た》り。
近日貧甚《きんじつひんはなは》だし。出《いだ》して之《これ》を友人仏庵《ゆうじんぶつあん》に售《う》る。研《すずり》に
別《わか》るる詩《し》を作《つく》る

風月場中《ふうげつじょうちゅう》　暫《しばら》くも離《はな》れず
一朝《いっちょう》　別《わか》れに臨《のぞ》んで　涙《なみだ》は糸《いと》の如《ごと》し
柏郎《はくろう》の心緒《しんしょ》　君《きみ》　知《し》るや否《いな》や
大暦《たいれき》の詩人《しじん》　妓《ぎ》を嫁《か》する時《とき》

七言絶句。韻字、離・絲・時（上平声四支）。
○古泥研　古い澄泥硯《ちょうでいけん》。「研」は硯に同じ。澄泥硯は端渓硯、歙州《きゅうしゅう》硯、魯硯と並んで四大名硯と称され、細かい泥を固めて焼成したとも、蘇州霊巌山から採れる自然石から作ったともいわれている。
○仏庵　中村仏庵（一七五一～一八三四）。幕府の御畳方大工棟梁を務め、書を能くし、仏学に詳しかった。○風月場　男女の艶情の場、多くは遊里・遊郭などを指すが、ここはその意も含ませながら、風流文事の場をもいう。○一朝　一旦。○柏郎　「柏」は柏木の略。「郎」は男子を呼ぶ美称。○心緒　心情。思い。○君　硯を擬人化して呼びかけた言葉。○大暦詩人　「大暦」は唐の

代宗の年号。中唐の時代に当たり、この時期に活躍した詩人を総称して大暦十才子という。その一人に司空曙《しくうしょ》がいる。司空曙は家に妓女を抱えていたが、病気療養中に生計に窮してその妓女を人に譲ることになった。その時に詠んだ詩が『三体詩』『聯珠詩格』などに収められて有名な七言絶句「病中に妓を遣《や》る」で、ここはこの詩を踏まえている。

「私の家は古くから年代物の泥硯一枚を所蔵しており、私は特にそれを宝物のように愛玩していた。ところが近日貧乏が甚だしくなり、友人の仏庵に売ることになった。そこで硯に別《すずり》れる詩を作った。」硯よ、君は風流の場において少しの間も私の傍を離れることがなかったが、やむなく手放すことになった。一旦、別れに臨んで私の目からは涙が糸のように途切れることなく流れ落ちる。こんなことになってしまった私柏郎《はくろう》の思いを、硯よ、君は知っているだろうか。あの大暦の詩人司空曙《しくうしょ》が家に抱えていた妓を、病のために他の男のところに遣《や》った時の思いと、今の私の思いとが同じだということを。

76

単身

単身去国隔相思
無奈一番新別離

単身《たんしん》

単身《たんしん》　国《くに》を去《さ》つて相思《そうし》を隔《へだ》つ
奈《いか》んともする無《な》し　一番《いちばん》の新別離《しんべつり》

将欲此生追尾信
応須到死学韓痴
愁中嶺北雪銷日
夢裏関東花落時
四十今年猶欠六
尋春旧地未為遅

将《まさ》に此《こ》の生《せい》は尾信《びせい》を追《お》はんと欲《ほっ》す
応《まさ》に須《すべか》らく死《し》に到《いた》るまで韓痴《かんち》を学《まな》ぶべし
愁中《しゅうちゅう》　嶺北《れいほく》　雪《ゆき》の銷《き》ゆる日《ひ》
夢裏《むり》　関東《かんとう》　花《はな》の落《お》つる時《とき》
四十《しじゅう》　今年《こんねん》　猶《な》ほ六《ろく》を欠《か》く
春《はる》を旧地《きゅうち》に尋《たず》ぬるに未《いま》だ遅《おそ》しと為《な》さず

七言律詩。韻字、思・離・痴・時・遅（上平声四支）。
○尾信　尾生《びせい》の信。春秋時代の魯の尾生は、橋の下で会おうという女との約束を守って、大雨のため川が増水してもその場を去らず、結局その場で溺れ死んだという故事。堅く約束を守って融通のきかないことをいう。「信」は、そうした尾生の真心。○韓痴　大暦十才子の一人として名高い詩人韓翃《かんこう》は、美妓柳氏を自分のものとするが、騒乱のため離れ離れになってしまう。しかし、韓翃は柳氏のことを思い続け、武将許俊の義侠の計らいで柳氏を取り戻したという、『本事詩』などの逸話に拠る。「痴」は、そうした韓翃の愚直さ。○嶺北　山の北面。○旧地　昔、住んでいた土地。ここは如亭の故郷江戸を指す。

単身故郷を去って、あなたへの思慕の情を隔てることになってしまった。このたびのあなたとの別れはどうにも仕方がないものだ。しかし、女との約束を守ろうとして橋の下で溺れ死んだ尾生の信《まこと》を、私は生涯かけて追おうと思っている。また、離れ離れになっても女のことを忘れることがなかった韓翃の馬鹿正直さを、私は死ぬまで学ぶべきだと考えている。この地で山の北面の雪が消える今、私は愁いに閉ざされた日々を過ごしている。そしてこの同じ時、故郷江戸では桜が散り落ちているのであろうと、その情景を夢に見ている。今年、私はまだ三十四歳だ。春を故郷江戸に尋ねるのに、もう手遅れの年齢だというわけではない。

77

山邨

霜落山邨樹欲空
朝寒煮菜坐炉紅
紺珠已摘残茄尽
一尺琅玕剪早葱

山邨《さんそん》

霜落《しもお》ちて　山邨《さんそん》　樹空《じゅむな》しからんと欲《ほっ》す
朝寒《ちょうかん》　菜《な》を煮《に》て炉紅《ろこう》に坐《ざ》す
紺珠《こんじゅ》　已《すで》に残茄《ざんか》を摘《つ》み尽《つ》くして
一尺《いっしゃく》の琅玕《ろうかん》　早葱《そうそう》を剪《き》る

七言絶句。韻字、空・紅・葱（上平声一東）。

○炉紅　囲炉裏の紅い火。宋の陸游の「夜坐」詩に、「炉紅清坐《ろこうせいざ》を得《え》たり」。○紺珠　『開元天宝遺事』に、手で撫でると記憶を呼び起こす紺色の宝珠というが、ここは紫紺の茄子の比喩。○残茄摘み残しの茄子。○琅玕　崑崙に産する緑色の石で、美しい青竹の比喩にも用いられるが、ここは真っ直ぐに伸びた青い葱に見立てたもの。○早葱　季節のはしりの葱。葱には春葱と冬葱があるが、本来的には冬のもの。したがって晩秋の葱は早葱ということになる。

霜が降り、山村では木々はすっかり葉を落とそうとしている。朝寒のなか、囲炉裏の紅い火の傍に坐って朝餉《あさげ》の菜を煮ている。紺色の宝珠のような摘み残しの茄子もすっかり摘み尽くし、今朝は一尺の青竹のような季節はじめの葱を剪ってきた。

◇『詩本草』第八段において、如亭は信濃の寒中の野菜の美味しさを次のように賞讃している。「信濃の積雪の中に挑《かか》ぐる所の菘《すう》、吾が郷の春時の鶯菜《うぐいすな》なる者に勝れり。范石湖が所謂《いわ》ゆる「雪を撥《はっ》して挑げ来る蹋地《とうち》の菘」なり。信山、海を距たること数百里、魚蝦《ぎょか》は鮮を嘗《な》むることを得ず。然れども筍蕨《しゅんけつ》の美、又た茹《くら》ふべし。更に露茄《ろか》・霜葱《そうそう》の口に可なる有り。麦飯一飽《いっぽう》、公事《こうじ》を了するに足れり。此の風味実に朱門肉食の者のために言ひ難し」。そして、続けて「便《すなわ》ち一絶を寓居の壁に題して云ふ」として、この詩を収録している。

78　中野草堂

数畝荒園一草堂

中野《なかの》の草堂《そうどう》

数畝《すうほ》の荒園《こうえん》　一草堂《いちそうどう》

蕭然況味類僧房
蝸涎現篆朝暾壁
蛛網留珠夜雨墻
煮茗焚香雖得所
擷蓴斫膾竟非郷
飄零賃此寄行李
重畳乱山帰路長

蕭然《しょうぜん》たる況味《きょうみ》　僧房《そうぼう》に類《るい》す
蝸涎《かせん》　篆《てん》を現《あら》はす　朝暾《ちょうとん》の壁《かべ》
蛛網《ちゅもう》　珠《たま》を留《とど》む　夜雨《やう》の墻《かき》
茗《ちゃ》を煮《に》　香《こう》を焚《た》くは所《ところ》を得《う》ると雖《いえど》も
蓴《じゅん》を擷《つ》み　膾《なます》を斫《き》るは竟《つい》に郷《きょう》に非《あら》ず
飄零《ひょうれい》　此《ここ》を賃《か》りて行李《こうり》を寄《よ》す
重畳《ちょうじょう》たる乱山《らんざん》　帰路《きろ》長《なが》し

七言律詩。韻字、堂・房・墻・郷・長（下平声七陽）。
○中野草堂　幕府小普請方大工棟梁を辞した翌年の寛政七年（一七九五）、三十三歳の如亭は江戸を去り、信州中野に赴いて家を借りて住み、晩晴吟社という詩社を開いた。○蕭然況味類僧房　『聯珠詩格』巻六に収める宋の王元之の「清明」詩に、「興味蕭然一野僧《きょうみしょうぜんいちやそう》」。○蝸涎　涎《よだれ》のようなカタツムリの這《は》った跡。この詩のように、「蝸涎」と「蛛網」とを組み合わせたり、また「蝸涎」を「篆字」に見立てたりする詩句は、宋詩に多く見られる。宋の文同の「古寺に老僧を訪《と》ひて遇《あ》はず、壁に題す」詩に、「蛛糸《ちゅし》窓戸《そうこ》に網《あみ》し、蝸涎牆壁《かせんしょうへき》に篆《てん》す」。○現篆　うねうねとした篆字の形を現わす。○朝暾　朝陽。○煮茗焚香　隠逸清適な生活の様子をいう。宋の陸游に「夢に山寺に遊び香を焚き茶を煮て甚だ適す、既にして覚めて悵然《ちょうぜん》たり、詩を以て之を記す」と題する七言律詩がある。

○揃蓴斫膾　晋の張翰は都で仕官したが、秋風が吹き始めると故郷呉郡の蓴菜《じゅんさい》の羹《あつもの》（スープ）と鱸《すずき》の膾《なます》（刺身）が食べたくなり辞職して帰郷したという、「蓴羹鱸膾《じゅんこうろかい》」の故事を踏まえる。○飄零　漂泊し零落する。○行李　旅の荷物。○重畳　幾重にも重なる。

僅か数畝《すうほ》の荒れた庭と一軒の草葺《くさぶ》きの建物。もの寂しいさまは僧の住まいのようだ。朝陽の当たる壁には蝸牛《かたつむり》の這った跡が篆字《てんじ》を現わし、夜中に雨の降った垣根の蜘蛛《くも》の巣は水玉《みずたま》をとどめている。茶を煮たり香を焚いたりして、閑居するにはぴったりの場所だが、蓴菜を摘み、魚の刺身を切って、美味を食膳に供したとしても、つまるところ此処《ここ》は故郷ではない。漂い落ちぶれて賃居《ちんきょ》し、旅の荷物を下ろすことになったのだ。目の前にはごつごつとした山々が幾重にも見渡され、故郷江戸への帰路の長さを思い知らされる。

79

丙辰歳莫

飄零嚢罄不帰人
村僻年年寄此身
嬾是猫哉長愛睡
拙于僧矣慣居貧

丙辰《へいしん》の歳莫《さいぼ》

飄零《ひょうれい》　嚢罄《のうつ》く　不帰《ふき》の人《ひと》
村僻《そんぺき》　年年《ねんねん》　此《こ》の身《み》を寄《よ》す
嬾《らん》は是《こ》れ猫《ねこ》なるかな　長《なが》く睡《ねむり》を愛《あい》し
僧《そう》よりも拙《つたな》し　貧《ひん》に居《お》るに慣《な》るるは

雪多得月精神倍
林漸分梅光景新
一飽徒垂無用手
又逢三十五青春

雪《ゆき》の多《おお》きは月《つき》を得《え》て精神《せいしん》倍《ま》し
林《はやし》は漸《ようや》く梅《うめ》を分《わか》ちて光景《こうけい》新《あら》たなり
一飽《いっぽう》　徒《いたず》らに無用《むよう》の手《て》を垂《た》れて
又《ま》た逢《あ》ふ　三十五《さんじゅうご》の青春《せいしゅん》

七言律詩。韻字、人・身・貧・新・春（上平声十一真）。
○丙辰　寛政八年（一七九六）、如亭三十四歳。○嚢罄　財布が空っぽになる。○不帰人　故郷に帰れない人。唐の張籍の「南遷の客を送る」詩に、「青山無限《せいざんむげん》の路《みち》、白首不帰《はくしゅふき》の人《ひと》」。○村僻　村里の辺鄙なところ。○精神　生気。精彩。○一飽　一たび満足する。ここは満腹するだけでの意。晋の陶潜の「飲酒」詩に、「身《み》を傾《かたむ》けて一飽《いっぽう》を営《いとな》まば、少許《しょうきょ》にして便《すなわ》ち余《あま》り有《あ》らん」。○青春　春と同意。五行説で春の色は青なので、こういう。

落ちぶれて財布は空っぽになったが、故郷には帰られず、片田舎に年々この身を寄せている。長く眠ることが好きな嬾《ものぐさ》ぶりはまるで猫だが、貧乏生活に慣れるという点では僧よりも拙い。降り積もった雪は月に照らされると精彩を増し、林ではようやく梅の花が咲いて新たな光景を見せ始めている。そのような歳の暮に、私はただ腹を満たすばかりで、無用の手を垂れ、明日にはまた三十五回目の春を迎えようとしている。

80

除夕前一日憶立人

堪驚日月両飛車
客裏明朝又歳除
南去北来吾倦矣
対床何日有茆廬

除夕前一日《じよせきまえいちにち》、立人《りつじん》を憶《おも》ふ
驚《おどろ》くに堪《た》へたり　日月《じつげつ》の両飛車《りようひしや》
客裏《かくり》　明朝《みようちよう》　又《ま》た歳除《さいじよ》
南去北来《なんきよほくらい》　吾倦《われう》みたり
対床《たいしよう》　何《いつ》の日《ひ》か茆廬《ぼうろ》有《あ》らん

七言絶句。韻字、車・除・廬（上平声六魚）。
○除夕　大晦日の夜。○立人　如亭の弟。名を位。号を正亭。立人は字。少年の頃信州に養子に行き、後に信州上田で医者になった。この頃はどこに住んでいたか未詳だが、如亭が信州中野で開いた晩晴吟社にも参加したらしく、大窪詩仏編『晩晴吟社詩』（寛政十二年刊）には「無題」と題する七絶一首が収められ、「立人の詩は流麗以て工と為し、阿兄永日と法を異にすること、此の如きは是れなり。然して韻絶趣絶にして元人の繊弱の気象無し」という詩仏の評が付されている。○飛車　空を飛ぶ車。ここは空を移動する太陽と月を指す。○明朝又歳除　「歳除」は大晦日。唐の高適の「除夜の作」詩に、「霜鬢《そうびん》明朝《みようちよう》又《ま》た一年《いちねん》」。○南去北来　あちらこちらに行ったり来たりすること。唐の杜牧の「漢江」詩に、「南去北来《なんきよほくらい》人《ひと》自《おの》づから老《お》ゆ」。○吾倦矣　宋の方岳の「再び汪少卿《おうしようけい》の韻を用ふ」詩に、「江湖吾倦矣（江湖《こうこ》吾倦《われう》みたり）」。方岳の詩には「……矣」の語法が多く見られる。○対床　床を並べる。兄弟が床を並べて語り合うことを詠んだものとしては、例えば宋の蘇軾の「初秋子《しょしゅうし》由《ゆう》に寄す」詩の、「雪堂風雨《せつどうふうう》の夜《よ》、已《すで》に対牀《たいしょう》の声《こえ》を作《な》す」などがある。○茆廬　茅葺きの庵。

太陽と月という二つの車が天空を移動し、時がまたたく間に過ぎてしまうというのは驚くべきことだ。旅住まいのなか、明朝にはまた大晦日がやって来る。あちらこちらに行ったり来たりという生活はもう嫌になった。弟よ、いつの日か、お前と寝床を並べて話せる茅葺きの庵を持つような時が来るのであろうか。

81

丁巳正月二十日作
客裏光陰容易過
山長水遠不帰人
有風有雪夜還夜
無柳無梅春豈春
書剣寄来枯両鬢

丁巳《ていし》正月二十日《しょうがつにじゅうにち》の作《さく》
客裏《かくり》の光陰《こういん》　容易《ようい》に過《す》ぐ
山長《やまなが》く水遠《みずとお》し　不帰《ふき》の人《ひと》
風有《かぜあ》り雪有《ゆきあ》り　夜還《よるま》た夜《よる》
柳無《やなぎな》く梅無《うめな》く　春豈《はるあ》に春《はる》ならんや
書剣《しょけん》　寄《よ》せ来《きた》つて　両鬢枯《りょうびんか》れ

舟車絶処兀単身
天公不与游為地
悶坐寒窓已二旬

舟車《しゅうしゃ》絶《た》ゆる処《ところ》　単身兀《たんしんごつ》たり
天公《てんこう》は游《ゆう》の与《ため》に地《ち》を為《な》さず
寒窓《かんそう》に悶坐《もんざ》すること已《すで》に二旬《にじゅん》

七言律詩。韻字、人・春・身・旬（上平声十一真）。
○丁巳　寛政九年（一七九七）、如亭三十五歳。○客裏　旅の途中。○山長水遠　ここは故郷との間が山や川に隔てられて遠いことをいう。唐の許渾の「朱邧《しゅげん》に寄す」詩に、「山長《やまなが》く水遠《みずとお》く消息無《しょうそくな》し」。○書剣　書物と剣。学者や文人が手元に置くもの。○兀　じっとして動かないさま。○天公　天帝。造化の神。○不与游為地　遊楽のために環境を準備しない。この「不ニ与レ△為レ地」あるいは「与レ△為レ地」というような句法は、宋の方岳の詩によく見られる。例えば方岳の「茘子《れいし》を方蒙仲《ほうもうちゅう》に送る」詩に、「老天不与詩為地（老天《ろうてん》は詩《し》の与《ため》に地《ち》を為《な》さず）」。また、『聯珠詩格』巻十二「不与の字を用ひる格」に収める宋の趙戇庵《ちょうとうあん》の「春を傷む」詩に、「杜鵑《とけん》は春《はる》の与《ため》に地《ち》を為《な》さず」。
○寒窓　寒々とした窓。宋の楊万里の「上巳」詩に、「寒窓《かんそう》に愁坐《しゅうざ》して灰《はい》よりも冷《ひや》やかなり」。

旅暮らしの年月はあっという間に過ぎていく。故郷に帰れぬ身にとって山河は遥か遠くまで続いているように思われる。この地では夜毎に風が吹き雪が降る。柳の芽生えもなく梅の花も咲かず、春が来たといっても春ではない。書物や剣を手元に置く文人の境涯になったが、すでに両方の鬢は白くなり、舟や馬車も来ないような処に独りじっとしている。天帝はまだ遊楽の環境をもたらしてくれていないので、冬景色のままの寒々とした窓辺に、もう二十日も悶々として坐っている。

◇この詩の韻律や詩意は、次の二首の絶句の影響を受けているように思われる。一つは方岳の「梅花」と題する、「有梅無雪不精神、有雪無詩俗了人、薄暮詩成天又雪、与梅併作十分春（梅有《うめあ》りて雪無《ゆきな》ければ精神《せいしん》ならず、雪有《ゆきあ》りて詩無《しな》ければ人《ひと》を俗了《ぞくりょう》す、薄暮《はくぼ》詩成《しな》りて天《てん》又《ま》た雪《ゆき》ふる、梅《うめ》と併《あわ》せて十分《じゅうぶん》の春《はる》と作《な》す）」という詩で、如亭は『訳注聯珠詩格』において、これに「梅が有て雪が無《なけ》れば不精神《きまりがわる》い、雪が有ても詩が無れば人が俗了《やぼにな》る、薄暮《くれがた》に詩が成《でき》ると天《そら》も又《てふど》雪になつて、梅と併《いつしよ》に十分な春に作《なりすました》」という訳注を施している。もう一つは菅原道真の『菅家後集』に収める「二月十九日」と題する、「墎西路北賈人声、無柳無花不聴鶯、自入春来五十日、未知一事動春情（墎《かく》の西路《にしみち》の北賈《きたこ》人《じん》の声《こえ》、柳無《やなぎな》く花無《はなな》く鶯《うぐいす》を聴《き》かず、春《はる》に入《い》りて自《よ》りこのかた五十日《ごじゅうにち》、未《いま》だ一事《いちじ》の春情《しゅんじょう》を動《うご》かすことを知《し》らず）」という詩である。

82

新潟

八千八水帰新潟
七十四橋成六街

新潟《にいがた》

八千八水《はっせんはっすい》　新潟《にいがた》に帰《き》し
七十四橋《しちじゅうしきょう》　六街《ろくがい》を成《な》す

海口波平容湊船
路頭沙軟受游鞋
花顔柳態令人艶
火膾霜螯着酒懐
莫道三年留一咲
此間何恨骨長埋

海口《かいこう》　波平《なみたい》らにして湊船《そうはく》を容《い》れ
路頭《ろとう》　沙軟《すなやわ》らかにして游鞋《ゆうあい》を受《う》く
花顔柳態《かがんりゅうたい》　人《ひと》をして艶《えん》ならしめ
火膾霜螯《かかいそうごう》　酒懐《しゅかい》を着《つ》く
道《い》ふこと莫《なか》れ　三年《さんねん》　一咲《いっしょう》に留《とど》まると
此《こ》の間《かん》　何《なん》ぞ恨《うら》みん　骨長《ほねなが》く埋《うず》むるを

七言律詩。韻字、街・鞋・懐・埋（上平声九佳）。
○新潟　如亭は寛政十年（一七九八）秋から翌寛政十一年春にかけて越後国新潟に滞在した。○八千八水　信濃川は多くの支流を合わせて新潟で日本海に注ぐが、その多くの支流の数をいう。如亭より六十年ほど後に新潟に遊んだ寺門静軒《てらかどせいけん》は『新潟富史』（安政六年刊）を著わし、その中に「聞く、信濃川は八千八水を合はせて新潟に到りて海に入ると」と記す。○七十四橋　新潟の町に架かる橋の数。『新潟富史』には、「八千余水合して洋に走り、七十多橋分ちて坊を界す」。○六街　新潟の町数をいうが、実数ではなく、唐の長安の街衢《がいく》が左右六つに分かれていたことを意識した表現で、繁華な町並みを表わそうとした。『新潟富史』によれば、新潟の町は「竪三横五以て坊を界す。……坊は凡そ三十余、……人戸通計一万」。○海口　川が海に注ぎ込むところ。○湊船　港に集まってくる船。新潟の港は日本海海運の要衝地。○路頭　道路。○游鞋　旅人の履物。○花顔

柳態　花のように美しい顔と柳のようにしなやかな姿。越後美人の形容。○火膾霜螯　火のように赤い鮭の刺身と霜の降る季節の白い蟹の身。鮭と蟹は秋にもっとも美味になり、ともに新潟の名産。宋の方岳の「客の鱸蟹《ろかい》を饋《おく》るに次韻す」詩に、「玉鱸雪螯新《ぎょくろせつごうあら》たに酒《さけ》を煮《に》る」。写本『如亭山人詩初集』では「魚膾蟹螯」とある。○着酒懐　酒を飲みたいと思う気持にさせる。写本『如亭山人詩初集』では「開酒懐」。○三年留一咲　「一咲」は一笑に同じで、越後美人のひと笑い。「三年」は如亭の新潟滞在期間をいうが、これは実数ではなく、唐の韓愈の「劉生詩」の、「越女《えつじょ》の一笑《いっしょう》に三年《さんねん》留《とど》まる」による表現。写本『如亭山人詩初集』では、これに「韓愈詩、越女一咲三年留」という自注が付されている。○此間　この辺り。

八千八もの多くの流れが一つになって新潟に集まり、市街には七十四もの橋が架けられ、六つの町並みが形成されている。この大河が海に注ぎ込むところは波静かな港として多くの船を停泊させ、砂地の道路は軟らかく旅人の履物を受け止めてくれる。新潟美人の花の顔《かんばせ》と柳の姿は、行き交う人を艶なる心持にさせ、新潟名産の火のように赤い鮭の刺身と霜のように白い蟹の身は、酒を飲みたい気を起こさせる。色食の快楽による一笑のせいでここに三年も留滞したなどと言わないでほしい。この地に骨を長く埋めるようなことになっても、少しも恨みに思ったりはしないのだから。

◇この詩は如亭の代表作の一つと言ってよく、『詩本草』第十八段「鮭」の条にも収められている。但し、『詩本草』では橋の数は「七十二橋」となっている。また『新潟富史』において寺門静軒は、

「世人越に遊べば、新潟に遊ばざることを得ず。文人新潟に遊べば、詩を作らざることを得ず。聞く、柏木如亭の新潟に寓すること最も久しと。蓋《けだ》し製作多く有りて今に復た多く得ること能はず、纔《わず》かに二を得たり」と記し、この「新潟」詩と詩143とを紹介している。

83

己未歳莫
満山清景駐詩筇
閑倚吟窓送一冬
入網琴高非易辨
挿瓶和靖亦難供
鑽雲行疾風中月
度水声沈雪裏鐘
有酒寒邨無下物
窮居袖手養幽慵

己未《きび》の歳莫《さいぼ》
満山《まんざん》の清景《せいけい》　詩筇《しきよう》を駐《とど》む
閑《かん》に吟窓《ぎんそう》に倚《よ》りて一冬《いっとう》を送《おく》る
網《あみ》に入《はい》る琴高《きんこう》は弁《べん》じ易《やす》きに非《あら》ず
瓶《かめ》に挿《さ》す和靖《わせい》も亦《ま》た供《きよう》し難《がた》し
雲《くも》を鑽《き》りて行《い》くこと疾《はや》し　風中《ふうちゆう》の月《つき》
水《みず》を度《わた》りて声《こえ》は沈《しず》む　雪裏《せつり》の鐘《かね》
酒有《さけあ》りて　寒邨《かんそん》　下物《かぶつ》無《な》し
窮居《きゆうきよ》　手《て》を袖《そで》にして幽慵《ゆうよう》を養《やしな》ふ

七言律詩。韻字、筇・冬・供・鐘・慵（上平声二冬）。

○己未　寛政十一年（一七九九）、如亭三十七歳。○詩笻　詩人の曳く杖。宋の方岳の「秋崖の落成に次韻す」詩に、「層巓更《そうてんさら》に詩笻《しきょう》を試《こころ》みんと欲《ほっ》す」。○琴高　琴高という仙人が鯉に乗って天に上ったという故事から鯉の異称。○辨　用意する。準備する。○和靖　宋の林逋《りんぽ》の諡《おくりな》。林逋は西湖の孤山に隠棲し、梅を栽え鶴を養ったことから、ここは梅をいう。○寒郈　辺鄙な寂れた村。○下物　酒の肴。○袖手　懐手をして無為に過ごす。宋の陸游の「東窓」詩に、「手《て》を袖《そで》にして東《とう》窓雨声《そうせい》を聴《き》く」。○幽慵　表には現われないひそかな懶《ものう》さ。

山に囲まれた清らかな景色のなかに杖を留め、窓辺にひっそり寄りかかってひと冬を過ごすことになった。今の季節この地では、網で獲れた鯉を簡単には用意できず、瓶《かめ》に挿す梅の花も手に入れ難い。風の吹きすさぶなか月は雲を穿ちながら疾走し、雪の積もるところ鐘の声は川を渡ってくぐもる。この辺鄙な村里には酒は有っても酒の肴は無い。侘び住まいのなか私は懐手《ふところで》をし、ひそやかな懶さに身を任せている。

84

倦游帰住旧煙霞
吟詠待春天北涯
夜夜還成新潟夢

倦游《けんゆう》　帰《かえ》り住《す》む　旧煙霞《きゅうえんか》
吟詠《ぎんえい》　春《はる》を待《ま》つ　天《てん》の北涯《ほくがい》
夜夜《よよ》　還《かえ》りて成《な》す　新潟《にいがた》の夢《ゆめ》

年年不見故郷花
餘生惆悵鏡中鶴
半酔淋漓壁上鴉
寓館従来無定処
渓山対酒且為家

年年《ねんねん》見《み》ず　故郷《こきょう》の花《はな》
余生《よせい》惆悵《ちゅうちょう》す　鏡中《きょうちゅう》の鶴《つる》
半酔《はんすい》淋漓《りんり》たり　壁上《へきじょう》の鴉《からす》
寓館《ぐうかん》従来《じゅうらい》　定処《ていしょ》無《な》し
渓山《けいざん》酒《さけ》に対《たい》して且《しばら》く家《いえ》と為《な》す

七言律詩。韻字、霞（下平声六麻）、涯（上平声九佳）、花・鴉・家（下平声六麻）の通押。〇倦游　旅に倦み疲れる。寛政十一年（一七九九）九月末、一年余りに及んだ越後遊歴を終えて、如亭は信州中野に帰った。〇旧煙霞　昔馴染みの山水。宋の張友道の「梵才大師の天台に帰るを送る」詩に、「倦遊帰《けんゆうき》老《ろう》す旧煙霞《きゅうえんか》」。〇惆悵　傷み歎く。如亭編の『続宋詩清絶』に収める呉龍翰の「詩客梅窓に贈る」詩に、「惆悵《ちゅうちょう》す旧時雲外《きゅうじうんがい》の鶴《つる》」。〇鏡中鶴　痩せて白髪が目立つようになった、鏡に映る自分の姿をいう。〇淋漓　墨汁が滴るように黒々としているさま。宋の方岳の「秋夜に次韻す」詩に、「酔墨淋漓《すいぼくりんり》として老鴉《ろうあ》黒《くろ》し」。〇壁上鴉　宋の蘇舜欽の「曼卿《まんけい》を哭《こく》す」詩に、「壁上《へきじょう》の遺墨棲鴉《いぼくせいあ》の如《ごと》し」。

旅に倦んでもとの山河に帰り住むことになり、北の果ての地で詩を吟じながら春を待っている。楽しかった新潟の夢を夜毎に見るが、今年もまた懐かしい故郷江戸の花を見ることはできなかった。

鏡に映る痩せた鶴のような我が顔を目《ま》のあたりにして余生を傷み歎き、壁に書きつけた鴉のように黒々とした字を酔眼で眺める。旅の宿りはもとより定まったものではなく、山河に囲まれて酒に向き合えば、とりあえずはそこが住み家になるのだ。

85

残臘暄甚父老謂数十年
所無聊書適

晴邨喜対好風光
無復雪花囲草堂
岸脚生波魚躍在
田頭露麦鳥飛揚
桃源記裏渓山老
盤谷図中日月長
援筆明窓書適意
研池日暖未昏黄

残臘《ざんろう》、暄甚《けんはなは》だし。父老《ふろう》謂《い》ふ、数十年《すうじゆうねん》
無《な》き所《ところ》と。聊《いささ》か適《てき》を書《しょ》す

晴邨《せいそん》　喜《よろこ》び対《たい》す　好風光《こうふうこう》
復《ま》た雪花《せっか》の草堂《そうどう》を囲《かこ》む無《な》し
岸脚《がんきゃく》　波《なみ》を生《しょう》じて魚《うお》は躍在《やくざい》し
田頭《でんとう》　麦《むぎ》を露《あら》はして鳥《とり》は飛揚《ひよう》す
桃源記裏《とうげんきり》　渓山老《けいざんお》い
盤谷図中《ばんこくずちゆう》　日月長《じつげつなが》し
筆《ふで》を援《と》りて　明窓《めいそう》　適意《てきい》を書《しょ》す
研池《けんち》　日《ひ》暖《あたた》かにして未《いま》だ昏黄《こんこう》ならず

七言律詩。韻字、光・堂・揚・長・黄（下平声七陽）。
○残臘　十二月の末。○暄　暖かさ。○父老　村のお年寄り。○適　心地よさ。○岸脚　岸辺。
○魚躍在・鳥飛揚　『詩経』大雅の「旱麓」に、「鳶飛《とびと》んで天《てん》に戻《いた》り、魚淵《うおふち》に躍《おど》る」とあるところから、鳥や魚が自然の本性のままに楽しく生きていることをいう。○田頭　田畑の辺り。○露麦　麦が芽を出す。○桃源記　晋の陶潜の「桃花源記」。秦の遺民たちが平和に暮らす仙境のさまを描いた。○盤谷図　唐の李愿《りげん》が隠居したという盤谷の様子を描いた図。韓愈に「李愿の盤谷に帰るを送る序」という文章があり、その中に「太行《たいこう》の陽《みなみ》に盤谷有《ばんこくあ》り。盤谷《ばんこく》の間《かん》、泉甘《いずみあま》くして土肥《つちこ》えたり。草木叢茂《そうもくそうも》して居民鮮少《きょみんせんしょう》なり」と記されている。○日月長　ゆったりと時が過ぎることをいう。唐の白居易の「偶作二首」詩に、「事無《ことな》くして日月長《じつげつなが》し」。○研池　硯の墨汁を溜める所。○昏黄　夕暮れ。

［十二月も末になったがたいへん暖かだ。村の古老はいう、これまで数十年のうちには無かったことだと。そこで聊かこの心地よさを書きつける。］

晴れた村里で快適な風光に嬉しく向き合っている。舞い散る雪が我が草堂を取り囲むことはもう無い。岸辺には波が打ち寄せて魚が跳び上がり、田圃の辺りでは麦が芽を出してその上を鳥が飛揚する。まるで陶潜の「桃花源記」の中のような山や川は、長い年月を経てきたようであり、李愿《りげん》が隠居したという盤谷《ばんこく》を描いた画の中のように、時はゆったりと流れている。明るい窓辺で筆を持ってこの快適さを書きつけているが、夕暮れまではまだ時間があるらしく、暖かな日ざしが硯の墨だまりに射し込んでいる。

86

僻地

僻地年来奈不新
栽芳要伴苦唫身
無名野草有顔色
且当桃花一樹春

僻地《へきち》

僻地《へきち》　年来《ねんらい》　新《しん》ならざるを奈《いか》ん
芳《はな》を栽《う》ゑて苦唫《くぎん》の身《み》に伴《ともな》はんと要《よう》す
無名《むめい》の野草《やそう》　顔色有《がんしょくあ》り
且《しばら》く当《あ》つ　桃花《とうか》一樹《いちじゅ》の春《はる》

七言絶句。韻字、新・身・春（上平声十一真）。
○年来　数年来。　○顔色　光彩。美しさ。唐の杜甫の「花底」詩に、「深《ふか》く知《し》る好顔色《こうがんしょく》なるを、泥《でい》沙《さ》に委《い》することを作《な》す莫《なか》れ」。　○桃花一樹春　花が咲くと春の到来を感じさせる一本の桃の木。明の顧瑛《こえい》の「堯文《ぎょうぶん》文学に過訪《かほう》されて別れを賦し兼ねて鶴斎薛真人《かくさいせつしんじん》に簡す」詩に、「開《ひら》きて遍《あまね》し桃花《とうか》一《いち》樹《じゅ》の春《はる》」。

辺鄙な土地での変わり映えがしないこの間《かん》の生活をどうしようか。花でも栽えて詩作に苦しむ我が身に添えようか。しかし、名もない野草にも美しさはあるのだ。春たけなわになれば花を咲かす桃の木のかわりに、しばらくはこの野草に春を感じることにしよう。

87

崖上桜花盛開急命
　童子折数枝
乱挿瓶中映夕暉
幽窓好坐伴芳菲
蜂児不肯離枝上
一路随花到処飛

崖上《がいじょう》、桜花《おうか》盛《さか》んに開《ひら》く。急《きゅう》に
　童子《どうじ》に命《めい》じて数枝《すうし》を折《お》らしむ
瓶中《へいちゅう》に乱挿《らんそう》して夕暉《せっき》に映《えい》ず
幽窓《ゆうそう》好《よ》し坐《ざ》して芳菲《ほうひ》に伴《ともな》ふ
蜂児《ほうじ》は肯《あ》へて枝上《しじょう》を離《はな》れず
一路《いちろ》花《はな》に随《したが》ひて到《いた》る処《ところ》に飛《と》ぶ

七言絶句。韻字、暉・菲・飛（上平声五微）。
○夕暉　夕陽。○芳菲　咲き匂う花。○蜂児　蜂に同じ。「児」は接尾辞。
瓶《かめ》の中に乱雑に挿した桜の枝が、夕陽に照り映えている。静かな窓辺、咲き匂う花の傍らに坐っているのは心地よいものだ。蜂はどうしても桜の枝から離れようとせず、花についてどこにでも飛んでくる。

◇写本『如亭山人詩初集』では、起句と承句は「独坐幽窓送夕暉、瓶中乱挿伴芳菲」となっている。

88

晏起

鶯啼燕語鎖門墻
花影窓暄未下床
這裏温柔好投老
合歓被底是吾郷

晏起《あんき》
鶯啼燕語《おうていえんご》　門墻《もんしょう》を鎖《とざ》す
花影《かえい》　窓暄《まどあたた》かにして　未《いま》だ床《とこ》を下《お》りず
這《こ》の裏《うち》の温柔《おんじゅう》　好《よ》し老《おい》を投《とう》ずるに
合歓被底《ごうかんひてい》　是《こ》れ吾《わ》が郷《きょう》

七言絶句。韻字、墻・床・郷（下平声七陽）。
○晏起　朝遅く起きること。朝寝。○鶯啼燕語　鶯の鳴き声と燕の囀り。春光の明媚さを形容する。○門墻　門と垣。○床　寝床。○温柔　温々《ぬくぬく》として気持の良いこと。多く女性と共にする寝床の中をいう。○投老　老年に至る。老いに臨む。○合歓被　男女共寝の夜具。
　鶯の啼き声や燕の囀りが、門墻を取り巻いている。花の影の映っている窓はぽかぽかと暖かだが、まだ寝床から出ない。寝床の中のこの温々とした心地よさは老いの身を預けるのにぴったりで、共《とも》寝《ね》の夜具のうちこそ私の故郷だ。

89　昼眠

村園樹暗菜花稀
昼永家家静掩扉
亦学農夫睡成例
常従飯後到斜暉

昼眠《ちゅうみん》
村園《そんえん》　樹暗《じゅくら》くして菜花《さいか》稀《まれ》なり
昼永《ひるなが》くして　家家《いえいえ》　静《しず》かに扉《とびら》を掩《おお》ふ
亦《ま》た農夫《のうふ》を学《まな》んで睡《ねむ》ること例《れい》と成《な》り
常《つね》に飯後《はんご》従《よ》り斜暉《しゃき》に到《いた》る

七言絶句。韻字、稀・扉・暉（上平声五微）。
○村園　田舎家の庭。　○菜花　菜の花。

村里の庭は木々の葉が茂って暗く、菜の花も稀れになった。昼の時間が長くなり、どの家も門扉を閉じてひっそりとしている。私もまた農夫の真似をして昼寝をするのが恒例になり、いつも昼飯の後は夕陽が傾く頃まで昼寝をしている。

90

題木百年所居

坐看風景絶塵喧
多謝夫妻懇設飧
花泛二三千里水
山囲四五十家村
晨雞報嬾不離桀
昼犬吠閑常睡門
不許尋春世人到
唯容漁父宿桃源

木百年《ぼくひやくねん》が所居《しよきよ》に題《だい》す
坐《ざ》して看《み》る　風景《ふうけい》の塵喧《じんけん》を絶《ぜつ》するを
多謝《たしや》す　夫妻《ふさい》の懇《ねんご》ろに飧《そん》を設《もう》くるを
花《はな》は泛《うか》ぶ　二三千里《にさんぜんり》の水《みず》
山《やま》は囲《かこ》む　四五十家《しごじつか》の村《むら》
晨雞《しんけい》　報《ほう》ずるに嬾《ものう》くして桀《けつ》を離《はな》れず
昼犬《ちゆうけん》　吠《ほ》ゆること閑《かん》にして常《つね》に門《もん》に睡《ねむ》る
許《ゆる》さず　春《はる》を尋《たず》ねて世人《せじん》の到《いた》るを
唯《た》だ容《ゆる》す　漁父《ぎよふ》の桃源《とうげん》に宿《しゆく》するを

七言律詩。韻字、喧・飧・村・門・源（上平声十三元）。
○木百年　木舗《きしき》百年（一七六八〜一八二二）。木は修姓。信濃国水内郡蓮村《はちすむら》の庄屋。如亭が寛政七年（一七九五）に信州中野に開いた晩晴吟社に参加した。詩集に『静窓詩』（寛政八年跋刊）がある。
○夫妻　百年の妻は飯山藩士深井氏の女で染井と称した。染井の心のこもったもてなしに感謝した如亭は、文化六年（一八〇九）八月に病没した染井のために墓碑文を書いている。○飧　食事。

○二三千里水　蓮村の木百年の住まいの眼下に見える千曲川の流れを指す。○四五十家村　木百年の住まいのある蓮村を指す。○晨雞　朝を告げる鶏。○桀　鶏の止り木。『詩経』王風の「君子于役」に、「雞《にわとり》は桀《けつ》に棲《す》む」。○後半四句　武陵の漁父が桃の花びらの流れる川を遡って辿りついた洞穴の向こうには、「雞犬相聞《けいけんあいき》こゆ」る平和な村里があったという、陶潜の「桃花源記」のように、木百年の住まいのある蓮村は長閑かな理想の世界だというのである。

俗世間から隔絶された素晴らしい景色を坐ったまま眺め、百年夫妻が心を込めて食事を用意してくれるのをありがたく思う。延々と長い距離を流れてくる川面は桃の花びらを浮かべ、四、五十軒の家の集まるこの村里はぐるり山に囲まれている。夜明けを告げる鶏は嬾《ものう》いのか止り木を離れず、昼間の犬はひっそりとして門口で眠っている。ここは春景色を尋ねて俗人がやって来るのを許さず、あの桃源郷のように唯だ武陵の漁師が宿るのだけを受け容れている。

◇文政元年（一八一八）四月、讃岐の詩人牧棲碧（名は驥）は如亭を京都黒谷の紫雲山居に訪うた。棲碧の如亭訪問の目的は、棲碧が編集していた『近人小詩』と題する詞華集の校閲を如亭に請い、さらにこれに収録する如亭の詩を得ることにあった。棲碧は目的を達し、『近人小詩』四巻二冊はこの年の内に出版された。この時、棲碧は既刊の『如亭山人藁初集』の修訂・改刻をも如亭に依頼した。この件に関する如亭とのやりとりについて、棲碧は改刻本『如亭山人藁初集』に寄せた序文のなかで次のように述べている。

驥（棲碧の名）昔、常に茲巻《このまき》（『如亭山人藁初集』）を読み、法に於いて悟る所有るに似たり。後、先生（如亭）を江都に見る。先生諄々として靳《きん》せず、筆舌もて人を導くこと、復た余蘊《ようん》無し。驥、その心胸の瑩徹《えいてつ》、玉の如きに服す。今茲《ことし》同じく京に客たり。教へを受くること一月、益々その心胸の瑩徹なるに服す。一日、漫に巻中の一二の累を言ひて改めんことを請ふ。先生笑ひて曰く、「茲巻は梓に付して匆々にして事を了す。今日、之を看るに訛謬《かびゅう》無きに非ず。子の言、大いに好し。我嬾《ものう》し。子、それ刀を操れ」と。乃ち板を借りて帰り、数字を改刻して以て還す。亦た以て先生の心胸の瑩徹なるを視るに足れり。戊寅（文政元年）清和棲碧山人牧驥識《しる》す。

こうして牧棲碧の手によって改刻本『如亭山人藁初集』が出版されることになったが、その改刻箇所の一つがこの詩の頷聯の対句である。この箇所は、改刻本では「月送二三千里水、花蔵四五十家村（月《つき》は送《おく》る二《に》三千里《さんぜんり》の水《みず》、花《はな》は蔵《かく》す四五十家《しごじっか》の村《むら》）」となっている。意味的に大きく変わるものではないが、対句の構成をより緻密に整えようとしたものと思われる。

91

賃居

三間賃得小民居
詩手時鋤半畝蔬
軽屐一双游具足

賃居《ちんきょ》

三間《さんげん》　小民《しょうみん》の居《きょ》を賃《か》り得《え》て
詩手《ししゅ》　時《とき》に鋤《す》く　半畝《はんぽ》の蔬《そ》
軽屐《けいげき》一双《いっそう》　游具《ゆうぐ》足《た》る

吟行豈歎出無驢　　吟行《ぎんこう》　豈《あ》に歎《なげ》かんや　出《い》づるに驢《ろ》無《な》きを

七言絶句。韻字、居・蔬・驢（上平声六魚）。
○三間　部屋数が三つの小さな家。○小民　庶民。○半畝　僅かばかりの土地。「畝」は、土地の面積を表わす単位。○軽屐　軽い下駄。○游具　行楽の道具。○驢　驢馬《ろば》。詩人の乗物。『唐才子伝』などによると、苦吟の詩人として名高い中唐の賈島《かとう》は、長安の大通りを驢馬に跨がって往来したという。

庶民の小さな家を賃借し、詩を書く手に鋤《すき》を持って、時に狭い庭で野菜作りをする。ひと揃いの軽やかな下駄があれば散歩するには十分だ。吟行に出かけるために乗る驢馬《ろば》が無いなんて、どうして歎く必要があろうか。

92

剪燭窓前夜臥遅　　燭《ともしび》を剪《き》りて　窓前《そうぜん》　夜臥《よるふ》すこと遅《おそ》し
梅花月上影参差　　梅花《ばいか》　月上《つきのぼ》りて　影参差《かげしんし》
一枝健筆傭書外　　一枝《いっし》の健筆《けんぴつ》　傭書《ようしょ》の外《ほか》
借鈔孤山処士詩　　借鈔《しゃくしょう》す　孤山処士《こざんしょし》の詩《し》

七言絶句。韻字、遅・差・詩（上平声四支）。
○剪燭　灯火を掻き立てる。灯火を明るくする作業。○参差　疎らに散らばっているさま。○傭書　賃金を得るために雇われて文書を書くこと。筆耕の仕事。○孤山処士　宋の詩人林逋、孤山はその号。処士は官に就かない在野の士をいう。林逋は西湖の孤山に隠棲し、梅を栽え、鶴を飼って暮らした。孤山の有名な「山園小梅《さんえんしょうばい》」詩に、「疏《そ》影横斜水清浅《えいおうしゃみずせいせん》、暗香浮動月黄昏《あんこうふどうつきこうこん》」という詩句があり、この詩の承句はこれを意識する。

　窓辺に坐って灯火を掻き立て、夜更かしをする。夜空に上った月に照らされて、梅花の影が疎らに窓に映っている。筆を手に執り、筆耕仕事とは別に、借りておいた孤山処士の詩集を抜き書きする。

93

香桜村阻雨

豆花時節雨連宵
坐対秋山送寂寥
㶁㶁渓流偏得勢

香桜村《かさくらむら》に雨《あめ》に阻《へだ》てらる

豆花《とうか》の時節《じせつ》　雨連宵《あめれんしょう》
坐《ざ》して秋山《しゅうざん》に対《たい》して寂寥《せきりょう》を送《おく》る
㶁㶁《かくかく》の渓流《けいりゅう》　偏《ひと》へに勢《いきお》ひを得《え》

又来村口欲呑橋　　又《ま》た村口《そんこう》に来《きた》つて橋《はし》を呑《の》まんと欲《ほっ》す

七言絶句。韻字、宵・寥・橋（下平声二蕭）。

〇香桜村　笠倉村の宛字か。笠倉村は現在の長野県中野市の地名。『詩本草』第二十一段に、「信中の香桜村は山水明秀にして得月楼《とくげつろう》有り。詩人木百年が所居なり。楼は特に月に宜しきのみならず、又た雪に宜しく、又た花に宜し。余寓すること最も久しく、備《つぶ》さにその勝《しょう》を知る」とあり、如亭が寄寓した木百年の得月楼があった。〇豆花時節　『歳時広記』に「豆花雨《とうかう》は乃《すなわ》ち八月の雨なり」とあるように、初秋に降る雨を豆花雨という。豆の花は初夏に咲くので、ここは実際に豆の花が咲いている時節に降る雨をいうのではない。如亭編の『宋詩清絶』（文化十年刊）にも収める劉仙倫の「自《みずか》ら哂《わら》ふ」詩に、「半簾《はんれん》の豆雨《とうう》寒螿《かんしょう》語《かた》る」。〇連宵　夜通し。夜を徹して。〇㶁㶁　激しく流れる水の音の形容。如亭編の『続宋詩清絶』に収める兪徳鄰の「邨舎」詩に、「㶁㶁《かくかく》の流泉《りゅうせん》石《いし》に漱《すす》ぎて寒《さむ》し」。〇村口　村の出入口。

八月の豆花雨《とうかう》と呼ばれる時節になって夜通し雨が降った。座敷に坐り秋景色の山を眺め、寂しさを紛らわせている。ごうごうと流れる谷川の勢いはいっそう増して、村の出入口に架かっている橋を呑み込もうとしている。

94

買紙帳

三間老屋欲残年
雪後奇寒欠穏眠
今夜山家新富貴
梅花帳裏領春天

紙帳《しちょう》を買《か》ふ

三間《さんげん》の老屋《ろうおく》　残年《ざんねん》ならんと欲《ほっ》す
雪後《せつご》の奇寒《きかん》　穏眠《おんみん》を欠《か》く
今夜《こんや》　山家《さんか》　新富貴《しんふうき》
梅花《ばいか》帳裏《ちょうり》　春天《しゅんてん》を領《りょう》す

七言絶句。韻字、年・眠・天（下平声一先）。
○紙帳　紙で作った防寒用の帳《とばり》。○残年　年の暮れ。○奇寒　非常な寒さ。○新富貴　宋の方岳の「山居十首」詩に、「我《われ》は山居《さんきょ》の好《よ》きを愛《あい》す、乾坤《けんこん》は自《おの》づから一丘《いっきゅう》、牡丹《ぼたん》は新富貴《しんふうき》、楊柳《ようりゅう》は旧風流《きゅうふうりゅう》」。○梅花帳　梅花紙帳とも。宋の林洪の『山家清事』に拠れば、周囲に紙の帳を貼り、四方に柱を立てて錫《すず》の瓶を掛け、梅花を挿した寝台をいう。○春天　春の空。春の天気。

狭いあばら家に年が暮れようとし、雪の後の厳しい寒さが安眠を妨げる。しかし、今夜はこの山《やま》家《が》も新たな富貴な住まいだ。買い調えた梅花帳を吊ると、その中はまるで春の温和な天気に包まれたようになった。

95

桐公子淡粧美人図

美人容易上氷紈
時様烏雲墨未乾
淡已多姿濃更好
西湖恰是雨中看

桐公子《とうこうし》の淡粧美人《たんしょうびじん》の図《ず》

美人《びじん》　容易《ようい》に氷紈《ひょうがん》に上《のぼ》る
時様《じよう》の烏雲《ううん》　墨未《すみいま》だ乾《かわ》かず
淡《たん》は已《すで》に多姿《たし》　濃《のう》は更《さら》に好《よ》からん
西湖《せいこ》　恰《あたか》も是《こ》れ雨中《うちゅう》に看《み》る

七言絶句。韻字、紈・乾・看（上平声十四寒）。
○桐公子　片桐蘭石。三千石の旗本片桐佑賢の弟正綏《まさお》、号を蘭石。いったんは他家へ養子に行ったが、後に実家に戻った。画家として知られたが、身分が高かったので「桐公子」と表記したのであろう。父の片桐友従《ともゆき》は宗幽と号し、石州流の茶人として知られた。○氷紈　純白の絹。生地が細やかで画を描くのに適した。○時様　時代の流行。○烏雲　女の黒く美しい豊かな髪の形容。
○多姿　姿態の美しさをいう。○後半二句　宋の蘇軾の「湖上に飲《うたげ》せしに初めは晴れ後は雨ふれり」詩の、「水光瀲灩晴れて偏へに好し、山色朦朧　雨も亦た奇なり、若し西湖を把つて西子に比せば、淡粧濃抹両つながら相宜し」を踏まえる。

美人を白い絵絹に描くのは難しくない。流行の髪形の豊かな黒髪は、墨がまだ乾いていないかのように濡羽色《ぬればいろ》をしている。蘇軾は西湖の風景を西施に見たてて、薄化粧でも厚化粧でもどちらも美しいと詠んだ。この絵の淡彩美人が美しいのはもちろんだが、濃彩で描かれればもっと美しいのかもしれない。この淡彩の美女は、まるで雨に煙る薄化粧の西湖を看るようだ。

96　書懐

客路風霜両鬢枯
故園幽径定荒蕪
不知身後長埋骨
何処山阿又海隅

懐《おも》ひを書《しよ》す
客路《かくろ》の風霜《ふうそう》　両鬢《りようびん》枯《か》る
故園《こえん》の幽径《ゆうけい》　定《さだ》めて荒蕪《こうぶ》
知《し》らず　身後《しんご》　長《なが》く骨《ほね》を埋《うず》むるは
何《いず》れの処《ところ》の山阿《さんあ》　又《ま》た海隅《かいぐう》

七言絶句。韻字、枯・蕪・隅（上平声七虞）。
○身後　死後。○海隅　海辺。

風や霜に曝されながら続けてきた旅路のため、両方の鬢の毛は枯れて白くなってしまった。故郷にある我が家の庭のひっそりとした小道は、きっと荒れ果てているだろう。死後、私の骨はどこの山陰、あるいはまたどこの海辺に長く埋められることになるのか、それは私には分からない。

97

一世詩窮惟自分
渓山許可執閑権
幾時哦得驚人句
已住人間卅八年

一世《いっせい》の詩窮《しきゅう》 惟《た》だ自分《じぶん》とす
渓山《けいざん》 許可《きょか》して閑権《かんけん》を執《と》らしむ
幾時《いくとき》か人《ひと》を驚《おどろ》かすの句《く》を哦《が》し得《え》ん
已《すで》に人間《じんかん》に住《じゅう》すること 卅八年《さんじゅうはちねん》

七言絶句。韻字、分・権・年（下平声一先）。
○詩窮　詩のために困窮すること。宋の方岳の「県圃即事に次韻す」詩に、「未《いま》だ必《かなら》ずしも詩窮《しきゅう》在《あ》らず、其《そ》れ酒病《しゅびょう》を如何《いかん》せん」。○自分　おのれ。自分自身。○渓山　谷や山。○閑権　閑遊を楽しむ権利。宋の林逋の「城中事《じょうちゅうこと》を書《しょ》す」詩に、「一門深《いちもんふか》く掩《おお》ひて閑権《かんけん》を得《え》たり」。○哦　吟ずる。○驚人句　唐の杜甫の「江上水《こうじょうみず》の海勢《かいせい》の如《ごと》くなるに値《あ》ひ聊《いささ》か短述《たんじゅつ》す」詩に、「人《ひと》と為《な》り性僻《せいへき》にして佳《か》句《く》に耽《ふけ》る、語《ご》人《ひと》を驚《おどろ》かさずんば死《し》すとも休《きゅう》せず」。○卅八年　如亭の三十八歳は寛政十二年（一八〇〇）。

一生、困窮の詩人であることが自分の持ち前だと思っている。そのような私がほしいまま閑遊するのを渓山は許してくれている。しかし、私はいったい何時《いつ》になったら人を驚かすような詩句を吟ずることができるのだろうか。この人間世界に住むようになってもう三十八年になるというのに。

98　雪中

偶然拖杖水之涯
枯樹林辺訪酒家
小酔帰来風雪裏
邨童迎払一身花

雪中《せっちゅう》
偶然《ぐうぜん》　杖《つえ》を拖《ひ》く　水《みず》の涯《きわ》
枯樹林辺《こじゅりんぺん》　酒家《しゅか》を訪《と》ふ
小酔《しょうすい》　帰《かえ》り来《きた》る　風雪《ふうせつ》の裏《うち》
邨童《そんどう》　迎《むか》へ払《はら》ふ　一身《いっしん》の花《はな》

七言絶句。韻字、涯・家・花（下平声六麻）。
○水之涯　水辺。水際《みぎわ》。○風雪　吹雪。○一身花　身体を覆う雪を白い花に見立てた表現。

たまたま杖を手に水辺にやって来て、枯れ木林の傍の酒家に立ち寄った。ほろ酔い加減で吹雪の中を帰ってくると、村の子供が出迎えて、一身に降りかかった白い花びらのような雪を払ってくれた。

◇写本『如亭山人詩初集』では、結句は「山妻迎払一身花」となっている。

99

過桔梗原

桔梗原頭雪尽辺
無窮草色已相連
梟雄争国三十里
覇業帰源二百年
松樹成邨通客路
春風長麦入官田
詩人擬献昇平象
倚杖高唫麗日天

桔梗《ききょう》ヶ原《はら》を過《す》ぐ

桔梗原頭《ききょうげんとう》 雪《ゆき》の尽《つ》くる辺《あたり》
無窮《むきゅう》の草色《そうしょく》 已《すで》に相連《あいつら》なる
梟雄《きょうゆう》 国《くに》を争《あらそ》ふ 三十里《さんじゅうり》
覇業《はぎょう》 源《みなもと》に帰《き》す 二百年《にひゃくねん》
松樹《しょうじゅ》 邨《むら》を成《な》して客路《かくろ》を通《つう》じ
春風《しゅんぷう》 麦《むぎ》を長《ちょう》じて官田《かんでん》に入《い》る
詩人《しじん》 昇平《しょうへい》の象《しょう》を献《けん》ぜんと擬《ぎ》し
杖《つえ》に倚《よ》りて高唫《こうぎん》す 麗日《れいじつ》の天《てん》

七言律詩。韻字、辺・連・年・田・天（下平声一先）。
○桔梗原　現、長野県塩尻市の地名。松本盆地の南を流れる奈良井川と田川に挟まれた地域。天文二十二年（一五五三）五月、小笠原長時はここで武田信玄と戦い、信玄が勝利し長時は敗走したという古戦場。○梟雄　猛々しい英雄。○三十里　桔梗ヶ原の広さをいう。○覇業　武力によって天下を統一する事業。○帰源　覇権が徳川氏に帰して、江戸幕府が成立したことをいう。ちなみに徳川氏の本姓は源氏。○二百年　江戸幕府が出来てからこの時までの年数をいう。○客路　旅の道路。街道。○官田　公の田地。ここは大名の領地ではなく、幕府の天領をいうか。○昇平象　天下太平のすがた。

桔梗ヶ原の辺りは雪も消えて、見渡す限り青々とした草色が広がる。かつてこの三十里四方の原野で勇猛な武将たちが国を争ったものだが、もはや覇権が源に帰して二百年の時が経った。松林になっている辺りには街道が通っており、春風は天領の田畑を吹き過ぎて麦を生長させている。詩人である私は天下太平の景象を表現したいと思い、麗しい空の下で杖に寄りかかりながら高らかに詩を口ずさんでいる。

100

王虚庵画蕉鹿園老集図

信中山水鍾奇絶
最奇絶処隠人傑
隠者為誰王道人
道人強健年過耋」

王虚庵《おうきょあん》が画《えが》く蕉鹿園老集《しょうろくえんろうしゅう》の図《ず》

信中《しんちゅう》の山水《さんすい》　奇絶《きぜつ》を鍾《あつ》む
最《もっと》も奇絶《きぜつ》の処《ところ》　人傑《じんけつ》を隠《かく》す
隠《かく》るる者《もの》は誰《だれ》とか為《な》す　王道人《おうどうじん》
道人《どうじん》　強健《きょうけん》　年《とし》は耋《てつ》を過《す》ぐ

能詩善画人争求
神明不凋尽応酬
縑素山積里門喧
日日得銭兌新蒭」
功不言禄高尚志
詩画之外只一酔
楽此忘疲更忘老
卅載占断景勝地」
葛巾野服換車馬
牽杖行楽湖上野
湖水氷銷東風喧
十里晴光軽浪打」
今茲辛酉春三月
我度重嶺適来謁
得観人間未見図
恍如身入地僊窟」

詩《し》を能《よ》くし　画《が》を善《よ》くして　人《ひと》は争《あらそ》ひ求《もと》む
神明《しんめい》凋《しぼ》まず　尽《ことごと》く応酬《おうしゅう》す
縑素《けんそ》山《やま》のごとく積《つ》みて　里門《りもん》喧《かまびす》し
日日《にちにち》銭《ぜに》を得《え》て新蒭《しんすう》に兌《か》ふ
功《こう》禄《ろく》を言《い》はず　志《こころざし》を高尚《こうしょう》にす
詩画《しが》の外《ほか》　只《た》だ一酔《いっすい》
此《これ》を楽《たの》しみて　疲《つか》れを忘《わす》れ　更《さら》に老《おい》を忘《わす》る
卅載占断《さんじっさいせんだん》す　景勝《けいしょう》の地《ち》
葛巾野服《かっきんやふく》　車馬《しゃば》に換《か》へ
杖《つえ》を牽《ひ》きて行楽《こうらく》す　湖上《こじょう》の野《の》
湖水《こすい》　氷《こおり》銷《き》えて東風《とうふう》喧《あたた》かに
十里《じゅうり》の晴光《せいこう》　軽浪《けいろう》打つ
今茲《ことし》　辛酉《しんゆう》　春三月《はるさんがつ》
我《われ》　重嶺《ちょうれい》を度《わた》りて　適《まさ》に来《き》り謁《えっ》す
観《み》ることを得《え》たり　人間未見《じんかんみけん》の図《ず》
恍《こう》として身《み》は地僊《ちせん》の窟《くつ》に入《い》るが如《ごと》し

蕉鹿園中長春蘚
蘚上人満酒又満
一千八百五十歳
合成更多尚歯宴」
人人歓娯鶴髪乱
中有一翁眼爛爛
酔揮兎毫画且題
二十一人持盃看」
怪来老寿集一辺
想見李唐会昌年
不知吾生修幾世
今日輒逢活神仙」

蕉鹿園中《しょうろくえんちゅう》　春蘚《しゅんせん》長《ちょう》ず
蘚上《せんじょう》　人《ひと》満《み》ち　酒《さけ》又《ま》た満《み》つ
一千八百五十歳《いっせんはっぴゃくごじっさい》
合成《ごうせい》　更《さら》に尚歯《しょうし》の宴《えん》より多《おお》し
人人《ひとびと》　歓娯《かんご》し　鶴髪《かくはつ》乱《みだ》る
中《なか》に一翁《いちおう》の眼《まなこ》爛爛《らんらん》たる有《あ》り
酔《よ》ひて兎毫《とごう》を揮《ふる》ひて　画《えが》き且《か》つ題《だい》す
二十一人《にじゅういちにん》　盃《さかずき》を持《じ》して看《み》る
怪来《かいらい》す　老寿《ろうじゅ》　一辺《いっぺん》に集《あつ》まるを
想《おも》ひ見《み》る　李唐《りとう》　会昌《かいしょう》の年《とし》
知《し》らず　吾《わ》が生《せい》　幾世《いくせい》を修《しゅう》して
今日《こんにち》　輒《すなわ》ち逢《あ》ふ　活神仙《かっしんせん》

七言古詩。韻字、絶・傑・耋（入声九屑）」求・酬・竆（下平声十一尤）」志・酔・地（去声四寘）」馬・野・打（上声二十一馬）」月・謁・窟（入声六月）」蘚（上声十六銑）と満（上声十四旱）と宴（上声十六銑）の通押」乱・爛・看（去声十五翰）」辺・年・仙（下平声一先）、以上四句毎に換韻。

○王虚庵　渋川氏。王は修姓。享保三年（一七一八）鹿島藩家老の男《むすこ》として生まれたが、父の浪人後、上洛して医術と画を学び、五十歳頃に信州諏訪に隠棲し、天龍道人とも号して鷹と葡萄の画家として知られた。○蕉鹿園　王虚庵の諏訪の住居の庭園の号。○耋　七十歳あるいは八十歳の老人。この年、虚庵は八十四歳。○神明　精神の働き。○縑素　書画を書くのに用いる白い絹。○新蒭　新酒。○卅載　三十年。虚庵がこの地に移り住んだのは五十歳頃とされる。○葛巾野服　葛布で作った頭巾と田舎者の粗末な衣服。○辛酉　享和元年（一八〇一）。○恍　うっとりするさま。○地僊　地上にいる仙人。人間世界に住む仙人。○春薜　春の苔。○尚歯宴　老人を招待して長寿を祝う宴会。唐の白居易が会昌五年（八四五）に開いたものが名高い。○一千八百五十歳　この宴に参加した老人の年齢の合計。○更多尚歯宴　白居易の開いた尚歯会には七人の老人が参加し、年齢の合計は五百七十歳だったという。○鶴髪　鶴の羽のような白髪。○兎毫　筆の別名。兎の細い毛で作ることからいう。○怪来　怪しむ。「来」は助辞。○李唐　唐に同じ。皇帝の姓が李なのでこういう。○会昌　唐の武宗の年号。西暦の八四一～八四六年。白居易の尚歯会は会昌五年三月二十一日。○修幾世　何度も生まれ変わる。○活神仙　現実世界に生きている仙人。

信州には素晴らしい自然が集まっているが、そのもっとも素晴らしい場所に優れた人が隠れている。隠れている人は誰かといえば、王道人である。道人は身体強健で年は八十歳を過ぎている。道人は詩や画を善くし、人々はそれを争い求めるが、道人の精神に衰えはなく、求めには尽《ことごと》く応ずる。白い絵絹は山のように積まれ、道人のもとにやって来る人で村の門は賑やかだ。道人は日々揮毫で得た銭で新酒を手に入れる。

　しかし、手柄を鼻にかけて禄を得ようなどとはせず、志を高尚に保っている。詩画を書くこと以外はひたすら酔いに身を任せるばかりで、そのことを楽しんで疲れを忘れ、さらには老いを忘れ、三十年間この景勝の地を独り占めしている。

　お役人の乗るような車や馬が欲しいなどとは思わず、粗末な頭巾と着物で気ままに暮らし、杖を曳いて湖のほとりを行楽する。暖かな春風が吹き渡って湖の氷も解け、さざ波が打ち寄せて湖面は遥か彼方まで光っている。

　今年は辛酉の年、その春三月に私は山々を越えてちょうどここにやって来て道人にお目にかかった。ここで私は人間世界では見たことがないような図を目にすることになった。まるで地上の仙人が住む洞窟に紛れ込んだようで、恍惚とした気分になった。

　道人が住む蕉鹿園の中には春の苔が生長し、苔の上は人や酒でいっぱいだ。そこに集う人々の年齢を合算すると一千八百五十歳になるという。これはかつて白居易が催したという尚歯の宴に出席した人々の年齢の合計よりも多い。

　宴の場では人々は白髪を振り乱して歓娯しているが、その中に眼《まなこ》を爛々と輝かせている一人の老翁がいる。老翁は筆を揮って絵を描き詩を題しており、それを二十一人の老人が酒盃を手にして見守っている。

　長寿の老人たちが一箇所にこんなに集まっていることを不思議に思い、唐代の会昌の年に催されたという白居易の尚歯会を想像した。それ以後、いったい私は何度この世に生まれ変わり、今日こうして生身の仙人たちと出会っているのだろうか。

◇この集まりを記念して『蕉鹿園老集編』(『諏訪史料叢書』巻三十六に翻刻掲載)が編まれたが、その中にこの事の顚末を示す、次のような谷文中の記が収められている。「王道人は湖上に隠居すること三十春にして年八十有二なり。今茲《ことし》辛酉、戯れに香山の尚歯の会に効《なら》ひて、大いに邑中《ゆうちゅう》の男婦八十歳以上の者二十一人を集む。江戸の詩人柏舒亭《はくじょてい》遊屐《ゆうげき》し偶々《たまたま》到る。道人自ら蕉鹿園老集図を作り、之に似《しめ》す。舒亭、古風一篇を題す。道人、之が喜びに勝《た》へず、乃ち遍く四方の老友に呈せんと欲す。因つて手づから之を刻して以て贈り、且《しばら》く道人を寿《ことほ》ぐと云ふ」。

また、この詩の一部は『詩本草』第二十七段に節録されており、その前後に次のような記述が見られる。「嘗《かつ》て湖上に游び、王虚庵を蕉鹿園に訪ふ。王、鯉魚鱠《りぎょかい》を斫《き》りて酒を勧む。又たその画く所の老集の図を出して相似《あいしめ》す。為に長篇を題す。篇長くして尽《ことごと》くは録すること能はず。数句を節録してその事を知らしむ。(詩の節録は省略)王、名は瑾《きん》、尤も水墨葡萄《すいぼくぶどう》を能くす。年九十余、応酬少しも倦まず、膏《あぶら》を焚《た》いて日に継ぐ。精力、畏《おそ》る可し」。

なお、改刻本『如亭山人藁初集』では、この詩の第十三句・十四句は「孤筇双屐換車馬、葛巾野服訪春野(孤筇《こきょう》双屐《そうげき》車馬《しゃば》に換《か》へ、葛巾《かっきん》野服《やふく》春野《しゅんや》を訪《と》ふ)」というように対句的な表現に変更され、第十五句も「湖上氷銷東風喧(湖上《こじょう》氷《こおり》銷《き》えて東風《とうふう》喧《あたた》かに)」に改められている。

101

燕

春風誘引出烏衣
一到天涯不易帰
泥冷初知社猶遠
人家未許入門飛

燕《つばめ》

春風誘引《しゅんぷうゆういん》して　烏衣《うい》を出《い》づ
一《ひと》たび天涯《てんがい》に到《いた》りて帰《かえ》り易《やす》からず
泥冷《どろひや》やかにして初《はじ》めて知《し》る　社《しゃ》　猶《な》ほ遠《とお》きを
人家《じんか》　未《いま》だ許《ゆる》さず　門《もん》に入《い》りて飛《と》ぶことを

七言絶句。韻字、衣・帰・飛（上平声五微）。

○烏衣　烏衣国の略。神話の中の燕の国。○社　社日。立春または立秋後の第五の戊《つちのえ》の日。この日は土地の神を祭り豊作を祈る。春を春社といい、秋を秋社という。ここは春社で、ちょうどこの時に燕がやって来るとされた。

春風に誘われて烏衣国《ういこく》を飛び出したが、いったん天の果てまで来てしまうと、容易《たやす》くは帰れない。泥の冷やかさに春の祭の日までは遠いことに気づかされた。だから、人家の門の中に入って飛び回ることはまだ許されていないのである。

102

游春

遠客春深無作伴
頻年独往碧山中
東風昨夜吹渓雨
傍水杏花全放紅

游春《ゆうしゆん》

遠客《えんかく》　春深《はるふこ》うして伴《とも》と作《な》るもの無《な》し
頻年《ひんねん》　独《ひと》り往《ゆ》く　碧山《へきざん》の中《なか》
東風《とうふう》　昨夜《さくや》　渓雨《けいう》を吹《ふ》いて
水《みず》に傍《そ》ふ杏花《きようか》　全《すべ》て紅《べに》を放《はな》つ

七言絶句。韻字、中・紅（上平声一東）。
○游春　春景色を行楽する。○遠客　遠くから来た旅人。○頻年　毎年。○碧山　樹木の青々と茂る山。唐の李白の「山中問答《さんちゆうもんどう》」詩に、「余《よ》に問《と》ふ何《なん》の意《い》ぞ碧山《へきざん》に栖《す》むと、笑《わら》つて答《こた》へず心自《こころおの》づから閑《かん》なり」。○東風昨夜吹渓雨　唐の孟浩然の「春暁《しゆんぎよう》」詩の、「夜来風雨《やらいふうう》の声《こえ》、花落《はなお》つること知《し》んぬ多少《たしよう》ぞ」を意識するか。○放紅　紅い花を咲かせる。宋の陸游の「初春花《しよしゆんはな》を探《さが》して作有《さくあ》り」詩に、「一梢初《いつしようはじ》めて放《はな》つ海棠《かいどう》の紅《べに》」。

遠来の旅人である私には、春たけなわの時節になっても行楽の道連れはいない。今年もまた孤独に木々の青々と茂る山の中を旅している。昨夜、谷では雨まじりの東風《はるかぜ》が吹き、今日は川沿いの杏《あんず》の木の紅い花が満開になった。

103

寄信中諸子

八年流寓一浮萍
故国帰来寄半生
従此空門持重戒
何曾塵世趁虚名
雲于老樹深辺止
人向清渓浅処行
好景心閑能入夢
山中休説我寒盟

信中《しんちゅう》の諸子《しょし》に寄《よ》す

八年《はちねん》の流《る》寓《ぐう》　一浮萍《いちふひょう》
故国《ここく》　帰《かえ》り来《きた》つて半生《はんせい》を寄《よ》す
此《これよ》従り　空門《くうもん》　重戒《ちょうかい》を持《じ》す
何《なん》ぞ曾《かつ》て　塵世《じんせい》　虚名《きょめい》を趁《お》はん
雲《くも》は老樹《ろうじゅ》深《ふか》き辺《あたり》に于《お》いて止《とどま》り
人《ひと》は清渓《せいけい》浅《あさ》き処《ところ》に向《お》いて行《い》く
好景《こうけい》　心《こころ》閑《かん》にして能《よ》く夢《ゆめ》に入《い》る
山中《さんちゅう》　説《と》くことを休《や》めよ　我《われ》　寒盟《かんめい》すと

七言律詩。韻字、萍・生・名・行・盟（下平声八庚子）。
○八年　正確には、如亭三十三歳の寛政七年（一七九五）からこの年三十九歳の享和元年（一八〇一）までの足掛け七年の信越滞在期間をいう。○流寓　落ちぶれて他郷に住むこと。○浮萍　浮草。○空門　零落して空っぽの門庭。あるいは、この年の末に如亭は剃髪するので、そうした意識から空無の門すなわち仏門の意を含むか。○重戒　重い戒め。空門が仏門を意味するとすれば、重い仏教の戒律。○何曾　反語。どうして……しようか。『聯珠詩格』巻十一「何曾の字を用ひる格」に収める宋の蘇軾の「遯軒」詩に、「古来真遯《こらいしんとん》は何《なん》ぞ曾《かつ》て遯《のが》れん」。○寒盟　盟約に背く。南斉の周顒《しゅうぎょう》は鍾山《しょうざん》（北山）に隠遁したが、後に詔に応じて役人になった。その変節を批判した孔稚《こうち》珪《けい》は山霊に仮託して「北山移文」（『文選』）を作り、周顒が再び北山に来ることができないようにした。ここはこの「北山移文」が意識されている。

八年に及ぶ流浪の生活は浮草のようなものだったが、故郷江戸に帰り来って人生半ばの我が身を寄せている。これからは空っぽの家の中でしっかりと戒めを守って生きていこうと思っており、俗世間で虚名を追うような真似をしようなんて思っていない。あたかも雲が老木の生い茂る辺りにとどまるかのように、また人が清らかな谷川の浅く流れているような処に足を運ぶかのように、私は信州の好風景の中に身を置いていた。そのような信州の好風景を、心穏やかな時に私はよく夢に見る。山中《さんちゅう》の君たちよ、私が盟約に背いたなどとは言わないでくれ。

◇写本『如亭山人詩初集』では、尾聯の二句は「旧景時々猶入夢、定知猿鶴説寒盟（旧景時々猶《きゅうけいときどきな》ほ夢《ゆめ》に入《い》る。定《さだ》めて知《し》る猿鶴《えんかく》の寒盟《かんめい》を説《と》くを）」となっている。

104
秋立
晩晴堂上坐涼風
初聴籬根語早蛩
雲意不知秋已立
尚依残照弄奇峰

秋立《あきた》つ
晩晴堂上《ばんせいどうじょう》　涼風《りょうふう》に坐《ざ》す
初《はじ》めて聴《き》く　籬根《りこん》に早蛩《そうきょう》の語《かた》るを
雲意《うんい》は知《し》らず　秋《あき》の已《すで》に立《た》つを
尚《な》ほ残照《ざんしょう》に依《よ》りて奇峰《きほう》を弄《ろう》す

七言絶句。韻字、風（上平声一東）と蛩・峰（上平声二冬）の通押。
○秋立　立秋。○晩晴堂　信州中野における如亭の書斎の号。「晩晴」は、夕晴れ。○早蛩　初秋に鳴くコオロギ。コオロギは時節によって居場所を異にする。『詩経』豳風《ひんぷう》「七月」に、「七月《しちがつ》には野《の》に在《あ》り、八月《はちがつ》には宇《のき》に在《あ》り、九月《くがつ》には戸《と》に在《あ》り、十月《じゅうがつ》には蟋蟀《しつしゆつ》我《わ》が牀下《しょうか》に入《い》る」。立秋になったので野外に鳴いているのである。唐の白居易の「涼夜懐《おも》ふこと有り」詩に、「早蛩一声《そうきょういっせい》を聞《き》く」。○雲意　雲の心。雲を擬人化した言い方。○残照　夕映え。○奇峰　珍しい形の雲。夏の積乱雲の形をいう。晋の陶潜の「四時詩」に、「夏雲奇峰多《かうんきほうおお》し」。
夕晴れのなか書斎で涼風に吹かれて坐っている。季節に先駆けて垣根のもとで鳴き始めたコオロギの声に耳を傾ける。すでに立秋になったのを知らないのか、雲は夕映えに照らされて、なおも夏空のような珍しい雲の峰を形作っている。

105

観画憶木百年

信山有峻嶺
其名曰袖山
一径羊腸繞
遠入万松間
結廬住者誰
詩人木百年
高尚以養志
吟詠忘飢寒
深僻人不識
蓬莠絶往還
同臭曾延我
留我分盤餐

画《が》を観《み》て木百年《ぼくひゃくねん》を憶《おも》ふ

信山《しんざん》に峻嶺《しゅんれい》有《あ》り
其《そ》の名《な》を袖《そで》の山《やま》と曰《い》ふ
一径《いっけい》　羊腸《ようちょう》繞《めぐ》り
遠《とお》く万松《ばんしょう》の間《かん》に入《い》る
廬《いおり》を結《むす》びて住《じゅう》する者《もの》は誰《た》そ
詩《し》人木百年《じんぼくひゃくねん》
高尚《こうしょう》　以《もっ》て　志《こころざし》を養《やしな》ひ
吟詠《ぎんえい》　飢寒《きかん》を忘《わす》る
深僻《しんぺき》　人《ひと》　識《し》らず
蓬莠《ほうしゅう》　往還《おうかん》を絶《ぜっ》す
同臭《どうしゅう》　曾《かっ》て我《われ》を延《ひ》き
我《われ》を留《とど》めて盤餐《ばんさん》を分《わか》つ

秋晴携手出
夜雨共床眠
泉石一別去
復混城中塵
対此忽憶旧
試呼画中人
画中人不応
聊以開吾顔

秋晴《しゅうせい》　手《て》を携《たずさ》へて出《い》で
夜雨《やう》　床《とこ》を共《とも》にして眠《ねむ》る
泉石《せんせき》　一《ひと》たび別《わか》れ去《さ》りて
復《ま》た混《こん》ず　城中《じょうちゅう》の塵《ちり》
此《これ》に対《たい》して忽《たちま》ち旧《きゅう》を憶《おも》ふ
試《こころ》みに呼《よ》ぶ　画中《がちゅう》の人《ひと》
画中《がちゅう》の人《ひと》　応《おう》ぜず
聊《いささ》か以《もっ》て吾《わ》が顔《かお》を開《ひら》く

五言古詩。韻字、山・間（上平声十五刪）、年（下平声一先）、寒（上平声十四寒）、還（上平声十五刪）、餐（上平声十四寒）、眠（下平声一先）、塵・人（上平声十一真）、顔（上平声十五刪）、以上の通押で一韻到底。

○木百年　詩90の語注参照。○袖山　未詳。現、長野県上水内郡飯綱町の地名に袖之山があるが、百年がここに居を構えたことは確認できない。○結廬　庵を構える。晋の陶潜の「飲酒」詩に、「廬《いおり》を結《むす》びて人境《じんきょう》に在《あ》り、而《しか》も車馬《しゃば》の喧《かまびす》しき無《な》し」。○深僻　奥深い田舎。○蓬莠　ヨモギとハグサ。雑草をいう。唐の白居易の「陶潜体に效ふ詩十六首」に、「蓬莠庭院《ほうしゅうていいん》に生《しょう》ず」。○同臭　思想、志向、趣味などを同じくすること。同類。○盤餐　皿に盛ったご馳走。○共床　親友や客人と寝床を共にする。宋の朱熹の「雪後《せつご》事を書すに次韻す二首」詩に、「客《きやく》の来《きた》れば聊《いささ》か復《ま》た藜牀《れいしょう》を共《とも》にす」。○泉石　山水の景色。○城中　町の中。○開吾顔　顔をほころばせる。微笑む。

山国信州には険しい峰があり、その名前を袖の山という。一本の細い路が羊の腸のようにうねうねと繞り、遠く松林の中に入っていく。そこに庵を結んで住んでいる者は誰かといえば、詩人の木百年である。志を高尚に保ち、詩を口ずさんで飢えや寒さを忘れている。そこは深く奥まった場所で人に知られず、雑草が生い茂って往き来を距てている。同類の人間だということで、木百年はかつてそこに私を招き入れ、私を引き留めて皿に盛ったご馳走を分けてくれた。秋晴れの日には手を携えて出歩き、雨の降る夜には寝床を共にして眠った。しかし、その好風景ともいったん別れて、私は再び都会の俗塵に紛れ込むことになった。この画に向かい合うとたちまちにして昔のことを思い出す。そこで試しに画中の人である木百年に呼びかけてみる。画中の人は応えないが、私は懐かしさで少しばかり頬を緩める。

106

蘆花

一渓占断慣閑愁

蘆花《ろか》

一渓《いっけい》　占断《せんだん》して　閑愁《かんしゅう》に慣《な》る

秋老西風浅水頭
不願芳根生要地
飛花抵死趁漁舟

秋《あき》は老《お》ゆ　西風《せいふう》　浅水《せんすい》の頭《ほとり》
芳根《ほうこん》　要地《ようち》に生《しょう》ずるを願《ねが》はず
飛花《ひか》　抵死《ていし》して漁舟《ぎょしゅう》を趁《お》ふ

七言絶句。韻字、愁・頭・舟（下平声十一尤）。
○占断　占め尽くす。独り占めする。○西風　秋風。○浅水頭　唐の司空曙の「江村即事」詩に、「縦然《たとい》一夜風《いちやかぜふ》吹き去《さ》るとも、只《た》だ蘆花《ろか》浅水《せんすい》の辺《ほとり》に在《あ》らん」。○芳根　「芳」は美称の接頭語。ここは、蘆《あし》の根をいう。○要地　重要な土地。恵まれた土地。○抵死　必死に。懸命に。

蘆の花は谷川を独り占めにして、ひっそりとした愁いを漂わせて咲いている。秋風が吹く浅瀬の辺りはすっかり秋も終わりの風情だ。蘆は恵まれた土地に根を下ろそうなどとは願わず、その花は懸命に漁師の舟を追うようにして舞い散っている。

107

新秋

驚風急雨忽秋声

新秋《しんしゅう》

驚風《きょうふう》　急雨《きゅうう》　忽《たちま》ち秋声《しゅうせい》

半夜寂然天又晴
無復微雲為点綴
一庭月色更鮮明

半夜《はんや》　寂然《せきぜん》として天《てん》又《ま》た晴《は》る
復《ま》た微雲《びうん》の点綴《てんてい》を為《な》す無《な》し
一庭《いってい》の月色《げっしょく》　更《さら》に鮮明《せんめい》

七言絶句。韻字、声・晴・明（下平声八庚）。
○新秋　初秋。○驚風急雨　猛烈な風と急に降り始めた雨。宋の欧陽脩の「秋声の賦」に、「波濤《はとう》の夜驚《よるおどろ》き、風雨《ふうう》の驟《にわ》かに至《いた》るが如《ごと》し」。○点綴　点々と連なる。

猛烈な風が吹き、急に雨が降り出して、たちまち秋の音に包まれたが、真夜中には静かになり空も晴れ上がった。夜空にはわずかな雲さえ点在せず、庭を照らす月の光はいっそう鮮やかに明るくなった。

108

九月十三夜

不似朱門絲竹遊
一夫一婦一丫頭

九月十三夜《くがつじゅうさんや》

朱門《しゅもん》糸竹《しちく》の遊《あそ》びに似《に》ず
一夫《いっぷ》　一婦《いっぷ》　一丫《いちあ》頭《とう》

満盤芋栗茅堂酒
亦是三杯後月秋

満盤《まんばん》の芋栗《うりつ》　茅堂《ぼうどう》の酒《さけ》
亦《ま》た是《こ》れ三杯《さんばい》　後月《こうげつ》の秋《あき》

七言絶句。韻字、遊・頭・秋（下平声十一尤）。

○九月十三夜　八月十五夜の中秋の月見に対し、「後の月見」の夜。八月十五夜を芋名月というのに対し、九月十三夜は栗名月また豆名月と称した。ちなみに、遊里吉原では八月十五夜と九月十三夜は、ともに特別な年中行事の日とされた紋日《もんび》であった。如亭には吉原で九月十三夜の月見をした記憶があったのであろう。○朱門絲竹遊　朱塗りの門のある立派なお屋敷での絃楽器や管楽器を演奏する遊び。○丫頭　総角に髪を結んだ幼女。○三杯　酔うに足る酒の量。唐の李白の「月下独酌」詩に、「三杯大道《さんばいたいどう》に通《つう》ず」。○後月　九月十三夜の月をいう。

貴人の管絃の遊びとは違って、夫婦と幼女だけのつつましい宴。粗末な茅葺きの住まいには皿いっぱいに盛られた芋や栗、そして酒。三杯の酒を酌み、ほろ酔い加減で秋も深まった九月十三夜の月見をする。

109

買菊

売詩鬻字冷生涯
一領棉衾両口児
過却重陽二十日
閑銭始買傲霜枝

菊《きく》を買《か》ふ
詩《し》を売《う》り　字《じ》を鬻《ひさ》ぐ　冷生涯《れいしょうがい》
一領《いちりょう》の棉衾《めんきん》　両口児《りょうこうじ》
重陽《ちょうよう》を過却《かきゃく》して二十日《にじゅうにち》
閑銭《かんせん》　始《はじ》めて買《か》ふ　霜《しも》に傲《おご》る枝《えだ》

七言絶句。韻字、涯・児・枝（上平声四支）。
○冷生涯　寒々とした生涯。宋の陳著の「楊君貴に次韻す」詩に、「相従《あいしたが》ふ渓屋《けいおく》の冷生涯《れいしょうがい》」。○一領　一枚。○棉衾　木綿の夜具。写本『如亭山人詩初集』では、「緜衾」。○両口児　「両口子」に同じく、夫婦の意。この詩の詠まれたのとほぼ同じ頃、信州から江戸に帰来して一年半後の享和二年九月二十一日付けの木百年宛ての如亭の手紙に、「女房も江戸ものきどりになり、かみかたちばかりいぢりまはし、たゞぢつとしてゐるのみ」と記される。つまり、この頃の如亭には信越遊歴から連れ帰った妻がいたのである。○重陽　九月九日。菊の節句。○閑銭　剰余の銭。○傲霜枝　霜に屈することのない枝。宋の蘇軾の「劉景文に贈る」詩に、「菊残《きくざん》して猶《な》ほ霜《しも》に傲《おご》る枝有《えだあ》り」。この蘇軾の詩は『訳注聯珠詩格』にも収められており、如亭はこの詩句に「菊は残《あれ》ても猶《まだ》霜を傲《ちやに》するといふ枝がある」という訳注を施している。

詩や書を売って生計を立てる寒々とした貧しい暮らし。一枚の粗末な木綿の夜具を夫婦二人で共用する。重陽の節句から二十日が過ぎた頃、ようやくお金に余裕ができ、霜に負けることなく咲いている菊を買った。

110

赤羽移居

新　買　城　南　水　北　廬
軽　舟　搬　得　遠　移　居
茶　竈　花　瓶　非　長　物
誰　言　家　具　少　于　車

赤羽《あかばね》に居《きよ》を移《うつ》す
新《あら》たに城南水北《じようなんすいほく》の廬《いおり》を買《か》ひて
軽舟《けいしゆう》　搬《はこ》び得《え》て　遠《とお》く居《きよ》を移《うつ》す
茶竈《さそう》　花瓶《かへい》　長物《ちようぶつ》に非《あら》ず
誰《たれ》か言《い》ふ　家具《かぐ》　車《くるま》より少《すく》なしと

七言絶句。韻字、廬・居・車（上平声六魚）。
○赤羽　現、東京都港区芝赤羽橋の辺り。○城南水北　ここは江戸の町の南、赤羽橋の架かる赤羽川の北の意。○軽舟　軽快な小舟。○茶竈　茶を煮る竈《かまど》。○長物　無用の物。○家具少于車　唐の孟郊の「車を借る」詩に、「車《くるま》を借《か》りて家具《かぐ》を載《の》せれば、家具《かぐ》車《くるま》より少《すく》なし」。

新たに江戸の市街地の南、赤羽川の北の地に小さな家を買い、遠くまで小舟で荷物を運んで引越しをした。茶を煮る竈や花を生ける花瓶は、私にとっては無用の物ではない。いったい誰が言うのか、借りた車に比べて引越しの家具が少ないなんて。

111

巷隣古寺絶喧譁
処処柴門鎖晩霞
月下詩僧休錯認
苦吟声裏是吾家

巷《ちまた》は古寺《こじ》に隣《とな》りて喧譁《けんか》を絶《ぜっ》す
処処《しょしょ》の柴門《さいもん》　晩霞《ばんか》に鎖《とざ》す
月下《げっか》の詩僧《しそう》　錯《あやま》り認《みと》むることを休《や》めよ
苦吟声裏《くぎんせいり》　是《こ》れ吾《わ》が家《や》

七言絶句。韻字、譁・霞・家（下平声六麻）。
○古寺　如亭が引越しをした赤羽は増上寺に近く、その支院も多かった。○晩霞　夕焼けの意もあるが、ここは夕靄《ゆうもや》か。○月下詩僧　唐の詩僧賈島は苦吟の詩人で、「鳥《とり》は宿《やど》る池辺《ちへん》の樹《じゅ》、僧《そう》は敲《たた》く月下《げっか》の門《もん》」の詩句について、「敲く」にするか「推す」にするかで悩んだという、推敲の故事を踏まえる。

古寺に隣り合った小路はひっそりとして、あちらこちらの柴の戸は夕靄《ゆうもや》に鎖《とざ》されている。月の光に照らされて訪れる詩僧よ、間違ってはいけない。詩作に苦しむ声の聞こえてくるのが我が家なのだよ。

112

壬戌除夕下髪戯題

頭髪除来恰歳除
明朝且喜不須梳
腰間欠久新磨剣
簏底焚空旧妓書
守歳燈寒游子様
迎春羹冷野僧如
胸前俠気初銷尽
従客罵来呼禿驢

壬戌除夕《じんじゆつじよせき》、髪《かみ》を下《おろ》して戯《たわむ》れに題《だい》す

頭髪《とうはつ》　除《のぞ》き来《きた》つて　恰《あたか》も歳除《としのぞ》く
明朝且《みようちようしばら》く喜《よろこ》ぶ　梳《くしけず》ることを須《もち》ひざるを
腰間《ようかん》　欠《か》くこと久《ひさ》し　新磨《しんま》の剣《けん》
簏底《ろくてい》　焚《た》き空《むな》しうす　旧妓《きゆうぎ》の書《しよ》
歳《とし》を守《まも》る灯《ともしび》は寒《さむ》し　游子《ゆうし》の様《さま》
春《はる》を迎《むか》へる羹《あつもの》は冷《ひや》やかなり　野僧《やそう》の如《ごと》し
胸前《きようぜん》の俠気《きようき》　初《はじ》めて銷《しよう》し尽《つ》く
従《まか》す　客《きやく》の罵《ののし》り来《きた》つて禿驢《とくろ》と呼《よ》ぶに

七言律詩。韻字、除・梳・書・如・驢（上平声六魚）。
○壬戌　享和二年（一八〇二）、如亭四十歳。○除夕　大晦日の夜。除夜。○簏底　竹で編んだ箱の底。「書簏」は、書物を入れる葛籠《つづら》。○守歳　大晦日の夜に眠らないで夜明かしすること。

○游子　旅人。○迎春羹　新春を祝う雑煮。○野僧如　宋の陳与義《ちんよぎ》の「継祖蟠室《けいそばんしつ》に題する三首」詩に、「打包随処《だほうずいしょ》に野僧《やそう》の如《ごと》し」。○侠気　男気《おとこぎ》。頼山陽の『如亭山人遺稿』の序文に、如亭を評して「銭を論ぜざること侠客の如し」という。○禿驢　禿坊主《はげぼうず》。僧を罵る言葉。

ちょうど大晦日に髪を剃り落とした。明朝、新年を迎えても髪に櫛をあてる必要がないのはまあ喜ばしいことだ。研《と》ぎたての刀を久しいあいだ腰に帯びることもなく、書物入れの葛籠《つづら》に納めていた昔の女郎からの手紙もすべて燃やした。夜明かしの灯火が寒々と感じられるのは旅先の大晦日のようだし、雑煮が冷たくなっているのは田舎の僧侶の新春の祝いのようだ。髪を剃って胸中の男気もようやく消え尽きた。客がやって来て禿坊主《はげぼうず》と罵っても放っておこう。

◇改刻本『如亭山人藁初集』では、この詩の頷聯の対句は「耀霜欠久新磨剣、残粉焚空旧識書（耀《よう》霜欠《そうか》くこと久《ひさ》し新磨《しんま》の剣《けん》、残粉《ざんぶん》焚《た》き空《むな》しうす旧識《きゅうしき》の書《しょ》）」と改められている。

113

題晩渡図

游子銷魂日欲斜

深林漸暗已棲鴉

晩渡《ばんと》の図《ず》に題《だい》す

游子《ゆうし》の銷魂《しょうこん》　日《ひ》斜《なな》めならんと欲《ほっ》す

深林《しんりん》　漸《ようや》く暗《くろ》うして已《すで》に棲鴉《せいあ》

途窮只佇篙師至　　途窮《みちきわま》りて只《た》だ篙師《こうし》の至《いた》るを佇《ま》ち
目送帰鴻立浅沙　　帰鴻《きこう》を目送《もくそう》して浅沙《せんさ》に立《た》つ

七言絶句。韻字、斜・鴉・沙（下平声六麻）。
○晩渡　夕暮れ時の渡し場。○銷魂　悲しみなどで魂が消え入るような気持になること。宋の陸游の「大寒に江陵の西門を出づ」詩に、「歳窮《としきわま》りて遊子《ゆうし》は自《おの》づから消魂《しょうこん》す」。○棲鴉　塒《ねぐら》に戻った鴉。○途窮　南北朝の江総《こうそう》の「袁昌州に別るる詩」に、「客子《かくし》は途《みち》の窮《きわま》るを歎《たん》ず」。○篙師　船頭。○目送　目を離さずに見送る。魏の嵆康《けいこう》の「秀才の軍に入るに贈るの詩」に、「帰鴻《きこう》を目送《もくそう》す」。○帰鴻　春に北に帰ってゆく雁。○浅沙　浅瀬。

日が傾こうとする頃、旅人の魂は愁いに消え入らんばかりだ。深い林の中はようやく暗くなり、鴉はすでに塒《ねぐら》に戻っている。途《みち》が行き止まりになったので、舟頭がやって来るのをひたすら待ちながら、北に帰る雁を見送りつつ浅瀬に佇《たたず》んでいる。

114

訪僧　　僧《そう》を訪《と》ふ

詩成手脚不知忙　　詩成《しな》りて　手脚《しゅきゃく》　忙《いそが》しきを知《し》らず

持出柴門到上方
巻裏雖無御溝句
亦論一字宿松堂

持《じ》して柴門《さいもん》を出《いで》て上方《じょうほう》に到《いた》る
巻裏《かんり》　御溝《ぎょこう》の句無《くな》しと雖《いえど》も
亦《ま》た一字《いちじ》を論《ろん》じて松堂《しょうどう》に宿《しゅく》す

七言絶句。韻字、忙・方・堂（下平声七陽）。
○詩成手脚不知忙　詩が出来上がれば、もう詩を求めて歩き回ったり、詩句を書き留めたり推敲したりする必要がなくなることをいう。写本『如亭山人詩初集』では、この一句は「吟詩半日自成忙（詩《し》を吟《ぎん》ずること半日《はんにち》自《おの》づから忙《ぼう》を成《な》す）」となっている。○上方　仏寺。○御溝　宮中の御苑の堀。宋の魏慶之《ぎけいし》の『詩人玉屑』の「一字を剰《あま》す」に、唐の詩僧皎然《きょうねん》とある僧侶との次のような故事が記されている。「皎然は詩を以て唐に名あり。僧有り。詩を袖にして之を詣す。然《ねん》、其の御溝の詩を指して云はく、「此の波は聖沢《せいたく》を涵《ひた》すの波の字、未だ穏やかならず。当《まさ》に改むべし」と。僧、怫然《ふつぜん》として色を作《な》して去る。僧も亦た詩に能き者なり。皎然、其の去りて必ず復た来らんことを度《はか》りて、乃ち筆を取りて中の字を作りて掌中之《これ》を握りて以て待つ。僧、果して復た来つて云はく、「更に中の字に為さんと欲す。如何《いかん》」と。然、手を展げて之を示す。遂に交はりを定む」。この僧侶同士の詩句の一字をめぐってのやりとりを典故としたのである。ちなみに詩112にあるように、如亭は剃髪して僧侶のような姿になったばかりだった。○松堂　松林の中のお堂。唐の鄭谷の「秀上人の相訪ふを喜ぶ」詩に、「他夜《たや》松堂《しょうどう》に宿《しゅく》し、詩《し》を論《ろん》じて更《さら》に微《び》に入《い》る」。

詩が出来上がったので、もうそのために手脚《てあし》が忙しいということはない。詩巻を持って我が家の柴の戸を出て、和尚のもとを訪うた。かつて推敲の的《まと》になったという御溝《ぎょこう》を詠んだような詩句はないけれども、詩中の一字を和尚と論じて、とうとう松林の中のお堂に泊まってしまった。

115

幽窓

歌吹海中揮手去
幽窓自与夢魂宜
近于春草池辺歩
遠向華胥国裏之
園窄豈無花覆屋
家貧頼有竹編籬
柴門緊緊長関住
免被游蜂聖得知

幽窓《ゆうそう》

歌吹海中《かすいかいちゅう》　手《て》を揮《ふる》ひ去《さ》りて
幽窓《ゆうそう》　自《おの》づから夢魂《むこん》と宜《よろ》し
近《ちか》くは春草池辺《しゅんそうちへん》に于《お》いて歩《ある》き
遠《とお》くは華胥国裏《かしょこくり》に向《む》かひて之《ゆ》く
園《えん》は窄《せま》けれども豈《あ》に花《はな》の屋《おく》を覆《おお》ふ無《な》からんや
家《いえ》は貧《まず》しきも頼《さいわ》ひに竹《たけ》の籬《かき》を編《あ》む有《あ》り
柴門《さいもん》　緊緊《きんきん》として長《なが》く関住《かんじゅう》す
游蜂《ゆうほう》に聖得知《せいとくち》せらるるを免《まぬか》る

七言律詩。韻字、宜・之・籬・知（上平声四支）。
〇幽窓　ひっそりと静かな窓。〇歌吹海　歌を唱い楽器を吹き鳴らして遊ぶ場所。歌舞音曲の巷。宋の陸游の「冬夜雨を聴き戯れに作る」詩に、「憶《おも》ふ錦城歌吹海《きんじょうかすいかい》に在《あ》りて、七年夜雨《しちねんやう》曾《かつ》て知《し》らざりしを」。〇夢魂　夢を見ている魂。〇春草池辺　春草の生えている池のほとり。宋の朱熹の「偶成」詩に、「少年老《しょうねんお》い易《やす》く学成《がくな》り難《がた》し、一寸《いっすん》の光陰軽《こういんかろ》んず可《べ》からず、未《いま》だ覚《さ》めず池塘春草《ちとうしゅんそう》の夢《ゆめ》、階前《かいぜん》の梧《ご》葉已《ようすで》に秋声《しゅうせい》」とあることから、少年時代の楽しい思い出をいう。〇華胥国　天下太平の国。『列子』黄帝に、黄帝が昼寝の夢の中で、華胥の国に遊び、そこが理想的に治まる平和な世界であるのを見たという故事に拠る。〇緊緊　しっかりと固めたさま。〇游蜂　飛び回る蜂。遊蕩児の比喩としても用いられるので、ここはかつての如亭の「歌吹海（遊里）」での遊び仲間のことも匂わせている。〇聖得知　敏感に知る。宋の楊万里の「孔鎮に宿し雨中の蛛糸を観る」詩に、「網羅最《もうらもっと》も密《みっ》なるは是《こ》れ蛛糸《ちゅうし》、却《かえ》つて秋蚊《しゅうぶん》に聖得知《せいとくち》せらる」。

音曲にさざめく歓楽の巷と縁を切って身を寄せた閑かな窓辺は、夢見るのに適している。夢の中では、身近なところでは春草の生える池のほとりを歩いて少年時代を懐かしみ、遠いところでは天下太平の世を慕って華胥《かしょ》の国に向かって行く。庭は狭いが屋根を覆うように花が咲き、家は貧しいが幸いなことに竹で編んだ垣根がある。柴の門を堅く閉ざして住んでいるので、飛び回る蜂のような遊び仲間にめざとく気づかれることはない。

116

赤羽即事

追涼士女晩喧嘩
咲語歌声在水涯
赤羽橋頭好風月
夜深纔属散人家

赤羽即事《あかばねそくじ》

涼《りょう》を追《お》ふ士女《しじょ》　晩《ばん》に喧嘩《けんか》す
咲語歌声《しょうごかせい》　水涯《すいがい》に在《あ》り
赤羽橋頭《せきうきょうとう》の好風月《こうふうげつ》
夜深《よふ》けて纔《わず》かに散人《さんじん》の家《いえ》に属《ぞく》す

七言絶句。韻字、嘩・涯・家（下平声六麻）。
○赤羽　詩110の語注参照。○即事　目前の事物を題材にして詠む詩。○咲語歌声　笑い声や歌声。○水涯　水辺。川のほとり。○赤羽橋頭　『江戸名所図会』巻一「赤羽橋」に、「この辺茶店多く、河原の北には、毎朝、肴市《さかないち》立ちて繁昌の地なり」。また花咲一男『雑俳川柳江戸岡場所図会』に拠れば、赤羽橋北岸には岡場所があった。○散人　世間と交渉のない人。閑人。

夜になると涼を求める男女が騒々しく集まってきて、川辺には笑い声や歌声が溢れる。赤羽橋辺りの心地よい風や月は、夜更けになってようやく私のような閑人のものになる。

117

十日

百年光景暗中移
鉄作人心何不悲
九日閑過到十日
古銅瓶裏菊初衰

十日《とおか》

百年《ひやくねん》の光景《こうけい》　暗中《あんちゅう》に移《うつ》る
鉄作《てつさく》の人心《じんしん》も何《なん》ぞ悲《かな》しまざらん
九日《ここのか》　閑《かん》に過《す》ぎて　十日《とおか》に到《いた》る
古銅瓶裏《こどうへいり》　菊《きく》　初《はじ》めて衰《おとろ》ふ

七言絶句。韻字、移・悲・衰（上平声四支）。
〇十日　九月十日。重陽の節句九月九日の翌日。〇百年光景　百年という長い年月。宋の邵雍《しょうよう》の「花に対して飲む」詩に、「百年《ひやくねん》の光景《こうけい》留《とど》むるも住《とど》め難《がた》し」。〇暗中移　ひそかに移っていく。唐の杜牧の「惜春」詩に、「花開《はなひら》き又《ま》た花落《はなお》ち、時節《じせつ》は暗中《あんちゅう》に遷《うつ》る」。〇菊　重陽の節句には菊を供える。

百年という長い歳月も知らぬ間に移り去ってしまう。鉄で出来ているような頑強な人心であっても、どうしてそれを悲しまないということがあろうか。菊を賞《め》でる重陽の節句九月九日もひっそりと過ぎて十日になった。古い銅の花瓶に挿している菊は衰えを見せ始めている。

118

秋雨晏起

幽窓失暁睡方醒
怪底琴声入耳聴
嬾婢慵妻猶未起
臥看簷雨滴苔青

秋雨晏起《しゅううあんき》

幽窓《ゆうそう》　失暁《しつぎょう》して睡《ねむり》方《まさ》に醒《さ》む
怪底《かいてい》の琴声《きんせい》　耳《みみ》に入《い》りて聴《き》く
嬾婢《らんび》　慵妻《ようさい》　猶《な》ほ未《いま》だ起《お》きず
臥《ふ》して看《み》る　簷雨《えんう》の苔青《たいせい》に滴《したた》るを

七言絶句。韻字、醒・聴・青（下平声九青）。

○晏起　朝遅く起きること。○失暁　朝寝坊する。○怪底　怪しい。不思議な。宋の陸游の「枕上」詩に、「怪底《かいてい》す詩情《しじょう》の清《きよ》くして骨《ほね》に徹《てつ》するを」。○嬾婢　怠け者の下女。○慵妻　ものぐさな妻。○臥看　『聯珠詩格』巻九「臥看の字を用ひる格」に収める宋の王安石の「省中」詩に、「臥《ふ》して看《み》る蜘蛛《くも》の網《あみ》を結《むす》ぶ時《とき》」。○簷雨　軒端から落ちる雨粒。

閑かな窓辺で寝坊をしてしまったが、ちょうど目が覚めたところだ。耳に入ってきた不思議な琴の音に聴き入っている。怠け者の下女も、ものぐさな妻も、まだ起きてこない。私は体を横たえたまま、青く生えた苔の上に軒端から雨粒が滴り落ちるのをじっと眺めている。

119

探梅

半雪泥中見屐痕
知人早已訪梅園
不依剰玉残瓊路
更覓嬋娟入別邨

梅《うめ》を探《さぐ》る

半雪泥中《はんせつでいちゅう》　屐痕《げきこん》を見《み》る
知《し》る　人《ひと》の早《はや》く已《すで》に梅園《ばいえん》を訪《と》ひしを
剰玉残瓊《じょうぎょくざんけい》の路《みち》に依《よ》らず
更《さら》に嬋娟《せんけん》を覓《もと》めて別邨《べっそん》に入《い》る

七言絶句。韻字、痕・園・邨（上平声十三元）。

○屐痕　下駄の跡。菅茶山の「梅花七首」（『黄葉夕陽村舎詩』巻一）詩に、「屐痕《げきこん》斜《なな》めに印《いん》す幽蹊《ゆうけい》の雪《ゆき》、知《し》る吟朋《ぎんぼう》の我《われ》に先《さき》んじて来《きた》る有《あ》るを」。○剰玉残瓊　人の見残した白梅をいう。○嬋娟　艶やかで美しいさま。

雪まじりの泥に下駄の跡がついているので、誰かが早くもこの梅園にやって来たのが分かる。その人が見残した梅の花を探すような路は避けて、もっと美しい梅花を求めて別の村の方に入って行く。

120

渓上

渓流浅碧浄無塵
月照疎林始有痕
一樹梅花成両樹
岸頭水面正黄昏

渓《たにがわ》の上《ほとり》
渓流《けいりゅう》　浅碧《せんぺき》　浄《きよ》くして塵《ちり》無《な》し
月《つき》は疎林《そりん》を照《て》らして始《はじ》めて痕《あと》有《あ》り
一樹《いちじゅ》の梅花《ばいか》　両樹《りょうじゅ》と成《な》る
岸頭《がんとう》　水面《すいめん》　正《まさ》に黄昏《こうこん》

七言絶句。韻字、塵（上平声十一真）と痕・昏（上平声十三元）の通押。
○月照……有痕　「月痕」は、月光、月影。○一樹梅花成両樹　月光に照らされて一本の梅花が水面に映り、二本の梅花に見えるというのである。○黄昏　この語だけでなく、この詩の全体は、宋の林逋の「山園小梅《さんえんしょうばい》」詩の「疎影横斜水清浅《そえいおうしゃみずせいせん》、暗香浮動月黄昏《あんこうふどうつきこうこん》」という情景を意識する。

浅緑色の谷川の流れは清らかで一点の塵も無い。疎らな林を月がようやく照らし始め、花の咲いている一本の梅の木が二本になる。これこそちょうど黄昏《たそがれ》時の岸辺と水面の景色だ。

121

遊春

踏青時節出遊頻
籬落東風次第春
梅外桃花紅忽放
雨来又見一番新

遊春《ゆうしゅん》

踏青《とうせい》の時節《じせつ》　出遊《しゅつゆう》頻《しき》りなり
籬落《りらく》の東風《とうふう》　次第《しだい》の春《はる》
梅外《ばいがい》の桃花《とうか》　紅《べに》　忽《たちま》ち放《はな》つ
雨来《うらい》　又《ま》た見《み》る　一番新《いちばんあら》たなるを

七言絶句。韻字、頻・春・新（上平声十一真）。
○遊春　春景色を遊覧すること。○踏青時節　陰暦二月二日を踏青節といい、この日は郊外に出かけて青草を踏む。○籬落　垣根。○次第春　順番にやって来る春景色。○一番新　順番で新しい花が咲く。小寒から穀雨に至る百二十日の間、五日毎に順に異なる花を咲かせる風が吹くのを二十四番花信風という。梅花は一番、桃花は十三番。

陰暦二月の踏青節の頃になると遊覧に出歩くことが頻繁になるが、春風に吹かれて垣根は順に春景色を変えていく。梅の木の向こうに生えている桃の木はたちまち紅色の花を咲かせ、雨が降るとさらにまた次の順番の新たな花が咲くのが見られるようになる。

122

春晴

尋春半日正還家
尚倚衡門望莫霞
辨得芒鞋定遊計
明朝更訪遠方花

春晴《しゆんせい》

春《はる》を尋《たず》ぬること半日《はんにち》　正《まさ》に家《いえ》に還《かえ》る
尚《な》ほ衡門《こうもん》に倚《よ》りて莫霞《ぼか》を望《のぞ》む
芒鞋《ぼうあい》を弁《べん》じ得《え》て遊計《ゆうけい》を定《さだ》め
明朝《みようちよう》　更《さら》に遠方《えんぽう》の花《はな》を訪《と》はん

七言絶句。韻字、家・霞・花（下平声六麻）。
○衡門　冠木門《かぶきもん》。隠者の粗末な家の門。○莫霞　晩霞に同じ。夕焼け。俗諺に「夕焼けは明日《あした》天気」というように、明日の晴れを予知したのである。○芒鞋　草鞋《わらじ》。○遊計　遊覧の計画。

半日の間、春景色を尋ね歩いて帰宅し、我が家の粗末な門に寄りかかったまま夕焼け空を眺めた。草鞋《わらじ》を調え、明朝には今日よりも遠くの花を訪れようという出遊の計画を決めた。

123

題戴薪婦人図

昔日為茵覇業成

戴薪婦人《たいしんふじん》の図《ず》に題《だい》す

昔日《せきじつ》　茵《しとね》と為《な》して覇業成《はぎような》る

戴来今日有餘嬴
太平世界無人臥
付与邨姫売入城

戴《いただ》き来《きた》つて　今日《こんにち》　余嬴《よえい》有り
太平世界《たいへいせかい》　人《ひと》の臥《ふ》す無《な》し
邨姫《そんき》に付与《ふよ》して売《う》りて城《まち》に入る

七言絶句。韻字、成・嬴・城（下平声八庚）。
○戴薪婦人図　薪《たきぎ》を頭に載せた女性の図。京都北郊の大原や八瀬から黒木（生木を蒸し焼きにして黒くした薪）などを頭に載せて京の町へ売りに来る大原女《おはらめ》を描いた図か。○茵　敷物。○覇業　諸侯の長となって覇権を握ること。ここは、呉王夫差《ふさ》が、越王句践《こうせん》に報復するために朝夕薪に臥し、やがて報復を果して覇者になったという故事を指している。○余嬴　利益。○邨姫　村の娘。○城　都城。町。

昔は薪を敷いて横たわることで志を励ました呉王夫差が覇権を握った。今は女性が薪を頭に載せて行商し、利益を得ている。太平の世の中では薪に臥すような人はいない。薪は村の女たちに持ち運ばれ、売り物として町に入るのである。

124

戯題画鶴
対図漫且想豪遊
不訪仙人旧酒楼
只願此中乗汝去
腰纏十万到揚州

戯《たわむ》れに画鶴《がかく》に題《だい》す
図《ず》に対《たい》して漫且《みだり》に豪遊《ごうゆう》を想《おも》ふ
訪《と》はず　仙人《せんにん》の旧酒楼《きゅうしゅろう》
只《た》だ願《ねが》ふ　此《こ》の中《なか》　汝《なんじ》に乗《の》り去《さ》りて
腰《こし》に十万《じゅうまん》を纏《まと》ひて揚州《ようしゅう》に到《いた》らん

七言絶句。韻字、遊・楼・州（下平声十一尤）。
○画鶴　鶴の画。○漫且　『助語審象』に「漫且《ミダリニ》」。○仙人旧酒楼　昔、江夏郡で辛氏が酒店を営んでいた。そこに一人のぼろをまとった仙人がやって来て、酒を飲ませてくれと言う。辛氏は嫌な顔もせず酒を飲ませてやり、それが半年ほど続いた。ある日、仙人は酒代を溜めてしまったが金がないと言い、酒店の壁に蜜柑の皮で黄色い鶴を描いて去った。壁の鶴は客が手拍子を打つと舞ったことから、店は繁盛して辛氏は大金持になった。ところがその後、再び仙人が現われ、壁の鶴に乗って飛び去った。辛氏はこれを記念して楼を建て、黄鶴楼と名付けたという故事を踏まえる。○腰纏十万到揚州　宋の蘇軾の「於潜《おせん》の僧緑筠軒《りょくいんけん》」詩の注に見える次のような故事に拠る。ある時、人々が集まってそれぞれが思うところを述べた。ある人は揚州刺史になりたいと言い、ある人は多くの財貨を手にしたいと言い、またある人は鶴に乗って上昇したいと言った。すると他の一人がそれらすべてを併せて、腰に十万貫の銭を纏い、鶴に乗って揚州に行きたいと言ったという。

鶴の画に向かって、豪遊することを漫然と想像するが、仙人が入り浸って酒を飲み続けたという昔の酒楼を訪ねたりはしない。ただ願うのは、画中のお前に乗って、腰に十万貫の銭を纏って揚州の地に到り、豪遊することだ。

125

小舟游近邨

樹已成陰枕碧涯
一篙来訪釣人家
船頭転処紅無数
知有水源初謝花

小舟《こぶね》にて近邨《きんそん》に游《あそ》ぶ

樹《じゅ》　已《すで》に陰《かげ》を成《な》して碧涯《へきがい》に枕《のぞ》む
一篙《いっこう》　来《きた》り訪《と》ふ　釣人《ちょうじん》の家《いえ》
船頭《せんとう》　転《てん》ずる処《ところ》　紅無数《こうむすう》
知《し》る　水源《すいげん》　初《はじ》めて謝《しゃ》するの花有《はなあ》るを

七言絶句。韻字、涯・家・花（下平声六麻）。
○枕　臨む。○碧涯　青緑色の水辺。○船頭　船の先端。舳先《へさき》。○水源初謝花　「謝花」は落花。武陵の漁夫が川に浮かぶ桃の花びらを追って流れを遡ると、洞穴の向こうに平和な別世界があったという、晋の陶潜の「桃花源記」を踏まえる表現。

こんもりと茂ってすでに陰を成している木々が、青緑色の水辺に臨んでいる。小舟に棹《さお》さして釣人の家を訪ねようとして、舳先《へさき》の向きを変えると、川面に無数の紅い花びらが浮かんでいる。この川の水源でようやく桃の花が散ったということが分かった。

126

贈豊改庵

纏頭百万一揮空
閑地開園数十弓
春去繁華夢初覚
籬辺趁月拭梧桐

豊改庵《ほうかいあん》に贈《おく》る

纏頭百万《てんとうひやくまん》　一揮《いつき》して空《むな》し
閑地《かんち》に園《えん》を開《ひら》く　数十弓《すうじつきゅう》
春去《はるさ》りて　繁華《はんか》の夢《ゆめ》　初《はじ》めて覚《さ》む
籬辺《りへん》　月《つき》を趁《お》ひて梧桐《ごどう》を拭《ぬぐ》ふ

七言絶句。韻字、空・弓・桐（上平声一東）。
○豊改庵　如亭の友人らしいが、未詳。○纏頭百万　遊興の場での多額の祝儀。宋の陸游の「梅花絶句十首」に、「纏頭百万青楼《てんとうひやくまんせいろう》に酔《よ》ふ」。○数十弓　「弓」は、土地を測る長さの単位。一弓は、一歩の長さで、六尺のこと。○拭梧桐　露に濡れた青桐の葉を拭うの意か。唐の杜甫の「重ねて何氏《かし》に過《よ》ぎる」詩に、「石欄斜《せきらんなな》めに筆《ふで》を点《てん》じ、桐葉《とうよう》坐ながら詩《し》を題《だい》す」とあり、また唐の韋応物の「桐葉に題す」詩に、「憶《おも》ふ灃東寺《れいとうじ》に在《あ》りて、偏《ひと》へに此《こ》の葉《は》に書《しょ》すること多《おお》きを」とあるように、桐の葉は詩を書きつけるのに用いられた。

莫大な祝儀をばらまいて散財した挙句《あげく》、ひっそりした所に僅かな広さの園庭を開いた。春は過ぎ去り、花々が咲き乱れるような夢の時間は覚めてしまった。夜空を移る月を追って夜更けになると、詩を書きつけようとして垣根の傍の梧桐の葉の露を拭う。

127

不趁青楼杯酒歓　　青楼杯酒《せいろうはいしゅ》の歓《かん》を趁《お》はず
閑情手縛薬闌干　　閑情《かんじょう》　手《て》づから縛《ばく》す　薬闌干《やくらんかん》
算清幾日烟花費　　幾日烟花《いくにちえんか》の費《ついえ》を算清《さんせい》して
尚把餘銭買牡丹　　尚《な》ほ余銭《よせん》を把《と》つて牡丹《ぼたん》を買《か》ふ

七言絶句。韻字、歓・干・丹（上平声十四寒）。
○薬闌干　花を支える柱、あるいは棚をいう。　○算清　清算に同じ。　○烟花費　遊興の費用。

遊女屋での酒浸りの歓楽はやめて、閑かな心持で手ずから花を支柱に縛り付けている。何日にも及んだ遊蕩の費用を清算して、なお手元に残った銭で牡丹の花を買ったのだ。

128
枕上聴雨
雨久茅簷百感生
蕭疎枕上夜三更
独行曾作秋篷客
滴砕郷心是此声

枕上《ちんじょう》雨《あめ》を聴《き》く
雨久《あめひさ》しうして　茅簷《ぼうえん》　百感生《ひやっかんしょう》ず
蕭疎《しょうそ》たる枕上《ちんじょう》　夜三更《よるさんこう》
独行《どっこう》　曾《かつ》て秋篷《しゅうほう》の客《きゃく》と作《な》りしに
郷心《きょうしん》を滴砕《てきさい》せしは是《こ》れ此《こ》の声《こえ》

七言絶句。韻字、生・更・声（下平声八庚）。
○茅簷　茅葺きの軒。○百感生　宋の劉克荘の「初秋事《しょしゅうこと》に感ず三首」詩に、「起《お》きて秋声《しゅうせい》を聴《き》けば百感生《ひやっかんしょう》ず」。○蕭疎　もの寂しい、ひっそりとしたさま。○夜三更　真夜中。宋の陸游の「寺居《じきょ》睡《ねむり》から覚《さ》む二首」詩に、「虚窓寂寂《きょそうせきせき》たり夜三更《よるさんこう》」。○秋篷客　秋の篷船《とまぶね》（苫《とま》で屋根を覆った船）に乗った旅人。但し、「秋篷客」はあまり熟さない言葉なので、あるいは「秋蓬客」の誤刻の可能性も無くはない。「秋蓬客」は、秋の蓬《よもぎ》のように根が抜けてあちらこちらを漂泊する旅人。しかし、この詩の主題は軒端から滴り落ちる雨音なので、詩意からすれば「秋篷客」のままで良いと判断した。写本『如亭山人詩初集』においても「秋篷客」になっている。○滴砕　滴りで打ち砕く。宋の陸游の「秋夜雨《しゅうやあめ》を聞く」詩に、「滴砕《てきさい》す孤臣犬馬《こしんけんば》の心《こころ》」。○郷心　故郷を思う心。望郷の念。

長雨が続いて茅葺きの軒端から滴り落ちる雨音を、真夜中にひっそりとした枕元で聴いていると、多くの感慨が生ずる。かつて独り旅で秋の篷舟《とまぶね》に乗った時、望郷の思いを砕いたのは篷から滴り落ちるこの雨音だった。

129
夏日雑題
早起園中露正濃
牽牛花底草茸茸
飯前茶後身無事
斬了攀籬五爪龍

夏日《かじつ》の雑題《ざつだい》
早起《そうき》　園中《えんちゅう》　露正《つゆまさ》に濃《こま》やかなり
牽牛花底《けんぎゅうかてい》　草茸茸《くさじょうじょう》
飯前茶後《はんぜんさご》　身無事《みぶじ》
斬了《ざんりょう》す　籬《まがき》を攀《よ》づる五爪龍《ごそうりょう》

七言絶句。韻字、濃・茸・龍（上平声二冬）。
○牽牛花　朝顔の花。○茸茸　繁茂するさま。底本の板本では「葺葺《しゅうしゅう》」とあるが、「葺」は入声十四緝なので韻が合わない。板本の「葺葺」は誤刻と判断して、「茸茸」に改めた。写本『如亭山人詩初集』においても「茸茸」になっている。○斬了　伐り払う。○五爪龍　藪枯らし、あるいは貧乏かずらと称される、ブドウ科の蔓性の多年草。他の植物に巻き付いて枯らしてしまう雑草。

早起きすると庭にはしとどに朝露が降りていた。朝顔の花の下には草が生い茂っている。目覚めの茶を飲み終わると朝飯までは何もすることが無い。そこで、垣根を生え上《のぼ》っている藪枯《やぶか》らしを伐り払った。

130

雲峰半日不曾移
簷外無風柳線垂
閣住晩涼天更熱
一辺斜照在疎籬

雲峰《うんぽう》半日《はんにち》　曾《かつ》て移《うつ》らず
簷外《えんがい》　風無《かぜな》くして柳線《りゅうせん》垂《た》る
晩涼《ばんりょう》を閣住《かくじゅう》して　天《てん》　更《さら》に熱《ねっ》す
一辺《いっぺん》の斜照《しゃしょう》　疎籬《そり》に在《あ》り

七言絶句。韻字、移・垂・籬（上平声四支）。
○閣住　引き留める。○一辺斜照　一面の夕陽。○疎籬　疎らな垣根。

空に聳《そび》える雲の峰は半日の間まったく動かない。戸外では風が無く、柳の枝も垂れている。夕暮れ時の涼気はどこかに引き留められたままで、さらに暑さは増し、疎らな垣根の辺りは一面夕陽に照らされている。

131

斜陽光裏響軽雷
潑墨油雲竟不開
地上松筠陰忽失
急風和雨一時来

斜陽光裏《しやようこうり》　軽雷響《けいらいひび》く
潑墨《はつぼく》の油雲《ゆううん》　竟《つい》に開《ひら》かず
地上《ちじよう》の松筠《しよういん》　陰《かげ》　忽《たちま》ち失《しつ》す
急風《きゆうふう》　雨《あめ》に和《わ》して一時《いちじ》に来《きた》る

七言絶句。韻字、雷・開・来（上平声十灰）。　○軽雷　微かに鳴っているかみなり。　○潑墨　画法の一つで、墨を潑《は》ねかけて描く技法。宋の劉克荘の「三日雨を喜び張守に呈す」詩に、「三日《みつか》油雲潑墨濃《ゆううんはつぼくこ》し」。　○油雲　盛んに湧き起こる雲。
○松筠　松と竹。

夕陽は斜めに射し、雷は微かに鳴っていたが、まるで墨を潑《は》ねかけたように湧き起こった黒雲は、とうとう雲間を見せることなく、松や竹が地上に落としていた陰影がたちまちのうちに消えたかと思うと、急に風が雨と一緒にやって来た。

132

哭藤弟来

虚窓秋月照深更
一段傷心夢不成
客枕唯聞門外水
淙淙仍作旧時声

藤弟来《とうていらい》を哭《こく》す
虚窓《きょそう》の秋月《しゅうげつ》　深更《しんこう》を照《て》らす
一段《いちだん》の傷心《しょうしん》　夢成《ゆめな》らず
客枕《かくちん》　唯《た》だ聞《き》く　門外《もんがい》の水《みず》
淙淙《そうそう》　仍《な》ほ旧時《きゅうじ》の声《こえ》を作《な》す

七言絶句。韻字、更・成・声（下平声八庚）。

○藤弟来　阿藤弟来。藤は修姓。木百年の妹の夫。如亭が信州中野に開いた晩晴吟社に参加し、寛政十二年刊の『晩晴吟社詩』にも詩を収める。文化元年（一八〇四）六月八日没。○虚窓　がらんとした窓。宋の陸游の詩に用例が多く、例えば「寺居睡《じきょねむり》から覚む二首」詩に、「虚窓寂寂《きょそうせきせき》たり夜三更《よるさんこう》」。○深更　夜更け。深夜。○客枕　旅先の枕元。○淙淙　水のさらさらと流れる音。○仍『訓訳示蒙』に、「仍ハ、ヨリカサナル意ナリ。……仍ハ、マダヒタモノナリ」。

がらんとした窓に秋の月が見えて、真夜中の闇を照らしている。私はいちだんと悲傷の思いに囚《とら》われて眠ることができない。今この地に身を寄せて枕元に聞こえてくるのは、ただ門の外を流れる水の音だけだが、そのさらさらと流れる音は、むかし君と聞いた水の音と同じだ。

133

示高聖誕

寒天勧酔護吟身
旧社尋盟六七人
十載渓山人未老
幾家墻壁墨如新
詩辺気色前庭雪
酒外風光満座春
小住草堂難遽別
帰期我且緩三旬

高聖誕《こうせいたん》に示《しめ》す

寒天《かんてん》　酔《よい》を勧《すす》めて吟身《ぎんしん》を護《まも》る
旧社《きゅうしゃ》　盟《めい》を尋《つ》ぐ　六七人《ろくしちにん》
十載《じっさい》の渓山《けいざん》　人《ひと》　未《いま》だ老《お》いず
幾家《いくか》の墻壁《しょうへき》　墨《すみ》　新《あら》たなるが如《ごと》し
詩辺《しへん》の気色《きしょく》　前庭《ぜんてい》の雪《ゆき》
酒外《しゅがい》の風光《ふうこう》　満座《まんざ》の春《はる》
小住《しょうじゅう》の草堂《そうどう》　遽《にわか》には別《わか》れ難《がた》し
帰期《きき》　我《われ》　且《しばら》く三旬《さんじゅん》を緩《ゆる》うす

七言律詩。韻字、身・人・新・春・旬（上平声十一真）。
〇高聖誕　高梨聖誕（一七七四〜一八二二）。高は修姓。聖誕は字。号は紅葉。木百年とともに晩晴吟社の双璧と称された。詩集に『紅葉遺詩』（文政九年刊）がある。〇寒天　冬の寒空。〇旧社　寛政七年（一七九五）に如亭が信州中野に開いた晩晴吟社を指す。〇尋盟　重ねて旧盟を温める。

○人未老　この「人」は如亭自身を指すか。写本『如亭山人詩初集』では「吾未老」とある。○気色　景色。ありさま。○酒外　酒席の辺り。○小住　少しの間、居住する。宋の陸游の「雲門草堂に留題す」詩に、「小住《しょうじゅうはじ》初めて為《な》す旬月《じゅんげつ》の期《き》」。○三旬　三十日。

昔結んだ詩盟を重ねて温めようと六、七人の詩友たちが集い、冬の寒空のもと酒を勧めて苦吟の身体を温めている。山深い処に詩社を結んでから十年が過ぎたが、私はまだ老いてはおらず、何軒かの家の壁に私が揮毫した墨の色も新しいままだ。詩に材料を提供してくれる景色としては前庭の雪があり、酒席の周りには春の暖かさが満ちている。しばらく身を寄せている草堂と急には別れ難く、私は帰期を三十日も延期することになってしまった。

◇高梨聖誕の『紅葉遺詩』に収める「如亭先生の江戸に帰るを送る四首」詩によれば、如亭は文化元年（一八〇四）の九月九日以前に信州中野を訪れ、同年の歳暮に江戸に帰着したと思われるので、詩132とこの詩とはその間に詠まれた作ということになる。

134

乙丑元旦枕上口号

久客新還自北方

乙丑元旦《いっちゅうがんたん》、枕上《ちんじょう》の口号《こうごう》

久客《きゅうかく》　新《あら》たに北方自《ほっぽうよ》り還《かえ》る

馬蹄夢裏尚追程
覚来疑是投山店
窓外蕭騒風雪声

馬蹄《ばてい》　夢裏《むり》　尚《な》ほ程《てい》を追《お》ふ
覚《さ》め来《きた》つて疑《うたが》ふ　是《こ》れ山店《さんてん》に投《とう》ずるかと
窓外《そうがい》　蕭騒《しょうそう》たり　風雪《ふうせつ》の声《こえ》

七言絶句。韻字、方（下平声七陽）と程・声（下平声八庚）の通押。
○乙丑　文化二年（一八〇五）、如亭四十三歳。○口号　思い浮かぶままに口ずさんだ詩。○久客　長く他郷に住んでいた人。○馬蹄　如亭編の『宋詩清絶』に収める葉茵《しょういん》の「偶成」詩に、「春《しゅん》風《ぷう》を留《とど》め得《え》て馬蹄《ばてい》を趁《お》ふ」。○山店　山中の旅宿。○蕭騒　もの寂しいさま。

長く他郷に居る旅人だったが、新たに北国から戻って来た。今もなお馬に乗って旅をしているような夢を見る。その夢から覚めた時に、山中の旅宿に泊まっているのではないかと疑ってしまうのは、窓の外にもの寂しい風雪の音がしているからだ。

135　春昼

風微日暖懶遊絲

春昼《しゅんちゅう》
風微《かぜかす》かに日《ひ》暖《あたた》かにして　遊糸《ゆうし》懶《ものう》し

初覚午園晴景奇
花影重重無寸地
多于昨夜月明時

初《はじ》めて覚《おぼ》ゆ　午園《ごえん》　晴景《せいけい》の奇《き》なるを
花影重重《かえいちょうちょう》として　寸地《すんち》無《な》し
昨夜月明《さくやげつめい》の時《とき》よりも多《おお》し

七言絶句。韻字、絲・奇・時（上平声四支）。
○遊絲　春の晴れた日に空中を浮遊する蜘蛛の糸。○花影　花の影。結句と連動して、宋の王安石の「夜直《やちょく》」詩に、「月《つき》は花影《かえい》を移《うつ》して欄干《らんかん》に上《のぼ》らしむ」とあるのが意識されている。○重重　重なるさま。宋の朱淑真の「旧愁二首」詩に、「花影重重《かえいちょうちょう》として綺窓《きそう》に畳《かさ》なる」。

風が微かに吹き、暖かな日が射しているなか、蜘蛛の糸が嬾《ものう》げに空中に漂っている。晴れた日の昼の庭の景色が素晴らしいのに初めて気づいた。地上に落ちた花の影は隙間もないほど重なり合い、昨夜月明かりに照らされた時に出来た影よりも多くなっている。

136

夜帰

岸頭月静柳条垂

夜帰《やき》

岸頭《がんとう》　月静《つきしず》かにして柳条垂《りゅうじょうた》る

穿緑帰舟儘進遅
半路微風吹不定
着篙無処避軽絲

緑《みどり》を穿《うが》つ帰舟《きしゆう》　進《すす》むの遅《おそ》きに儘《まか》す
半路《はんろ》の微風《びふう》　吹《ふ》き定《さだ》まらず
着篙《ちやくこう》　軽糸《けいし》を避《さ》くるに処《ところ》無《な》し

七言絶句。韻字、垂・遅・絲（上平声四支）。
○岸頭　岸辺。○半路　途中。○軽絲　ここは柳の細くしなやかな枝をいう。

月が静かに上り、岸辺では柳の枝が垂れている。緑色の柳の中を穿つようにして、ゆっくりと舟が帰ってくる。しかし、途中でそよ風が気ままに吹くので、棹をさして、糸のように軽やかな柳の枝を避けようとするが、それもままならない。

137

廃園

草合幽蹊絶往還
空看花石作孱顔
千金費尽人何在

廃園《はいえん》

草《くさ》は幽蹊《ゆうけい》を合《がつ》して　往還《おうかん》を絶《ぜつ》す
空《むな》しく看《み》る　花石《かせき》の孱顔《せんがん》を作《な》すを
千金《せんきん》　費《つい》やし尽《つ》くして　人《ひと》　何《いず》こにか在《あ》る

亦是人間万歳山

亦《ま》た是《こ》れ人間《じんかん》の万歳山《ばんざいさん》

七言絶句。韻字、還・顔・山（上平声十五刪）。

○幽蹊　奥まった静かな小径。○花石　花と石。○孱顔　不揃いに入りくんでいるさま。○万歳山　宋の徽宗《きそう》は莫大な費用をかけて汴京《べんけい》に万歳山を築き、太湖石や奇樹珍花を集めたが、金《きん》に攻められて汴京が陥落すると、万歳山は破壊された。ここは、この万歳山が意識されている。

ひっそりした小径に草が覆うように生えて、往き来ができなくなっている。花や石が複雑に入りくんだ廃園の、そんなありさまを空しさを感じながら眺めている。これもまた永遠を祈願して築かれた人間世界の万歳山だが、これに多額のお金をつぎ込んだ人は、今はどこにいるのだろうか。

138

木母寺

隔柳香羅雑沓過
醒人来哭酔人歌
黄昏一片蘼蕪雨

木母寺《もくぼじ》

柳《やなぎ》を隔《へだ》つる香羅《こうら》　雑沓《ざっとう》として過《す》ぐ
醒人《せいじん》は来《きた》り哭《こく》し　酔人《すいじん》は歌《うた》ふ
黄昏《こうこん》　一片《いっぺん》　蘼蕪《びぶ》の雨《あめ》

偏傍王孫墓上多　　偏《ひと》へに王孫墓上《おうそんぼじよう》に傍《そ》ひて多《おお》し

七言絶句。韻字、過・歌・多（下平声五歌）。
○木母寺　隅田川の堤にあった天台宗の梅柳山木母寺。謡曲「隅田川」で知られる梅若丸伝説の寺として名高い。都で人買いにさらわれた梅若丸は、隅田川のほとりで病のため没するが、子を失って狂女となった母が探し訪ねて辿りついた時は、梅若丸の一周忌だった。母が梅若丸の塚に念仏を手向けると、梅若丸の亡霊が現われる。ところが一夜明けると、塚の上にはただ草が茫々と生えているだけだった。『江戸名所図会』巻七に拠ると、如亭の時代には塚の上に柳が植えられ、毎年陰暦三月十五日には梅若《うめわか》丸を祭る大念仏が行われ、貴賤の人々が群参した。また、その日は雨が降ることが多く、「梅若の涙雨《なみだあめ》」と呼ばれたという。○香羅　良い香りのする薄絹、すなわち美女の美しい晴着。○雑沓　多くの人で混み合うこと。○醒人　酒を飲んでいない素面《しらふ》の人。この一句には、『論語』述而の「子、この日において哭すれば則ち歌はず」、あるいは杜牧の七律「宣州の開元寺の水閣に題す」の「人《ひと》は歌《うた》ひ人《ひと》は哭《こく》す水声《すいせい》の中《なか》」という詩句が踏まえられている。○黄昏　黄昏《たそがれ》時の薄明かり。『聯珠詩格』巻六に収める唐の韋荘の「春愁」詩の、「春愁《しゆんしゆう》有《あ》りし自《よ》り正《まさ》に魂《たましい》を断《た》つ、堪《た》へず芳草《ほうそう》に王孫《おうそん》を思《おも》ふに、落花寂寂黄昏《らつかせきせきこうこん》の雨《あめ》、深院人無《しんいんひとな》くして独《ひと》り門《もん》に倚《よ》る」は、この詩と想を同じくする。○一片　辺り一面。唐の李白の「子夜呉歌《しやごか》」に、「長安一片《ちようあんいつぺん》の月《つき》」。○蘼蕪　春の香草の一種で、おんなかずら。唐の孟遅《もうち》の「閨情《けいじよう》」詩に、「蘼蕪《びぶ》も亦《ま》た是《こ》れ王孫草《おうそんそう》」とあるのが踏まえられており、結句の「王孫」とは縁語関係になっている。さらに、この孟遅の「閨情」詩が、『文選』に収められる漢の淮南小山《わいなんしょうざん》の「招隠士」詩の「王孫遊《おうそんあそ》びて帰《かえ》らず、春草生《しゅんそうしょう》じて萋萋《せいせい》たり」を踏まえて詠まれていることから、結局、蘼蕪は旅に出たまま帰ってこない王孫を連想させる景物として用いられていることになる。○王孫墓上　「王孫」はここでは梅若丸を指すが、その墓上に降る雨を詠むことによって、「梅若の涙雨」という俗諺を暗示させつつ、薄倖の貴公子を悼み哭するのは心ある人間だけでなく、雨さえもがその墓上にはひときわ多く降って悼み哭しているというのである。

柳の向こうを晴着姿の女たちが賑やかに通り過ぎる。素面《しらふ》の人はここにやって来て歎き悲しみ、酔っ払いは歌い騒ぐ。黄昏《たそがれ》の光の中、春草に雨が降っている。梅若丸の悲運に涙を流すかのように、その雨は梅若塚の上により多く降り注いでいるように見える。

◇この絶句は作詩当時から評判が高く、菊池五山は『五山堂詩話』巻二（文化五年刊）にこの詩を紹介して、「絶《はなは》だ晩唐の名家に類す」と絶賛した。その後、如亭の代表作として、『文政十七家絶句』（文政十二年刊）以降の詞華集に採録されることも多く、『皇朝百家絶句』（明治十八年刊）では「字を用ふるに苟《いやしく》もせず。調もまた高雅」という頭評を付してこれを収めるほか、虱仙《しっせん》なる匿名者の「読詩偶評」（『作詞作文之友』九号、明治三十二年四月刊）には、「山人が生涯の妙絶とは人も評し、我も然《し》か信じ居りて、別に字句の間に意を留めず、墨坨《ぼくだ》に遊べば必ず此詩を微吟して、益々其妙を覚へ、人口に膾炙するも、決して偶然ならず」と評している。如亭の作としてはもっともよく知られた一首である。

139

向因一友人求学士某公手筆
数月之後寂然無信
字伴名花看幾時
精神定是与梅宜
一春空過無芳信
窓外東風払楝枝

向《さき》に一友人《いちゆうじん》に因《よ》つて学士某公《がくしぼうこう》の手筆《しゆひつ》を求《もと》む。
数月《すうげつ》の後《のち》、寂然《せきぜん》として信無《しんな》し
字《じ》は名花《めいか》に伴《ともな》ひて看《み》ること幾時《いくとき》ぞ
精神《せいしん》　定《さだ》めて是《こ》れ梅《うめ》と宜《よろ》し
一春《いつしゆん》　空《むな》しく過《す》ぎて　芳信無《ほうしんな》し
窓外《そうがい》の東風《とうふう》　楝枝《れんし》を払《はら》ふ

七言絶句。韻字、時・宜・枝（上平声四支）。

○学士某公　写本『如亭山人詩初集』では、この詩題は「嚮因北条元鼎求学士柴公手筆、数月之後寂然無信、聊為二絶（嚮《さき》に北条元鼎に因つて学士柴公の手筆を求む。数月の後、寂然として信無し。聊か二絶を為す）」となっているので、この「学士某公」とは「学士柴公」すなわち柴野栗山のことを指していると思われる。　○名花　名高く美しい花。　○精神　生彩があって美しいこと。『訳注聯珠詩格』にも収める宋の方岳の「梅花」詩に、「梅有《うめあ》りて雪無《ゆきな》ければ精神《せいしん》ならず」。　○芳信　花信（開花の知らせ）と、芳翰（他人の手紙に対する敬称）という二つの意味を懸ける。　○楝枝　おうち（センダン科の落葉高木）の枝。花信風《かしんふう》の一番は梅花、最後の二十四番が楝花である。つまり花の開花をもたらす花信風の最後の時季になっても返事が来ないというのである。

［以前、ある友人に頼んで学士某公の筆跡を求めたことがあったが、数ヶ月経っても何の返事も無い。］

何時《いつ》になったら、学士某公の筆跡を名花と一緒に見ることになるのだろうか。その筆跡の生彩ある美しさは梅の花とよく釣り合うであろうに。しかし、学士からの返信は無く、春は空しく過ぎてしまった。窓の外では花信風の最後に花を咲かせるという楝《おうち》の木の枝を東風が吹き払っている。

140

秋日田家

煙暖炉頭気似春
秋邨食足不知貧
満林墜葉供炊飯
豈信城中有桂薪

秋日《しゅうじつ》の田家《でんか》

煙《けむり》暖《あたた》かにして　炉頭《ろとう》　気《き》は春《はる》に似《に》たり
秋邨《しゅうそん》　食足《しょくた》りて貧《ひん》を知《し》らず
満林《まんりん》の墜葉《ついよう》　炊飯《すいはん》に供《きょう》す
豈《あ》に信《しん》ぜんや　城中《じょうちゅう》　桂薪《けいしん》有《あ》るを

七言絶句。韻字、春・貧・薪（上平声十一真）。

○田家　農家。○城中　町の中。○桂薪　高価な薪。

暖かな煙の立ち上る炉端の空気は春のようだ。秋の村里は食べ物も十分で貧しさとは無縁だ。林いっぱいの落葉は飯を炊くのに使われる。いったいここの誰が、町では薪が高価だということを信じようか。

141

欲雪　時在越

乍晴乍雨天難定
小酌邨醪坐草堂
早見園丁知欲雪
窓前依例縛寒篁

雪《ゆき》ならんと欲《ほっ》す　時《とき》に越《えつ》に在《あ》り

乍《たちま》ち晴《は》れ乍《たちま》ち雨《あめ》ふりて　天《てん》　定《さだ》まり難《がた》し
邨醪《そんろう》を小酌《しょうしゃく》して草堂《そうどう》に坐《ざ》す
早《はや》くも見《み》る　園丁《えんてい》　雪《ゆき》ならんと欲《す》るを知《し》りて
窓前《そうぜん》　例《れい》に依《よ》つて寒篁《かんこう》を縛《ばく》するを

七言絶句。韻字、堂・篁（下平声七陽）。

○時在越　文化二年（一八〇五）四十三歳の如亭は、秋に江戸を発って信越遊歴に出かけた。○乍晴乍雨　宋の陸游の「春日雑興十二首」詩に、「乍《たちま》ち晴《は》れ乍《たちま》ち雨《あめ》ふりて忽《たちま》ちに旬《じゅん》を経《へ》たり」。○邨醪　田舎酒。○園丁　庭師。○寒篁　冬の竹。

晴れたかと思ったら急に雨が降り出して、不安定な天気だ。田舎造りの酒を少しばかり口にして草堂に坐っている。庭師が雪の降るのを予知して、窓の外で例年のように冬の竹を縛っているのを、早くも目にすることになった。

142

偶作浅絳小景因題上方
腕頭小試雲林趣
自咲山人性亦迂
十載游蹤吾画本
倪家従此有新図

偶々《たまたま》浅絳小景《せんこうしょうけい》を作《つく》る。因《よ》つて上方《じょうほう》に題《だい》す
腕頭《わんとう》　小《すこ》しく試《こころ》む　雲林《うんりん》の趣《おもむき》
自《みずか》ら咲《わら》ふ　山人《さんじん》　性《せい》も亦《ま》た迂《う》なるを
十載《じっさい》の游蹤《ゆうしょう》　吾《わ》が画本《がほん》
倪家《げいけ》　此《これ》従《よ》り新図《しんず》有《あ》らん

七言絶句。韻字、趣・迂・図（上平声七虞）。
○浅絳　薄赤色。淡彩をいう。如亭の関与した『傍訳標註芥子園画伝』（文政二年刊）において、「浅絳」には「ウスザイシキ」という訳注が付されている。○小景　小幅の山水画。○雲林趣　元の山水画家倪瓚《げいさん》（雲林は号）の画風。○迂　迂遠。物事に疎いこと。○游蹤　旅の足跡。○画本　画の手本。○倪家　倪雲林《げいうんりん》の流派に属する画家。

腕を揮っていささか倪雲林の山水画の趣を試みてみたが、生まれつき要領が悪いことを思い知らされ、我ながら笑ってしまった。しかし、十年に及ぶ旅の足跡こそ、私の画の手本だということに気づいたので、これからは私が描く倪雲林風の山水画にも新味が加わるようになるであろう。

◇写本『如亭山人詩初集』では、この詩の詩題は「余胸中貯丘壑久矣、而不能自画也、乙丑冬寓于越之高田、夜雪燈下援筆初作浅絳小景、戯題上方（余、胸中に丘壑《きゅうがく》を貯ふること久し。而るに自らは画くこと能はざるなり。乙丑の冬、越の高田に寓す。夜雪灯下に筆を援《と》り初めて浅絳《せんこう》の小景を作り、戯れに上方に題す）」となっている。

143

余再游越与石生叙旧于嵐川
上一夜生慫慂復游新潟余畏
海岸風雪険決意東帰途中偶
思及因作新潟図更系以詩寄
之

余《よ》、再《ふたた》び越《えつ》に游《あそ》ぶ。石生《せきせい》と旧《きゅう》を嵐川《らんせん》の上《ほとり》に叙《じょ》す。一夜《いちや》、生《せい》、復《ま》た新潟《にいがた》に游《あそ》ばんことを慫慂《しょうよう》す。余《よ》、海岸《かいがん》の風雪《ふうせつ》の険《けん》を畏《おそ》れ、意《い》を決《けっ》して東帰《とうき》す。途中《とちゅう》偶々《たまたま》思《おも》ひ及《およ》ぶ。因《よ》つて新潟《にいがた》の図《ず》を作《つく》りて、更《さら》に系《かく》るに詩《し》を以《もっ》てし、之《これ》に寄《よ》す

六 街 三 市 起 芳 塵　　六街三市《ろくがいさんし》　芳塵《ほうじん》を起《お》こし

路柳墻花一一新
此境于今猶入夢
時追七十四橋春

路柳墻花《ろりゅうしょうか》　一一新《いちいちあら》たなり
此《こ》の境《きょう》　今《いま》に于《お》いて猶《な》ほ夢《ゆめ》に入《い》る
時《とき》に追《お》ふ　七十四橋《しちじゅうしきょう》の春《はる》

七言絶句。韻字、塵・新・春（上平声十一真）。
○余再游越　文化二年（一八〇五）から翌文化三年にかけてのこと。○石生　未詳ながら、あるいは新潟の画家石川侃斎《かんさい》か。侃斎は明和元年（一七六四）生まれなので、如亭より一歳年少。○嵐川　信濃川の支流で現在の新潟県三条市辺りを流れる五十嵐《いからし》川のこと。○東帰　江戸に帰ることをいう。但し、この時、如亭は江戸に直帰したわけではなく、文化三年の秋頃まで越後の地に滞在した。○系　付け加える。○六街三市　新潟の繁華な町並みを指すが、実数ではなく、唐の都長安が六街三市から成っていたことから、繁華な都市をこういう。○芳塵　美しい塵。○路柳墻花　路傍の柳と垣根の花。美女、特に芸妓などをいう。○七十四橋　新潟の町に架かっている多くの橋。実数ではない。詩82「新潟」にも、「七十四橋《しちじゅうしきょう》六街《ろくがい》を成《な》す」とある。

「私は再び越後の地に旅し、石生と五十嵐川のほとりで昔のことを語り合った。そうしたある夜、石生がもう一度新潟に遊歴しようじゃありませんかと誘ってきた。私は越後の海岸の風雪が険しいのを畏れて、江戸に帰る決心をした。帰りの道中、たまたま新潟のことに思いが及んだ。そこで新潟の図を描き、さらに詩を書き加えて、石生に寄せる。」

新潟の繁華な町並みは美しい塵を舞い起こし、道ばたの柳や垣根の花のような美女たちもそれぞれが新鮮な魅力を放っていた。そうした新潟の様子を私は今でもまだ夢に見て、時々は夢の中で橋の多い新潟の春景色を追いかけている。

144

除夜

囊中句満又新春
追得唐賢旧苦辛
擬取一年吟詠巻
亦供薄酒祭詩神

除夜《じょや》

囊中《のうちゅう》　句満《くみ》ちて又《ま》た新春《しんしゅん》
追《お》ひ得《え》たり　唐賢《とうけん》の旧苦辛《きゅうくしん》
一年吟詠《いちねんぎんえい》の巻《まき》を取《と》りて
亦《ま》た薄酒《はくしゅ》を供《きょう》して詩神《ししん》を祭《まつ》らんと擬《ぎ》す

七言絶句。韻字、春・辛・神（上平声十一真）。
○囊中　詩囊の中。唐の詩人李賀は、詩が出来ると下男に持たせた囊《ふくろ》に詩を書いた紙を入れたという故事に拠る。○唐賢　ここは、唐代の優れた詩人。○薄酒　アルコール度の低い水っぽい酒。田舎の酒。○祭詩神　『唐才子伝』に拠れば、賈島は除夜にその年一年のうちに作った詩を取り出して机の上に置き、香を焚き酒を供えて祭ったという。

袋を詩でいっぱいにして、また新春を迎えることになった。唐の優れた詩人たちが経験した作詩のための苦辛というものを、私も追いかけることができた一年だった。この一年間の吟詠を書き記した詩巻を手にし、田舎造りの水っぽい酒を供えて詩の神さまをお祭りしようと思う。

145

題雲室上人画山水
筆墨与道化
世眼只混侖
妙処我欲辯
吾口已忘言

雲室上人《うんしつしょうにん》の画山水《がさんすい》に題《だい》す
筆墨《ひつぼく》は道《みち》と化《か》す
世眼《せがん》は只《た》だ混侖《こんろん》
妙処《みょうしょ》　我《われ》　弁《べん》ぜんと欲《ほっ》するも
吾《わ》が口《くち》は已《すで》に言《い》ふことを忘《わす》る

五言絶句。韻字、侖・言（上平声十三元）。
○雲室上人　浄土真宗の僧侶で江戸の芝西久保の光明寺住職。画家としても知られた。市河寛斎はじめ江湖詩社の詩人たちと交遊があり、享和二年（一八〇二）頃、如亭は雲室が主宰した詩画兼修の小不朽社に参加した。宝暦三年（一七五三）生まれなので、如亭より十歳の年長。○筆墨　書画詩文の作品。○世眼　世俗の人の眼識。○混侖　混乱して物事の区別が明らかでないさま。○

已忘言　晋の陶潜の「雑詩」に、「此《こ》の中《うち》に真意《しんい》有《あ》り、弁《べん》ぜんと欲《ほっ》して已《すで》に言《げん》を忘《わす》る」。

書画というものは天地の道とともに変化するものであるが、世間の人の眼識は混乱しており、なかなか正しい評価ができない。雲室上人の山水画の妙処を私は説明しようと思うのだが、いざ口にして言い表わそうとすると、その時にはもう言葉を忘れてしまっているのである。

146

重経能生駅

前月来時此買舟
仙風吹送小瀛州
初知凡骨終難再
如屋驚濤隔旧游

重《かさ》ねて能生駅《のうえき》を経《ふ》る

前月《ぜんげつ》　来《きた》る時《とき》　此《ここ》に舟《ふね》を買《か》ふ
仙風《せんぷう》　吹《ふ》き送《おく》る　小瀛州《しょうえいしゅう》
初《はじ》めて知《し》る　凡骨《ぼんこつ》　終《つい》に再《ふたた》びし難《がた》きを
屋《おく》の如《ごと》き驚濤《きょうとう》　旧游《きゅうゆう》を隔《へだ》つ

七言絶句。韻字、舟・州・游（下平声十一尤）。
○能生駅　現、新潟県糸魚川市大字能生。北国《ほっこく》街道と千国《ちくに》街道の分岐点にある海沿いの宿場町。
○買舟　舟を雇う。○仙風　仙界の風。仙人が起こす風。○小瀛州　小さな仙山。「瀛州」は、東海の中にあって神仙が住むと伝えられる山。○凡骨　凡人。「仙骨」の対語。○驚濤　逆巻く大波。

怒濤。

　前月やって来た時にはここで舟を雇って、沖合に浮かぶ仙人が住んでいるような小島に遊んだ。ところが今や仙界の風がその小島を遠くへ吹き送ってしまった。凡人の私はもう二度とあの小島には渡れなくなったということに初めて気づいた。屋根のような大波が、楽しかったあの小島での遊びと今の私とを隔てている。

◇如亭は文化三年（一八〇六）に、画家の勾田《まがた》臺嶺《たいれい》と一緒にここにやって来た。その時のことを『詩本草』第二十二段では、「越《えつ》に游ぶの日、適《たまたま》尾張の勾臺嶺《こうたいれい》と能生《のう》の海浜に抵《いた》り、一孤島を見る。螺髻《らけい》・青鬟《せいかん》、嶮岌《けんきゅう》にして空に聳ゆ。岸を距つること僅かに三里許《ばかり》なり。奇景探る可く、急に一船を弁じ、酒と鰒《あわび》とを携へて往きて游ぶ。是の日天気晴明にして海面、鏡の如し。佳処を揀《えら》びて席《むしろ》し、俯《ふ》して魚楽《ぎょらく》を観る。游する者、泳ずる者、歴歴として数ふ可し。是《ここ》において盃を挙げて古《いにしえ》を論じ、詩画を談ず。快《かい》甚だし。莫《くれ》に至りて帰る。再び至れば則ち風浪大いに起り、洶湧《きょうゆう》岸を拍《う》ち、凜乎《りんこ》としてそれ留まる可からざるなり。悵然《ちょうぜん》として詩を吟じて去る」と記し、続いてこの詩を収めている。

147

秋暁　時読書于墨坂大夫後園
不知幾日入秋風
暁見園池已換容
山石榴花紅謝尽
水辺顔色到芙蓉

秋暁《しゅうぎょう》　時《とき》に書《しょ》を墨坂大夫《すざかたいふ》の後園《こうえん》に読《よ》む
知《し》らず　幾日《いくにち》か　秋風《しゅうふう》に入《い》るを
暁《あかつき》に見《み》る　園池《えんち》の已《すで》に容《すがた》を換《か》ふるを
山石榴《さんせきりゅう》の花《はな》は紅《くれない》を謝《しゃ》し尽《つ》くし
水辺《みずべ》の顔色《がんしょく》　芙蓉《ふよう》に到《いた》る

七言絶句。韻字、風（上平声一東）と容・蓉（上平声二冬）の通押。
○墨坂大夫　須坂藩の家老駒沢清泉。「墨坂」は須坂の宛字。元文元年（一七三六）生まれで、この年七十一歳。○後園　裏庭。○園池　池のある庭。○山石榴　山躑躅《やまつつじ》。初夏、枝先に紅い漏斗状の花を咲かせる。唐の白居易の「山石榴、元九に寄す」詩に、「山石榴《さんせきりゅう》、一名《いちめい》は山躑躅《さんてきちょく》、一名《いちめい》は杜《と》鵑花《けんか》」。○顔色　色彩。○芙蓉　蓮の花。

秋風が吹き始めて何日経ったか分からないが、明け方に見ると、池庭《ちてい》はすでに様変わりしていた。山躑躅《やまつつじ》の紅い花はすっかり散ってしまい、水辺の美しい色合いは蓮の花に移っていた。

148

題秋江独釣図賀墨坂大夫
致仕　大夫姓沢号清泉善琴
身不下堂為治安
多年人孰認衣冠
老来忽斂弾琴手
静向江湖学釣竿

秋江独釣《しゅうこうどくちょう》の図《ず》に題《だい》して墨坂大夫《すざかたいふ》の致仕《ちし》を
賀《が》す　大夫《たいふ》、姓《せい》は沢《たく》、清泉《せいせん》と号《ごう》し、琴《きん》を善《よ》くす
身《み》は堂《どう》を下《くだ》らずして　治《ち》を為《な》すこと安《やす》し
多年《たねん》　人《ひと》　孰《たれ》か衣冠《いかん》を認《みと》めん
老来《ろうらい》　忽《たちま》ち弾琴《だんきん》の手《て》を斂《おさ》めて
静《しず》かに江湖《こうこ》に向《お》いて釣竿《ちょうかん》を学《まな》ぶ

七言絶句。韻字、安・冠・竿（上平声十四寒）。
○秋江独釣　秋の川に舟を浮かべて独り釣糸を垂れるさまを描く画題。○致仕　辞職する。○姓沢　本姓は駒沢なので、沢は修姓。○身不下堂為治安　『呂氏春秋』に拠れば、孔子の門人宓子賤《ふくしせん》が単父《ぜんぽ》を治めていた時は役所で琴をかき鳴らしただけで一歩も外に出なかったが、よく治まっていた。それは部下に仕事を任せていたからだという故事を典故とする。清泉が七絃琴の名手でもあったことから、この故事を用いた。○衣冠　役人としての正装。○斂手　手を引く。
宓子賤《ふくしせん》のように役所から出ることなく琴を奏でてやすやすと政治を執り行っていたので、あなたの衣冠を着けた役人姿を人々は長いあいだ知らなかった。しかし、老年になって辞職してからは急に琴を弾くのをやめ、今は静かに江湖で釣竿《つりざお》の使い方を学んでいる。

149

偶作松竹二図因題
山中游久絶
忽憶草茸茸
拈筆移丘壑
揮来石上松

偶々《たまたま》松竹《しょうちく》二図《にず》を作《つく》る。因《よ》って題《だい》す
山中《さんちゅう》　游《ゆう》　久《ひさ》しく絶《ぜつ》す
忽《たちま》ち憶《おも》ふ　草《くさ》の茸茸《じょうじょう》たるを
筆《ふで》を拈《と》りて丘壑《きゅうがく》を移《うつ》し
揮《ふる》ひ来《きた》る　石上《せきじょう》の松《まつ》

五言絶句。韻字、茸・松（上平声二冬）。
○茸茸　草が盛んに生い茂っているさま。○拈筆　指先で筆を挟み持つ。○丘壑　山と谷。幽遠の地の山水。○石上松　唐の李白の「魯頌《ろしょう》に別る」詩に、「錯落《さくらく》たり石上《せきじょう》の松《まつ》」。また唐の温庭筠の「山中の人に寄す」詩に、「石上千尺《せきじょうせんしゃく》の松《まつ》」。

もう長い間、山に遊んでいないが、草が生い茂る山中の様子をふと思い出した。そこで画筆を把《と》って幽邃《ゆうすい》な山水を画面に移し、石の上に松の木を描いた。

150

闊葉意蕭蕭
細竿如生鉄
満山揺落時
此君独有節

闊葉《かつよう》　意《い》　蕭蕭《しょうしょう》たり
細竿《さいかん》　生鉄《せいてつ》の如《ごと》し
満山《まんざん》　揺落《ようらく》の時《とき》
此《こ》の君《きみ》　独《ひと》り節《せつ》有《あ》り

五言絶句。韻字、鉄・節（入声九屑）。
○闊葉　幅の広い葉。○蕭蕭　もの寂しいさま。○生鉄　鋳物《いもの》の鉄。○揺落　秋になって木の葉の散り落ちること。○此君　竹の異称。『晋書』王徽之《おうきし》伝の、庭に植えてある竹を指さして王徽之が、「何《なん》ぞ一日《いちにち》も此《こ》の君《きみ》無《な》かる可《べ》けんや」と言ったという故事に拠る。○節　竹の節《ふし》の意を含ませながら、季節の変化にも変わらずに葉を茂らせている竹の節操をいう。

　竹の幅広の葉が寂しげに生え、細い幹は剛《かた》い鋳物の鉄のようだ。山の中すべてが落葉する季節、王徽之《おうきし》が此《こ》の君《きみ》と呼んだ竹だけが、節操を守り毅然として生えている。

◇写本『如亭山人詩初集』では、起句は「倚石意蕭々（石《いし》に倚《よ》りて意《い》蕭々《しょうしょう》たり）」。

151

蕎麦歌

荏城人世極楽国
口腹何求不可得
時新魚菜尚奢靡
燕席争供如奉勅」
昇平士女不知愁
食前方丈擬公侯
信山蕎麦無物敵
相魚駿茄遜百籌

蕎麦《そば》の歌《うた》

荏城《じんじょう》は人世《じんせい》の極楽国《ごくらくこく》
口腹《こうふく》　何《なに》を求《もと》めてか得可《うべ》からざらん
時新《じしん》の魚菜《ぎょさい》　奢靡《しゃび》を尚《とうと》び
燕席《えんせき》　争《あらそ》ひ供《きょう》して　勅《ちょく》を奉《ほう》ずるが如《ごと》し
昇平《しょうへい》の士女《しじょ》　愁《うれい》を知《し》らず
食前方丈《しょくぜんほうじょう》　公侯《こうこう》に擬《ぎ》す
信山《しんざん》の蕎麦《そば》　物《もの》の敵《てき》する無《な》し
相魚《そうぎょ》　駿茄《しゅんか》　遜《ゆず》ること百籌《ひゃくちゅう》

七言古詩。韻字、国・得・勅（入声十三職）」愁・侯・籌（下平声十一尤）。

○荏城　江戸のこと。但し、津阪東陽は『夜航詩話』巻一に、「江戸を称して東都と為すは、山本信《やまもとのぶ》有《あり》これを非とするは是たり。然るに其の徒、方音相通《ほうおんそうつう》を以て荏土の字を借用、遂に荏城と為すは、考えざるの過《あやま》ちなり。荏は弱なり。豈《あ》に以て覇主の金城を称す可けんや。蓋しこれを風土記残本に得て、喜びて以て奇を衒《てら》ひ、其の不祥たるを省《せい》するに遑《いとま》あらざるのみ」と記して、江戸をこう表記することを否定している。○人世極楽国　明の陳継儒の『太平清話』に、「人、江南に生まれれば是れ極楽国」。○口腹　口と腹、すなわち飲食をいう。○時新魚菜　季節のはしりの魚や野菜。宋の范成大の「四時田園雑興《しいじでんえんざつきょう》」晩春詩に、「時新《じしん》の魚菜《ぎょさい》春《はる》を逐《お》ひて廻《めぐ》る」。○奢靡　身分不相応な贅沢。○燕席　宴席に同じ。○奉勅　天子の命令を奉ずる。○昇平　天下太平。○食前方丈　食席の前にご馳走を一丈（約三メートル）四方も並べること。甚だしい贅沢をいう。『孟子』尽心下に、「食前方丈、侍妾数百人、我、志を得るも為さざるなり」。○信山　信州の山地。○相魚　相模《さがみ》の魚。ここは江戸で珍重された鎌倉沖の鰹を指す。○駿茄　駿河《するが》名産の茄子。『柳多留』三十一篇に「箱根山越したなすびは馳走なり」。○遜百籌　大きく負ける。遥かに劣る。「籌」は、数取りの勝負に用いる竹の棒。

江戸はこの世の極楽国だ。食べたいものは何だって手に入れることができる。身分不相応な贅沢をして初物の魚や野菜をありがたがり、宴席ではまるで天子の命令を奉ずるかのように競ってそれらが提供される。

天下太平の世の人々は愁いというものも知らぬ気に、広い食席の前にご馳走を並べて王侯気取りだ。しかし、信州の蕎麦に匹敵するものはないと思う。美味しいとされる相模の魚も駿河の茄子も、信州の蕎麦に比べれば物の数ではない。

◇この詩は『詩本草』第七段にも収められており、『詩本草』には「蕎麦は信濃を以て第一と為す。

その香味、他州の及ぶ可きに非ざるなり。嘗《かつ》て書を墨坂大夫《すざかたいふ》の後園に読む。厨下《ちゅうか》頻頻としてこれを供す。因て「蕎麦の歌」を作る」と記されている。「墨坂大夫」は、詩147に見られる須坂藩の家老駒沢清泉。ちなみに『詩本草』の板本では、この詩の一句目の「荏城」は、「江都」に改められている。語注に示したような批判を考慮したのであろう。

152

題土屋廉夫二松軒
二株喬松当軒立
不容客来一拱揖
古史錯雑散座右
但有秋風繞簷入
半天松声暁夢驚
月光霜色相共清
此中早起無外事
読書声高于松声

土屋《つちや》廉夫《れんぷ》の二松軒《にしょうけん》に題《だい》す
二《に》株《しゅ》の喬松《きょうしょう》 軒《のき》に当《あた》つて立《た》つ
容《い》れず 客《きゃく》の来《きた》つて一《ひと》たび拱揖《きょうゆう》するを
古《こ》史《し》 錯雑《さくざつ》 座《ざ》右《ゆう》に散《さん》ず
但《た》だ秋風《しゅうふう》の簷《のき》を繞《めぐ》りて入《い》る有《あ》り
半天《はんてん》の松声《しょうせい》 暁夢《ぎょうむ》驚《おどろ》き
月光《げっこう》 霜色《そうしょく》 相共《あいとも》に清《きよ》し
此《こ》の中《なか》 早起《そうき》 外事《がいじ》無《な》し
読書《どくしょ》の声《こえ》は松声《しょうせい》よりも高《たか》し

七言古詩。韻字、立・揖・入（入声十四緝）」驚・清・声（下平声八庚）。

○土屋廉夫　文政十年版の『信上当時諸家人名録』には、詩文を能くする信州上田の人として土屋善右衛門（字を廉夫、号を雨峯）の名が出ている。また『如亭山人題跋』には、「廉夫、名は光潔、余に詩法を受くる者なり。少年にして書を善くし、兼ねて刀剣を鑑別すると云ふ」。家の前に二本の松が聳えていたので、その居宅は二松軒と号されていた。○拱揖　胸の前で腕を組んで会釈する。敬意を示すしぐさ。この表現の背後には、秦の始皇帝と松についての次のような故事が意識されているか。『史記』封禅書に拠れば、始皇帝は泰山に登った時、暴風雨に見舞われて松樹の下に難を逃れた。そこで始皇帝は松を五大夫に封じたという。○古史　古い歴史の書物。○暁夢　夜明け時に見る夢。○外事　世俗の事柄。

二本の高い松の木が軒先に聳え立っている。秦の始皇帝は泰山の松を大夫に任じて敬ったというが、ここの松は客がやって来て、儀礼的に手を拱《こまね》き拝礼するのを許すような松ではない。主人の座右には古い史書が乱雑に散らばっており、ただ秋風だけが軒端を繞って入ってくる。中空《なかぞら》に響く松風の音に夜明け時の夢が覚めると、月の光も地上に降りた霜の色ももどもに清らかだ。こうした時の早起きは俗事とは無縁で、書物を読む声が松風の音よりも高く聞こえてくる。

153

勾臺嶺画秋風細雨山澗小雪二図

遠水秋風起
長林著雨声
鏡中繁影失
紗上細紋生
磯冷無人坐
崖寒只鳥鳴
誰家擎傘客
莫向別邨行

勾臺嶺《こうたいれい》が画《えが》く秋風細雨《しゅうふうさいう》、山《さん》澗小雪《かんしょうせつ》の二図《にず》

遠水《えんすい》　秋風《しゅうふう》起《おこ》り
長林《ちょうりん》　雨声《うせい》を著《つ》く
鏡中《きょうちゅう》　繁影《はんえい》失《しっ》し
紗上《さじょう》　細紋《さいもん》生《しょう》ず
磯《いそ》は冷《ひや》やかにして人《ひと》の坐《ざ》する無《な》く
崖《がけ》は寒《さむ》くして只《た》だ鳥《とり》の鳴《な》く
誰家《たれ》ぞ　傘《かさ》を擎《かか》ぐる客《きゃく》
莫《くれ》に別邨《べっそん》に向《む》かひて行《ゆ》く

五言律詩。韻字、声・生・鳴・行（下平声八庚）。これは「秋風細雨図」の題詩。
○勾臺嶺　勾田臺嶺。勾は修姓。尾張出身の画家で、山水画を善くした。如亭は文化二年（一八〇五）秋から翌文化三年冬にかけて、臺嶺と一緒に信越一帯を遊歴し、臺嶺について画法を学んだ。○秋風細雨・山澗小雪　ともに画題で宋の郭熙《かくき》の『林泉高致集』に見えるが、如亭編の『画題録』にも掲げられている。○遠水　遠くに見える水面。○長林　生い茂った林。○鏡中　波のない水面の比喩。〇繁影　重なり合った影。〇誰家　誰に同じ。何人《なんびと》。〇莫　暮に同じ。

遠くに見える水面に秋風が吹き起こり、生い茂った林に雨音がする。鏡のような水面から重なり合った影が消え、薄絹のような水面に細かな波紋が生ずる。岸辺は冷え冷えとして坐っている人はいず、崖は寒々として鳥がひたすら鳴いている。夕暮れ時に傘をさして別の村に向かっているのは、誰なのであろうか。

154

一夜山中雪
皚皚更絶譁
板橋倚危石
草屋傍平沙
小径無人掃
疎篁尽日斜
吾将就餘地
修築此移家

一夜《いちや》　山中《さんちゆう》の雪《ゆき》
皚皚《がいがい》　更《さら》に譁《か》を絶《ぜつ》す
板橋《はんきよう》　危石《きせき》に倚《よ》り
草屋《そうおく》　平沙《へいさ》に傍《そ》ふ
小径《しようけい》　人《ひと》の掃《は》く無《な》く
疎篁《そこう》　尽日《じんじつ》　斜《なな》めなり
吾《われ》　将《まさ》に余地《よち》に就《つ》いて
修築《しゆうちく》して此《ここ》に家《いえ》を移《うつ》さんとす

五言律詩。韻字、譁・沙・斜・家（下平声六麻）。これは「山澗小雪図」の題詩。
○皚皚　雪や霜の白いさま。○譁　騒々しさ。○危石　高く峙《そばだ》って今にも倒れそうな石。○平沙　平らな砂地。○疎篁　疎らに生えている竹。

一夜、山中に雪が降ると、真っ白な雪景色になっただけでなく、ひっそりと静まりかえった。高く峙《そばだ》つ石には板橋《いたはし》が架かり、平らな砂地の傍らには草葺きの小屋が建っている。小径《こみち》の雪は誰も掃いておらず、疎らに生えた竹は雪の重みで一日じゅう傾いたままだ。私はここの余った土地に家を修築して、移り住もうかと思う。

155

訪金周平

遠訪山家偶独来
枯藤穿破暁雲堆
怪来童子相迎早
定是燈花昨夜開

金周平《きんしゅうへい》を訪《と》ふ

遠《とお》く山家《さんか》を訪《と》うて偶々独《たまたまひと》り来《きた》る
枯藤《ことう》　穿破《せんぱ》す　暁雲《ぎょううん》の堆《たい》
怪来《かいらい》す　童子《どうじ》　相迎《あいむか》ふるの早《はや》きを
定《さだ》めて是《こ》れ　灯花《とうか》の昨夜《さくや》開《ひら》きしならん

七言絶句。韻字、来・堆・開（上平声十灰）。
○金周平　金子周平。金は修姓。名は成、号は帰一堂。信州野沢（現、長野県佐久市）で医を業としていた。文政十年版の『信上当時諸家人名録』にも掲載されているが、これでの住所は信州善光寺になっている。○枯藤　枯れた藤蔓で製した杖。○穿破　突き破る。○怪来　怪しむ。「来」は助辞。○燈花　灯火の芯の先に生ずる花の形をした燃えかすの固まり。これが生ずるのは吉兆だとされた。丁子頭《ちょうじがしら》ともいう。

たまたま一人で藤蔓《ふじづる》の杖を手にし、明け方の雲の塊《かたまり》を突き破るようにして、遠く山中の家を訪ねた。子供が早々に出迎えてくれたのを不思議に思ったが、きっと昨夜、吉事の前兆とされる丁子頭《ちょうじがしら》が灯火に生じたのであろう。

156

題金周平望烟楼
名楼高対名山起
奇景只宜着奇士
聞説延客闘八叉

金周平《きんしゅうへい》の望烟楼《ぼうえんろう》に題《だい》す
名楼《めいろう》　高《たか》く名山《めいざん》に対《たい》して起《おこ》す
奇景《きけい》　只《た》だ宜《よろ》しく奇士《きし》を着《つ》くべし
聞説《きくな》らく　客《きゃく》を延《ひ》いて八叉《はっさ》を闘《たたか》はすと

我来一月寄行李」
主人国手活人多
何啻詩手向人誇
我欲療痼君許否
茅屋三間分烟霞

我来《われき》りて　一月《ひとつき》　行李《こうり》を寄《よ》す
主人《しゅじん》　国手《こくしゅ》　人《ひと》を活《いか》すこと多《おお》し
何《なん》ぞ啻《ただ》に詩手《ししゅ》　人《ひと》に向《むか》ひて誇《ほこ》るのみならん
我《われ》　痼《こ》を療《りょう》せんと欲《ほっ》す　君許《きみゆる》さんや否《いな》や
茅屋三間《ぼうおくさんげん》　烟霞《えんか》を分《わか》つことを

七言古詩。韻字、起・士・李（上声四紙）」多（下平声五歌）と誇・霞（下平声六麻）の通押。○名楼　名高い楼。ここは望烟楼を指す。○名山　ここは浅間山を指す。写本『如亭山人詩初集』にもこの詩を収めるが、詩題には「楼は浅間山麓に在り」と注記されている。○八叉　八たび腕組みをする。唐の温庭筠は八たび腕組みをする間に八韻の詩を詠んだことから温八叉《おんはっさ》と称されたという故事に拠り、詩才の敏捷なことをいう。○国手　名医。○痼　痼疾。持病。ここは第八句に「烟霞」（山水の景色）という詩句が見られることと関連して、「烟霞の痼疾」すなわち山水に対する病的な偏愛をいう。

　名高い楼《たかどの》が名山に向かい合って建っている。素晴らしい景色は当然のことながら傑出した人物を引き寄せるものである。聞くところによると、ご主人は客を招いて詩才の敏捷さを競うという。私はここにやって来て、ひと月ほど旅の荷物を寄せることになった。

ご主人は病人を多く生き返らせた名医であり、詩人としての腕前を人に誇るのみの人物ではない。私は持病ともいうべき山水に対する偏愛の気持を癒したいと考えており、小さなあばら家をここに建てたいと思いますが、あなたはこの素晴らしい山水の景色を、私に分け与えてくれるでしょうか。

157

九霞山樵画山水歌

六法旧伝自西方
近学宋元遠学唐
屛障対軸皆故事
仙仏鬼判多呉装」
就中神妙誰尤顕
明兆雪舟古法眼
人間猶有縑素存
丹青精妙何待辯」
荊関董巨世落寞
賞鑑好事重鉤斫

九霞山樵画《きゅうかさんしょうが》山水《さんすい》の歌《うた》

六法《ろっぽう》　旧《もと》と西方自《せいほうよ》り伝《つた》ふ
近《ちか》きは宋元《そうげん》を学《まな》び　遠《とお》きは唐《とう》を学《まな》ぶ
屛障《へいしょう》　対軸《たいじく》　皆《み》な故事《こじ》
仙仏《せんぶつ》　鬼判《きはん》　多《おお》くは呉装《ごそう》
中《なか》に就《つ》いて　神妙《しんみょう》　誰《たれ》か尤《もっと》も顕《あら》はる
明兆《みんちょう》　雪舟《せっしゅう》　古《こ》法眼《ほうげん》
人間《じんかん》　猶《な》ほ縑素《けんそ》の存《そん》する有《あ》り
丹青《たんせい》の精妙《せいみょう》　何《なん》ぞ弁《べん》を待《ま》たん
荊関董巨《けいかんとうこ》　世《よ》に落寞《らくばく》
賞鑑《しょうかん》　好事《こうず》　鉤斫《こうしゃく》を重《おも》んず

不知筆墨在渲淡
山水却于南宗略」
九霞山樵筆端鋭
痛斥院体欲救弊
卓然独立鴨水上
高奉黄倪成絶藝」
海内学者多依之
北宗衣鉢漸欲衰
浅絳水墨竟増価
画史誰復買臙脂」
烟客廉州彼有類
天生巨子不虚費
須把九霞当二王
従此東方尚士気

知《し》らず　筆墨《ひつぼく》の渲淡《せんたん》に在《あ》るを
山水《さんすい》　却《かえ》つて南宗《なんしゅう》に于《お》いて略《りゃく》す
九霞山樵《きゅうかさんしょう》　筆端鋭《ひったんするど》し
痛《いた》く院体《いんたい》を斥《しりぞ》けて弊《へい》を救《すく》はんと欲《ほっ》す
卓然独立《たくぜんどくりつ》す　鴨水《おうすい》の上《ほとり》
高《たか》く黄倪《こうげい》を奉《ほう》じて絶芸《ぜつげい》を成《な》す
海内《かいだい》の学者《がくしゃ》　多《おお》くは之《これ》に依《よ》り
北宗《ほくしゅう》の衣鉢《いはつ》　漸《ようや》く衰《おとろ》へんと欲《ほっ》す
浅絳《せんこう》　水墨《すいぼく》　竟《つい》に価《あたい》を増《ま》す
画史《がし》　誰《たれ》か復《ま》た臙脂《えんじ》を買《か》はん
烟客《えんかく》　廉州《れんしゅう》　彼《かれ》に類有《るいあ》り
天《てん》は巨子《きょし》を生《しょう》じて虚《むな》しくは費《ついや》さず
須《すべから》く九霞《きゅうか》を把《と》りて二王《におう》に当《あ》つべし
此《これ》従《よ》り東方《とうほう》　士気《しき》を尚《とうと》ばん

七言古詩。韻字、方・唐・装（下平声七陽）」顕（上声十六銑）と眼（上声十五潸）と辯（上声十六

銑）の通押」寘・斫・略（入声十薬）」鋭・弊・藝（去声八霽）」之・衰・脂（上平声四支）」類（去声四寘）と費・気（去声五未）の通押で、四句毎に換韻。

○九霞山樵　画家池大雅（一七二三〜七六）。九霞山樵は号の一つ。京都に生まれ、京都で画家あるいは書家として活動した。柳沢淇園や祇園南海に画を学び、文人画を大成した。旅を好み、富士山・白山・立山に登って、三岳道者とも号した。○画山水　山水画に同じ。○六法　南斉の謝赫《しゃかく》が提唱した、文人画を描く時の六つの掟。気韻生動《きいんせいどう》、骨法用筆《こつぽうようひつ》、応物写形《おうぶつしゃけい》、随類傅彩《ずいるいふさい》、経営位置《けいえいいち》、伝摸移写《でんもいしゃ》の六つをいう。ちなみに如亭は画家の勾田臺嶺と協力して、清の文人画法書『芥子園画伝』の訳注本『傍訳標註芥子園画伝』（文政二年刊）を出版しているが、その中の「六法」という項目において、それぞれ気韻生動（インイツノキシヤウガスグニアラハル、）、骨法用筆（ホネガキカラフデニホネオル）、応物写形（カタチハモノニナラフ）、随類傅彩（イロドリハモノニマカセテスル）、経営位置（ヅドリヲホネオリテスル）、伝摸移写（フルキヲウツシウツシヲマタウツス）という訳注を施している。○屏障　屏風や衝立《ついたて》。○対軸　対になった掛軸。○仙仏鬼判　仙人や仏、地獄の役人。○呉装　唐代の画家呉道子（名は道玄）の画風。○神妙　人の力を超えた素晴らしさ。

○明兆　南北朝時代の画僧。一三五二〜一四三一。仏画や頂相《ちんぞう》（僧侶の肖像画）を得意とした。○雪舟　室町後期の画僧。一四二〇〜一五〇六。渡明後、画家として活躍し、山水画を得意とした。

○古法眼　室町後期の画家狩野元信。一四七六〜一五五九。室町幕府の御用を勤め、狩野派隆盛の基礎を築いた。○縑素　書画を揮毫するための白い絹。絵絹《えぎぬ》。○丹青　絵の具。あるいは彩色画。

○荊関董巨　唐宋の間の四人の画家、荊浩《けいこう》・関仝《かんどう》・董源《とうげん》・巨然《こねん》をいう。『傍訳標註芥子園画伝』の「成家」の項に、「唐宋の荊関董巨は異代を以て名を斉《ひと》しくして四大家を成してより」とある。○落寞　もの寂しいさま。○賞鑑好事　画を鑑賞したり好んだりすること、またその人。○鉤斫　山水画の技法。『傍訳標註芥子園画伝』において、「鉤斫」には「フタエガキ」という訳注が付されている。○渲淡　『傍訳標註芥子園画伝』において、「渲淡」には「クマドリ」という訳注が付されている。○南宗　南宗画。元の四大家と称される黄公望《こうこうぼう》・倪瓚《げいさん》・呉鎮《ごちん》・王蒙《おうもう》によって大成された絵画の様式。柔らかな筆致と淡彩の山水画を特色とした。日本では江戸時代中期に池大雅や田能村竹田《たのむらちくでん》などによって確立され、文人画の画風となった。○院体　宮中の翰林図画院の画風。職人的な精密な彩色画の画風。○鴨水上　賀茂川のほとり。大雅の住まいは京都にあった。○黄倪　元の画家の黄公望と倪瓚。ともに山水画を善くした。○絶藝　卓越した技芸。○海内　国内。○学者　画を学ぶ者。○北宗　北宗画。唐の李思訓《りしくん》父子に始まり、宋の趙幹《ちょうかん》・趙伯駒《ちょうはくく》・馬遠《ばえん》・夏珪《かけい》、明の戴進《たいしん》・張路《ちょうろ》に至る絵画の様式。強い筆致と濃彩の山水画を特色とした。日本では雪舟によって本格的に摂取され、狩野派の絵画に受け継がれた。南宗画に対する。○衣鉢　師から門弟に伝えられる学芸の奥義や伝統。○浅絳　薄赤色。『傍訳標註芥子園画伝』において、「浅絳」には「ウスザイシキ」という訳注が付されている。○画史　画家。○臙脂　濃い紅色の絵の具。○烟客　清の画家王時敏《おうじびん》（一五九二～一六八〇）の号。○廉州　清の画家王鑑《おうかん》（一五九八～一六七七）。廉州知府の官に補せられたので王廉州と称された。○巨子　大人物。大立者。○二王　王時敏と王鑑。○士気　士人（知識人）としての志気。

画の六法というものは、もともと西方中国から伝わった。我が日本では近くは宋代・元代の画法を学び、遠くは唐代の画法を学んでいる。屛風や衝立《ついたて》、二幅が対になった掛軸に描かれる画は中国の故事が題材となり、仙人や仏あるいは地獄の役人などは多く唐の呉道子の画風で描かれてきた。なかでも誰がもっとも神妙な画技で世に名高いかというと、それは明兆《みんちょう》であり、雪舟であり、古《こ》法眼《ほうげん》と称される狩野元信である。彼らが描いた画絹《えぎぬ》は世間に伝わっており、その画の素晴らしさは言うまでもない。

唐・宋間の四大家と称される荊浩《けいこう》・関仝《かんどう》・董源《とうげん》・巨然《こねん》の画法は今や世間では寥々たるありさまである。画の鑑賞家や愛好家たちは鉤斫《こうしゃく》（二重書き）という描法を重んじ、筆墨の用法の要点が渲淡《せんたん》（隈取り）にあるということを知らない。山水画というものは南宗画では却って簡略に描くものである。

池大雅の筆先は鋭く、職人的な院体の画法を烈しく斥けて、従来の弊害を救済しようとした。大雅は鴨川のほとりにひときわ高く身を持して、元代の黄公望《こうこうぼう》・倪瓚《げいさん》の画風を高く奉って卓絶した画芸を完成した。

国中の画を学ぶ者たちは多く大雅の画法に依るようになり、北宗画の画法は漸く衰退するようになった。淡彩や水墨の画の値が上がり、画家たちは誰も濃彩のための紅い絵の具である臙脂《えんじ》を買わなくなった。

清初の烟客《えんかく》（王時敏）や廉州《れんしゅう》（王鑑）は、彼の地における同類の画家である。天は偉大な人物を生じたからには、その才能を無駄に費やしてしまうようなことはない。池大雅は王時敏・王鑑という二王にも匹敵すべき画家なのである。これからは東方の国日本でも、画を描くのに知識人の志気というものを尚《とうと》ぶようになるであろう。

◇『如亭山人題跋』に、野沢（現、長野県佐久市）の医者金子周平のもとで同地の豪家並木氏所蔵の池大雅の画巻を展観したことが、次のように記されている。「これ平安の池大雅先生作る所の山水・人物・花卉《かき》八頁《はつけつ》を一巻に集成する者にして、信濃の土豪並木氏（注、見せけちで某氏と訂正）の所蔵なり。縦恣横逸《しょうしおういつ》して縄墨《じょうぼく》に拘らず、所謂《いわ》ゆる粗鹵《そろ》にして筆を求むる者なり。北游の帰途、金周平の家に借観し、累日《るいじつ》手を措《お》くこと能はず。先生素《も》と書法に精《くわ》し。余近ごろ一幅を得たり。また天真爛漫、この巻に敵すべし。今吾れ左に書を展《ひろ》げ、右に画を披《ひら》き、以てその人の高きを想ひ見るに足れり」。なお、『如亭山人題跋』からの引用については、日本文化研究会の「如亭山人題跋注解（抄）」第一〜十三回（『太平詩文』第十八〜四十六号）を参照させていただいた。この『題跋』の記事に拠れば、如亭のこの七言古詩は信州野沢の金子周平のもとで大雅の画巻を展観したことによって詠まれたものだったということになる。そして、語注に示したように、この詩には画家の勾田臺嶺と一緒に読んだ『芥子園画伝』の研究成果が生かされていることがわかる。

158

題勾臺嶺画山水
君是当年一謫僊
毫端不敢写塵寰
焼丹煉石都忘却
只記洞天佳処山

勾臺嶺《こうたいれい》の画山水《がさんすい》に題《だい》す
君《きみ》は是《こ》れ当年《とうねん》の一謫僊《いちたくせん》
毫端《ごうたん》　敢《あえ》て塵寰《じんかん》を写《うつ》さず
丹《たん》を焼《や》き石《いし》を煉《ね》るは都《すべ》て忘却《ぼうきゃく》し
只《た》だ記《き》す　洞天佳処《どうてんかしょ》の山《やま》

七言絶句。韻字、僊（下平声一先）と寰・山（上平声十五刪）の通押。
○勾臺嶺　勾田《まがた》臺嶺。詩153の語注参照。○謫僊　天上から下界の人間世界に流された仙人。○毫端　筆先。○塵寰　塵の世。人間世界。○焼丹煉石　丹石を焼煉《しょうれん》する。仙人の仕事である不老不死の薬を作る。○洞天　仙人の居る場所。

あなたは仙界から人間世界に放逐された現代の仙人だ。あなたの絵筆はこの俗世界を写すようなことはしない。あなたは丹石を火で溶かして精錬し、不老長生の薬を作るという仙人の仕事をすべて忘却しているが、ただ仙界の素晴らしい場所にある山のことだけは記憶している。

159

題画

巌頭草閣幽人宅
一局残棋坐晩晴
窓外斜陽無限好
復招隣叟決輸贏

画《が》に題《だい》す
巌頭《がんとう》の草閣《そうかく》　幽人《ゆうじん》の宅《たく》
一局《いつきよく》の残棋《ざんき》　晩晴《ばんせい》に坐《ざ》す
窓外《そうがい》の斜陽《しやよう》　限《かぎ》り無《な》く好《よ》し
復《ま》た隣叟《りんそう》を招《まね》いて輸贏《ゆえい》を決《けつ》す

七言絶句。韻字、晴・贏（下平声八庚）。

○草閣　草葺きの高殿。○幽人　隠者。○一局残棋　碁盤の上の打ちかけの碁。唐の温庭筠の「春日李《しゆんじつり》十四処士《じゆうししよし》を訪《と》ふ」詩に、「一局《いつきよく》の残棋《ざんき》千点《せんてん》の雨《あめ》」。○晩晴　夕晴れ。○無限好　唐の李商隠の「楽遊原《らくゆうげん》」詩に、「夕陽《せきよう》限《かぎ》り無《な》く好《よ》し」。○輸贏　勝ち負け。明の唐寅《とういん》の「題画」詩に、「隣翁《りんおう》盒《ごう》を挈《たずさ》へて清早《せいそう》に乗《じよう》じ、来《きた》りて輸贏《ゆえい》を決《けつ》す昨日《さくじつ》の棋《き》」。

岩鼻《いわはな》に建つ草葺きの高殿は隠者の住まいである。夕晴れのなか打ちかけてやめてしまった碁盤を前に、隠者が独り坐っている。窓の外には斜陽がこの上なく美しく輝いている。もう一度隣家の老人を招いて、勝負を決しようとしているのである。

160

睡魔纏繞奈難降
滌暑快哉思大江
可羨漁郎消受得
清風尽日坐船窓

睡魔《すいま》纏繞《てんじょう》して降《くだ》し難《がた》きを奈《いか》ん
暑《あつ》さを滌《あら》はば快《こころよ》き哉《かな》　大江《たいこう》を思《おも》ふ
羨《うらや》む可《べ》し　漁郎《ぎょろう》の消受《しょうじゅ》し得《え》て
清風《せいふう》　尽日《じんじつ》　船窓《せんそう》に坐《ざ》するを

七言絶句。韻字、降・江・窓（上平声三江）。
○睡魔　人を眠りに誘い込む魔力。猛烈な眠気。　○消受　受ける。『詩詞曲語辞匯釈《かいしゃく》』に、「消は猶ほ受なり。猶ほ消受と云ふがごときなり」。

猛烈な眠気にまつわりつかれて、どうしてもそれを振り払うことができない。この暑さを洗い除くことができれば何と心地よいことかと、広々とした川面を思う。漁師が爽やかな川風を受けて、一日じゅう船窓に坐っているというのは羨むべきことだ。

◇この詩は写本『如亭山人詩初集』では「銷夏雑吟分韵」という詩題で収められており、結句は「清風尽日主船窓」となっていて、一字の異同がある。また排列も写本『如亭山人詩初集』では詩147「秋暁」の前に置かれている。これはおそらく、板本『如亭山人藁初集』を出版するに当たって、詩作の年代順とは無関係に、この詩が巻末に「題画」詩としてまとめられたことを示していよう。

161

行路読書吾輩事
風裁何必滅前賢
老来学画君休咲
若較金翁少十年
　金農字寿門年五十餘始従
　事于画

路《みち》を行《ゆ》き書《しょ》を読《よ》むは吾《わ》が輩《はい》の事《こと》
風裁《ふうさい》　何《なん》ぞ必《かなら》ずしも前賢《ぜんけん》に減《げん》ぜん
老来《ろうらい》　画《え》を学《まな》ぶ　君《きみ》　咲《わら》ふことを休《や》めよ
若《も》し金翁《きんおう》に較《くら》ぶれば十年《じゅうねん》少《わか》し
　金農《きんのう》、字は寿門。年五十余にして始めて
　画に従事す。

七言絶句。韻字、賢・年（下平声一先）。

○風裁　風貌。○前賢　昔の賢人。○老来学画　如亭は四十歳の享和二年（一八〇二）頃に、江戸の芝西久保の光明寺住職であった雲室の開いた詩画兼修の詩社小不朽社に参加し、本格的に画を学ぶようになった。当時は四十歳を越えると「老」と称した。○金翁　自注にいう「金農」のこと。金農は清の文人で詩文書画を善くした。名は農、字は寿門、号を冬心。張浦山の『国朝画徴続録』に拠れば、歳五十にして初めて画に従事したという。終生仕官せず、遊歴を好み、晩年は揚州に住んで書画を売って暮らし、揚州八怪《ようしゅうはっかい》の一人に数えられた。

旅をして書物を読むというのが私の生活である。そうした私の風貌は必ずしも昔の賢人に劣るものではなかろう。私が年を取ってから画を学び始めたのを笑ってくださるな。あの五十余歳で画を学び始めたという金冬心翁《きんとうしんおう》に比べれば、私はそれより十歳も若くして始めたのだから。

162

無限征途信一鞭
馬頭塵裏過年年
誰家酔後身無事
山雨渓風閉戸眠

限《かぎ》り無《な》き征途《せいと》 一鞭《いちべん》に信《まか》す
馬頭《ばとう》塵裏《じんり》 年年《ねんねん》を過《す》ぐ
誰家《たれ》ぞ 酔後《すいご》 身無事《みぶじ》にして
山雨《さんう》 渓風《けいふう》 戸《と》を閉《と》ぢて眠《ねむ》るは

七言絶句。韻字、鞭・年・眠（下平声一先）。

○征途　旅路。○誰家　誰、何人《なんびと》の意。『聯珠詩格』巻七「誰家の字を用ひる格」に収める宋の戴石屏の「楼上山を観る《ろうじょうやま》」詩に、「誰家《たれ》か酒有《さけあ》りて身無事《みぶじ》なるは」。

終わりのない旅路は、鞭を当てられた馬が行くに任せている。馬が舞い上げる土埃《つちぼこり》の中で、歳月は過ぎていった。いったい誰であろうか、酒に酔った後は何もすることがなく、渓山の風雨に降り込められ、戸を閉じて眠っているのは。

163

老屋三間倚樹陰
蕭蕭渓雨欲為霖
高眠不省門前路
已到新泥一尺深

老屋三間《ろうおくさんげん》 樹陰《じゅいん》に倚《よ》る
蕭蕭《しょうしょう》たる渓雨《けいう》 霖《りん》を為《な》さんと欲《ほっ》す
高眠《こうみん》 省《せい》せず 門前《もんぜん》の路《みち》
已《すで》に新泥一尺《しんでいいっしゃく》の深《ふか》きに到《いた》る

七言絶句。韻字、陰・霖・深（下平声十二侵）。
○三間 「間」は、家の柱と柱の間を数える単位。三間は、それが三つある三部屋の小さな家。○蕭蕭 もの寂しいさま。○霖 長雨。○高眠 快く眠ること。安眠。○新泥一尺 宋の黎廷瑞《れいていずい》の「雨中の旅懐」詩に、「驟雨半日許《しゅううはんにちばか》り、新泥一尺余《しんでいいっしゃくあま》り」。

古い小さな家が木陰に寄り添うように建っている。谷川に降る雨はもの寂しく、長雨になりそうだ。家の中の人は枕を高くして眠っていて、門前の路がどうなっているかを省みないが、もう路の泥濘《ぬかるみ》は一尺ほどの深さになっている。

164
聊将画筆成秋景
黄葉孤邨碧水涯
若作他年投老地
槿籬茅舎即吾家

聊《いささ》か画筆《がひつ》を将《も》つて秋景《しゅうけい》を成《な》す
黄葉《こうよう》　孤邨《こそん》　碧水《へきすい》の涯《きし》
若《も》し他年《たねん》　老《おい》を投《とう》ずるの地《ち》と作《な》さば
槿籬茅舎《きんりぼうしゃ》は即《すなわ》ち吾《わ》が家《や》

七言絶句。韻字、涯・家（下平声六麻）。
○他年　将来。○投老地　老年になって隠居する土地。○槿籬　木槿《むくげ》の生垣。木槿は、夏から秋にかけて赤色・白色などの花を開く、アオイ科の落葉低木。田舎の粗末な小家の垣根をいう。

なんとはなしに絵筆を手にして、黄葉に囲まれ青い水に沿った村里の秋景色を描く。もし将来、年老いてここを隠居する土地に選ぶなら、木槿《むくげ》の生垣に囲まれた草葺きの小屋が我が隠宅だ。

165
満城酷吏竟難当
去訪故人于水郷

満城《まんじょう》の酷吏《こくり》　竟《つい》に当《あ》たり難《がた》し
去《さ》りて故人《こじん》を水郷《すいきょう》に訪《と》ふ

行入雲林清絶地
湾頭先有客乗涼

行々《ゆくゆく》雲林《うんりん》清絶《せいぜつ》の地《ち》に入《い》れば
湾頭《わんとう》　先《ま》づ客《きゃく》の涼《りょう》に乗《じょう》ずる有《あ》り

七言絶句。韻字、当・郷・涼（下平声七陽）。
○酷吏　容赦ない無慈悲な役人。ここは、容赦ない酷暑の比喩。唐の杜牧の「早秋」詩の、「大熱《たいねつ》酷《こく》吏《り》去《さ》り、清風《せいふう》故人《こじん》来《きた》る」に拠る。○故人　古くからの知り合い。杜牧の「早秋」詩から、清風をいう。○雲林　雲のかかっている林。

町全体を包む容赦ない暑さに到頭我慢できなくなり、町を去って懐かしい清風を水辺の村里に訪ねた。雲のかかる林が広がる爽やかな地に入って行くと、入江のほとりにはもう納涼の先客がいた。

166
山上陰雲向晩開
寒霖漸作暖風回
皁羅忽破青盤現
托出黄綿襖子来

山上《さんじょう》の陰雲《いんうん》　晩《ばん》に向《む》かひて開《ひら》く
寒霖《かんりん》　漸《ようや》く暖風《だんぷう》と作《な》りて回《めぐ》る
皁羅《そうら》　忽《たちま》ち破《やぶ》れて青盤《せいばん》現《げん》じ
黄綿襖子《こうめんおうし》を托出《たくしゅつ》し来《きた》る

七言絶句。韻字、開・回・来（上平声十灰）。
○陰雲　雨雲。○寒霖　冷たい長雨。○皁羅　黒い薄絹。ここは黒い雨雲の比喩。○青盤　青い大皿。ここは雲間から現われた青空の比喩。○托出　物に載せて出す。○黄綿襖子　黄色い綿の布子の意であるが、雨上がりの太陽の比喩として用いられる。承句で「寒霖」から「暖風」へと気温が変化したことによって、寒さのために身につけていた「綿襖子」が不用になったため、それを「托出」したというのである。宋の羅大経《らだいけい》の随筆『鶴林玉露《かくりんぎょくろ》』人集巻一の「黄綿襖」に、「壬寅正月、雨雪連旬、忽爾《こつじ》として開霽《かいせい》す。閭里《りより》の翁婦相呼びて賀して曰はく、黄綿襖子出でぬと」。

山の上に広がっていた雨雲が夕暮れ時に雲間を見せ始め、冷たい長雨と入れ替わりにようやく暖かな風が戻ってきた。黒い薄絹が急に破れて青い盆が出現し、黄色い布子をその上に載せて出してきたかのように、雨上がりの青空に太陽が姿を見せた。

167
東風十里弄軽陰
邨路迢迢草色深
春入菜花新富貴

東風《とうふう》　十里《じゅうり》　軽陰《けいいん》を弄《ろう》す
邨路《そんろ》迢迢《ちょうちょう》として草色深《そうしょくふか》し
春《はる》は菜花《さいか》に入《い》る　新富貴《しんふうき》

家家籬落尽黄金　　家家《いえいえ》の籬落《りらく》　尽《ことごと》く黄金《おうごん》

七言絶句。韻字、陰・深・金（下平声十二侵）。
○東風十里　十里の距離を春風が吹く。「里」は長さの単位で、古くは三百歩を一里とし、後に三百六十歩を一里とした。したがって、「十里」はあまり長い距離ではない。宋の楊万里の「初三日《しょみっか》、翟園《てきえん》に游《あそ》ぶ」詩に、「東風十里黄塵《とうふうじゅうりこうじん》を巻《ま》く」。○弄　なぶりものにする。戯れる。○軽陰　薄曇り。
○迢迢　遥か遠いさま。○新富貴　宋の方岳の「山居十首」詩に、「牡丹《ぼたん》は新富貴《しんふうき》、楊柳《ようりゅう》は旧風流《きゅうふうりゅう》」。
○籬落　生垣。

薄曇りのなか、戯れているかのように辺り一面に春風が吹き渡る。村里の路は遠くまで延びて草は色濃く生い茂っている。家々の生垣の菜の花は尽《ことごと》く黄金色《こがねいろ》になり、まるで春が新たな富貴をもたらしたかのようだ。

168

自写渓山只自看　　自《みずか》ら渓山《けいざん》を写《うつ》して　只《た》だ自《みずか》ら看《み》る
林空水浄墨烟寒　　林《はやし》空《むな》しく　水《みず》浄《きよ》くして　墨烟《ぼくえん》寒《さむ》し
本知難入時人眼　　本《も》と時人《じじん》の眼《まなこ》に入《い》り難《がた》きを知《し》れども

不肯胭脂学牡丹

胭脂《えんじ》もて牡丹《ぼたん》を学《まな》ぶことを肯《がえ》んぜず

七言絶句。韻字、看・寒・丹（上平声十四寒）。
○林空　木々が葉を落とした後の林のさま。　○墨烟　水墨で描いた雲や靄。　○時人　同時代の人。
○胭脂　紅色の顔料。

自分で山水画を描いて、ひたすら自分で眺め入っている。水墨で描いた林は葉を落とし、水は清らかに流れ、雲烟は寒々としている。もとよりこのような画を現代の人の目に受け容れてもらうのが難しいのは分かっているが、私は敢えて紅い絵の具で牡丹を描くことを学ぼうとは思わないのだ。

169

啼鳥留春春不留
落紅無数逐渓流
漁翁更惜東風別
緑暗崖辺独駐舟

啼鳥《ていちょう》　春《はる》を留《とど》めて　春留《はるとど》まらず
落紅《らくこう》　無数《むすう》　渓流《けいりゅう》を逐《お》ふ
漁翁《ぎょおう》　更《さら》に東風《とうふう》の別《わか》るるを惜《お》しみて
緑暗《みどりくら》き崖辺《がいへん》　独《ひと》り舟《ふね》を駐《とど》む

七言絶句。韻字、留・流・舟（下平声十一尤）。
○留春春不留　唐の白居易の「落花」詩に、「春《はる》を留《とど》めて春住《はるとど》まらず（留春春不住）、春帰《はるかえ》りて人寂《ひとせき》寞《ばく》たり」。○落紅　水の上に落ちた紅い花。○漁翁　老いた漁師。陶潜の「桃花源記」にいう、紅い桃の花びらの流れる川を遡って桃源郷に到ったという武陵の漁師の面影を漂わせている。

鳥は啼《な》いて春を引き留めようとするが、春は留まることなく去ってゆく。水面に落ちた無数の紅い花びらが谷川の流れを追うようにして流れてゆく。老いた漁師は春風が別れ去っていくのを惜しんで、濃い青葉に覆われた崖の辺りに、独り舟を泊めている。

170

日課家僮起暁眠
霜晴掃得錦林辺
不愁山客多詩筆
苕帚筠箕収好箋

日《ひ》に家僮《かどう》に課《か》して暁眠《ぎょうみん》より起《おこ》さしめ
霜晴《そうせい》　掃《はら》ひ得《え》たり　錦林《きんりん》の辺《あたり》
愁《うれ》へず　山客《さんかく》に詩《し》筆多《ひつおお》きを
苕帚《ちょうそう》　筠箕《いんき》　好箋《こうせん》を収《おさ》む

七言絶句。韻字、眠・辺・箋（下平声一先）。
○家僮　下男。○霜晴　霜が降りた日の快晴。○錦林　美しく色づいた林。○山客　山の中に住んでいる人。○詩筆　詩を書く筆。また、詩を書くことをいう。○苕帚　草箒《くさぼうき》。○筠箕　竹で編んだ塵取り。○好箋　ちょうどよい詩箋。ここは、美しく色づいた落葉を指す。

日課として下男に夜明け時に起床させ、霜の降りた後の朝晴れのもと、美しく色づいた林の辺りを清掃させる。山中に住んでいると詩を書きつけることが多いが、心配することはない。草ぼうきと竹の塵取りで、詩を書きつけるのに恰好《かっこう》な詩箋を掻き集めることができるのだから。

171　答人

帰耕雖好奈無田
空閲他郷年又年
願得栽梅三百地
湖山静処執花権

人《ひと》に答《こた》ふ

帰耕《きこう》好《よ》しと雖《いえど》も　田《た》無《な》きを奈《いか》ん
空《むな》しく閲《えっ》す　他郷《たきょう》の年又《としま》た年《とし》
願《ねが》はくは梅三百《うめさんびゃく》を栽《う》うるの地《ち》を得《え》て
湖山静《こざんしず》かなる処《ところ》　花権《かけん》を執《と》らん

七言絶句。韻字、田・年・権（下平声一先）。
○帰耕　故郷に帰って耕作に従事する。○閲　経過する。○梅三百　三百本の梅の木。○湖山　湖と山。湖のほとりの山。西湖の孤山に隠棲し、梅を栽え鶴を飼ったという宋の林逋（和靖）の生活を意識する。林逋が数えた梅の木の数は三百本あるいは三百六十余本ともいう。〇花権　花に対して行使する権力。花木をどう栽えて、どう咲かせるかという工夫や計画をいう。宋の李洪《りこう》の「除日立春《じょじつりっしゅん》の雪《ゆき》」詩に、「勾芒清暁《こうぼうせいぎょう》に花権《かけん》を試《こころ》む」。ちなみに、詩97にはこの「花権」の語と類似する、宋の林逋の詩に得たと思われる「閑権」という表現が用いられている。

帰郷して耕作に従事するのはよいことだが、田畑が無いのではどうしようもない。そのせいで他郷で年月を無駄に過ごしてきた。あの林和靖のように、閑静な湖のほとりの山に梅の木三百本を栽えられる土地を手に入れて、花をどう咲かせるかという工夫をしてみたいものだ。

解説

1　柏木如亭の生涯

揖斐　高

柏木如亭《かしわぎじょてい》は宝暦十三年（一七六三）、江戸に生まれた。生家は代々幕府に仕える小普請方《こぶしんかた》大工棟梁である。大名や幕府役人の年刊名鑑ともいうべき『武鑑』には、小普請方大工棟梁として二つの柏木家が掲載されている。如亭出生当時の『武鑑』によれば、神田村松町に住んでいた家禄十人扶持の柏木日向《ひゅうが》家と、神田三河町に住んでいた家禄百俵の柏木土佐家である。如亭は前者の柏木日向家の長男として生まれた。

　幼少期に父母に死別した如亭は柏木家の家督を継ぎ、小普請方大工棟梁として幕府に出仕することになるが、家督継承と出仕の年齢については二説がある。安永九年版『武鑑』に柏木門作《もんさく》（如亭の俗称）の名前が初めて登場することから家督継承および幕府出仕を安永八年（一七七九）十七歳とする説（注1）と、『柏木長十郎由緒抜書』によって家督継承および幕府出仕を明和五年（一七六八）六歳とする説（注2）である。依拠する史料の違いによって二説が生じていることになる。しかし、この二つの史料が示しているのは、如亭の家督継承と幕府出仕に関するそれぞれの事実の一面だと判断すべきなのかもしれない。すなわち『武鑑』が示しているのは小普請方大工棟梁として如亭が実際に幕府に出仕した時期であり、『柏木長十郎由緒抜書』が示しているのは父の死によって如亭が柏木家の家督を形式的に相続した時期ではないかということである。この二つの事実は必ずしも相矛盾するわけではない。両者を生かして解釈すれば、次のような推測が可能になる。つまり、父の早世による如亭の家督継承は明和五年であったが、この時六歳の少年如亭が大工棟梁として幕府に出仕するのは無理がある。そこで家督を継承した如亭が家職に耐えられる年齢になるまで、しばらくは一族の他の人間が代わりに幕府に出仕し、如亭は職仕可能な安永八年十七歳になって改めて幕府に出仕したという推測である。ちなみに『武鑑』では明和五年版においてそれまでの柏木日向から柏木杢に記載が変わり、安永九年版で柏木杢から柏木門作すなわち如亭へと記載が変わっているので、柏木日向が如亭の父、柏木杢は如亭が成長するまでのつなぎとして幕府に出仕した一族の人間だったという推測が成り立つ。

さて、『武鑑』に見られる柏木門作がすなわち如亭であるが、ここで如亭の呼称について整理しておく。江戸時代の人々はさまざまな呼称を場により時に応じて使い分け、それらの呼称は生涯のうちに変わることもあった。如亭も、初めは名を謙《けん》、字《あざな》を益夫《えきふ》、俗称を門作といったが、後に名を昶《ちょう》、字を永日《えいじつ》に改めた。号は初め黙斎、次いで舒亭《じょてい》を用いたが、後に如亭に変え、これが広く通用したので、以下の記述は如亭を通称として用いることにする。号としては、他に痩竹《そうちく》・晩晴堂《ばんせいどう》・一杖閑客《いちじょうかんきゃく》なども用いた。

如亭は若くして幕府に小普請方大工棟梁として出仕した。当時、幕閣では田沼意次が政権を握り、重商主義的な殖産興業政策を採ったことによって経済活動が活性化し、江戸では遊里や芝居が活況を呈し、狂歌や戯作小説が流行した。華やかな消費景気に沸いた世相のなかで、如亭は青春期を過ごした。『詩本草《しほんぞう》』の自序に「少小にして厳慈《げんじ》に棄てられ」というように、父母が早世し、若くして家計豊かな柏木家の当主となった如亭は、遊里や芝居に入りびたり、山東京伝などの戯作者や、当時通人として知られた文魚《ぶんぎょ》こと大和屋太郎次や村田春海などとも交遊するという、蕩児の青春を満喫した。

しかし、その一方で如亭は、幕府の御儒者林家の門人で昌平黌啓事役（林家の学塾の監督役）を務めた平沢旭山に漢文を学び、また同じく林家の門人で旭山の後を継いで昌平黌啓事役に就いた市河寛斎に漢詩を学んだ。特に漢詩に魅せられた如亭は、やがて詩作に耽るようになった。そのような如亭二十五歳の天明七年（一七八七）、如亭の漢詩の師であった市河寛斎は田沼意次失脚の余波を蒙り、昌平黌啓事役の辞職を余儀なくされた。寛斎は湯島にあった昌平黌内の役宅から両国矢の倉に転居して江湖詩社《こうこししゃ》を結成し、如亭はそれに参加した。

市河寛斎は江湖詩社を率いて、従来の盛唐詩模倣を専らにした格調派の擬古的な詩風から転じ、詩人の個性を重視して写実的で清新な詩を求める性霊派の詩風を主張するようになった。如亭は大窪《おおくぼ》詩仏《しぶつ》・菊池五山・小島梅外など年少気鋭の詩人たちと共に江湖詩社の詩人として活動し、江戸詩壇の詩風を格調派から性霊派へと大きく転換させた。江湖詩社の盟主であった市河寛斎は新詩風実践の実験的な作品として、天明六年（一七八六）に江戸の遊里吉原を素材にした『北里歌』と題する連作竹枝詞三十首を匿名作者玄味子《げんみし》の名前で出版したが、如亭もその後を襲って、二十七歳の寛政元年（一七八九）頃に、みずからの遊蕩体験に基づく連作竹枝詞「吉原詞」を詠作した。

しかし、詩への過度の没入と遊蕩への放恣な惑溺は、幕府小普請方大工棟梁柏木門作の生活を浸蝕せずにはいなかった。如亭はやがて家職の束縛を厭うようになり、遊蕩がもたらす経済的な困窮にも苦しめられるようになった。そうしたなか、如亭は三十一歳の寛政五年（一七九三）に第一詩集『木工集』を出版した。そして、生活の破綻によっていよいよ追い詰められた如亭は、三十二歳の寛政六年（一七九四）、ついに家督を一族の柏木正助に譲って小普請方大工棟梁職を辞し、地方を旅して詩書画を売って生活の糧を得る、いわゆる遊歴詩人の境涯に身を転じることになった。

三十三歳の寛政七年（一七九五）、遊歴詩人に転じた如亭が江戸を去った後、まず身を落ち着けたのは信州中野である。中野には幕府の代官所が置かれていたが、如亭がなぜここに身を落ち着けることになったのかはよく分からない。ただ、如亭には立人《りつじん》という弟があり、この弟は幼くして信州に養子に行き、後に信州で医を業とした。信州と柏木家との間には何らかの地縁あるいは血縁というものがあったのかもしれない。如亭は信州中野の寓居を晩晴堂と名付けて晩晴吟社という詩社を開き、唐宋詩の選集『聯珠詩格《れんじゆしかく》』などをテキストにして詩の鑑賞法や作詩法を教え、この地に木百年《ぼくひやくねん》や高梨聖誕《たかなしせいたん》などの詩人を育てた。寛政十二年（一八〇〇）刊の『晩晴吟社詩』は、晩晴吟社で育ったこの地の詩人たちの小詞華集である。また、如亭は享和元年（一八〇一）に『訳注聯珠詩格』という書物を出版するが、これは如亭の晩晴吟社での『聯珠詩格』講義ノートの出版であったとされている。

如亭は信州中野の晩晴堂を足場にしながら、越後一帯の遊歴に出かけ、新潟や出雲崎などにも長期滞在した。寛政十一年（一七九九）、如亭は越後出雲崎で元幕府御徒《おかち》の新楽《にいら》間叟《かんそう》と知り合い、しばらくの間行動を共にしたことがあった。間叟はその時の如亭の動静を江戸の友人に『間叟雑録』と題して書き送った。そのなかには、歌舞伎通の如亭が出雲崎諏訪明神の社殿修復のため勧進興行された芝居に出演して大当たりを取ったというような興味深い記事も見られるが、間叟は当時の如亭について、「今年三十八歳なれ共、妖冶《ようや》の風にて、殊更《ことさら》美少年の容貌也。廿四五歳の如し。ゆく所として色をもつてあやまらざるはなし」と書き留めている。江戸を離れた遊歴生活のなかでも、如亭の遊蕩は相変わらずだったのである。

こうした信越遊歴を切り上げて、如亭は三十九歳の享和元年、いったん江戸に戻った。江戸に戻った如亭は、信州から連れてきた妻子と共に芝赤羽橋付近に住み、芝西久保の光明寺住職雲室が主宰する詩画の会小不朽社《しようふきゆうしや》に参加して画を学び始めた。翌享和二年（一八〇二）には号を舒亭から如亭へ改め、その年の大晦日には髪を下ろした。その後、江戸から信州・越後への遊歴に何度か出かけたが、特に文化二年（一八〇五）秋から翌三年冬にかけての信越遊歴は画家の勾田《まがた》臺嶺《たいれい》と同行した。この時、如亭は臺嶺から熱心に画法を学んで画技を身につけた。その成果の一端は如亭・臺嶺共編の『傍訳標註 芥子《かいし》園画《えんが》伝《でん》』に反映されている。清の王概編の『芥子園画伝』は文人画の入門的な画法書として重宝されており、如亭は臺嶺の助けを得てその訳注を試みたのである。その草稿は後に伊賀上野の築山楽山《つきやまらくざん》・服部竹塢《ちくお》によって増訂され、文政二年（一八一九）に出版された。

ちなみに、如亭はこうして身につけた文人画の画法を、遊歴のなかで求められるままに門人たちに手ほどきするようになり、その謝礼を生活費の一部に充てるようになった。その際、如亭はみずから文人画入門のための簡便な手引き書を門人たちに書き与えた。文人山水画の彩色画手本である『山水我法』と、文人画の漢字四字の画題を四季と四時通用に分類して列記した『画題録』というものであるが、これらの如亭自筆本は家蔵本を含めて幾本か伝存している。『山水我法』には、「余、読書・作詩の暇《いとま》、画山水を学ぶこと幾《ほと》んど十年たり。一日、我法一巻を作り、以て詩弟子の画を学ばんと欲する者に授く。乃ち我法と曰ふと雖も、論説は尽《ことごと》く画家爛熟の語に出づ。初学、之《これ》に依らば則ち略《ほ》ぼ山水を知ること髣髴《ほうふつ》たるなり」、また『画題録』には、「余、近ごろ画山水を学ぶ。縑素《けんそ》に臨む毎に、布置を如何《いか》にし、起筆を如何にするかを知らざるを苦しむ。郭河陽《かくかよう》云はく、「画を作るに先づ題を命ずるを上品《じょうぼん》と為す。胸次寛闊にして自然と古人の意趣に合す」と。因つて画譜・画訣等の書に就いて、その佳なる者を鈔《しょう》し、覚えず巻を成す。名づけて画題録と曰ふ」という例言が付されている。

　文化四年（一八〇七）三月、四十五歳の如亭は妻子を江戸に残して西国への遊歴に発った。東海道を旅して、駿河島田の桑原苾堂《くわばらひつどう》、三河吉田の高須鵑堂《たかすけんどう》、伊勢四日市の伊達笙亭《だてしょうてい》などのもとに滞留し、道中、富士登山を試みるも遭難するなどして、出発から一年半後の文化五年（一八〇八）十一月二十日、ようやく京都に到着した。しかし、当初京都では居場所を得られず、年明けの文化六年（一八〇九）二月には京都を発って備中庭瀬に赴いた。江戸の江湖詩社で知り合っていた庭瀬藩江戸留守居役《るすいやく》海野蠖斎《うんのかくさい》の兄森岡松蔭が庭瀬藩の家老を務めており、如亭はこの松蔭を頼って備中庭瀬に下ったのである。その後、文化八年（一八一一）春に京都に戻るまでの二年ほどの間、如亭は庭瀬を足場として京都・四日市・讃岐高松などに遊歴を繰り返した。遊歴の詩人に転じた寛政七年（一七九五）以後の詩をまとめた第二詩集『如亭山人藁初集』が京都の書肆天王寺屋市郎兵衛から出版されたのは、庭瀬寄寓中の四十八歳、文化七年（一八一〇）十月のことである。またこの頃、旅住まいの無聊を紛らわせようとして、如亭は清の曹庭棟《そうていとう》撰『宋百家詩存』のなかから、みずからの詩眼に適《かな》う七言絶句のみ三百首を選んで『宋詩清絶』を編んだ。如亭は後に幾ばくかの金を編集料として受け取り、引き換えにこの原稿を名古屋の書肆東壁堂（永楽屋東四郎）に売り渡したという。[注3] 文化八年（一八一一）正月十一日付けの如亭の自序が付されたこの『宋詩清絶』は、文化十年（一八一三）に東壁堂から出版された。こうした書物の編集も、遊歴詩人如亭にとっては生活の糧を得るための一法だった。

　四十九歳の文化八年二月に庭瀬を引き上げて京都に戻った如亭は、詩人の小栗十洲《おぐりじっしゅう》や頼山《らいさん》陽《よう》、画家の浦上春琴《うらがみしゅんきん》、蘭方医の小石元瑞《こいしげんずい》など在京の文人たちと交遊するようになり、豊後竹田藩士で京都に滞在していた画家の田能村竹田《たのむらちくでん》とも知り合った。そして翌文化九年（一八一二）には、公家の陰陽頭《おんようのかみ》土御門《つちみかど》（安倍）晴親《はれちか》から詞華集編集の委嘱を受け、一時は下京梅小路の土御門邸に寄寓した。江戸時代後期を代表する詞華集の一つとして高く評価される如亭編の『海内才子詩《かいだいさいしし》』は、如亭歿後の文政三年（一八二〇）に出版された。

　信州から連れ帰った妻子を江戸に残して如亭が西国遊歴に出たことはすでに述べた。如亭が江戸に置き去りにした妻子のその後については不明だが、西遊後の庭瀬滞在中にも、如亭には身の回りの世話をする女性がいたことを、如亭の盟友菊池五山はその『五山堂詩話』巻八（文化十一年刊）において暴露している。しかし、この女性とも別れて京都に戻った如亭には、京都においてまたもや「意中の人」（詩247「寄知理校書」）と呼ぶような女性が現われていた。その女性は祇園の歌妓で、如亭の詩弟子でもあった。如亭編の『海内才子詩』には五人の女流詩人の詩が採録されているが、そのうちの「無題」という五言絶句四首の作者である「長玉僊、号青心居士、祇園歌妓」という女性が、おそらく如亭の「意中の人」知理校書ではないかと推測される。五十歳を越えて如亭はなお「ゆく所として色をもつてあやまらざるはなし」というような生き方を変えていなかったのである。

京都を遊歴生活の足場にするようになってからも、如亭は東海道や信州へ何度も遊歴を行なっているが、五十一歳の文化十年（一八一三）冬の信州遊歴では、当時信州上田に住んでいた弟柏木立人の雲半隠居《うんぱんいんきょ》を訪ねて久闊を叙した。「禽獣の野味《ジビエ》」でもてなされた如亭は、その思い出を『詩本草《しほんぞう》』のなかに、「酒・茶・詩・画に月を累《かさ》ぬ。楽しきこと言ふべからず」と書き留めている。そして、翌文化十一年（一八一四）晩春、五十二歳の如亭は再び京を発って、東海道へ出た。この遊歴が京を発った時から江戸への帰郷を予定したものだったかどうかは分からないが、東海道上のあちらこちらに寄寓し、十月の末には島田の桑原苾堂のもとで、長崎から江戸に帰る途中の市河寛斎と邂逅した。この時、如亭は寛斎から江戸への同行を誘われたようだが、それには応ぜず、如亭は独りでその年の暮れに江戸に帰り着き、神田お玉が池にあった旧友大窪詩仏の詩聖堂に旅装を解いた。

如亭にとっては七年ぶりの懐かしい故郷江戸だった。旧友たちとの交遊を復活させ、新たに江戸遊学中の美濃の梁川星巌《やながわせいがん》や土佐藩士で江戸藩邸詰めの北原秦里《きたはらしんり》など年少の詩人たちと知り合ったほか、折から備後神辺《かんなべ》から江戸に出てきていた詩人菅茶山《かんちゃざん》とも面識を得た。しかし、久しぶりの故郷江戸は如亭にとって必ずしも居心地の良い場所ではなかった。頼山陽が『如亭山人遺稿』の序文で、「河翁《かおう》諸人は皆な上游に拠り王侯に交通し、声華意気一時を傾くに足る」と指摘したように、かつて新風の詩を鼓吹するために共に闘った江湖詩社の師友たち、すなわち市河寛斎や大窪詩仏や菊池五山たちは、今や江戸詩壇の覇権を握る成功者としてもてはやされるようになっていた。それに引き換え、如亭は「一落魄《いちらくはく》の羈人《きじん》」に過ぎなかった。彼我の懸隔は如亭に居心地の悪さを感じさせるとともに、江戸が故郷であるだけにいっそうの孤独感を如亭にもたらすことになったのではあるまいか。

翌文化十二年（一八一五）四月初旬、五十三歳の如亭はわずか三ヶ月余り江戸に滞在しただけで、上州桐生に向かって江戸を去った。桐生では絹買次商を営む上州きっての豪商佐羽《さば》淡斎《たんさい》のもとに身を寄せた。絹織物の産地である桐生とその大消費地である江戸との関係は深く、早くから桐生の商人たちと江戸の詩人・文人たちとの間には文雅の交遊が開けていた。

佐羽淡斎も江戸の詩人・文人たちの経済的な支援者という役割を果たすだけでなく、みずから桐生詩壇の中心的な詩人として活動し、この時までにすでに『淡斎百絶』（文化六年刊）、『淡斎百律』（文化十年刊）というような個人詩集を江戸の書肆から出版していた。如亭が訪れたこの年、淡斎は第三詩集『菁莪《せいが》堂集《どうしゅう》』の出版準備中であった。桐生滞在中に如亭は『菁莪堂集』に題詩（詩295）を寄せた。『菁莪堂集』は如亭のこの題詩を付して、この年文化十二年のうちに出版された。

その後、如亭は信州中野に赴いた。中野では旧晩晴吟社の詩人たちとの旧交を温めたが、晩晴吟社第一の詩人木百年は中野にはいなかった。秋になる頃、如亭は信州を去って越後に入り、晩冬の頃、師の如亭と同じように遊歴の詩人になっていた門人木百年と越後の地で邂逅した。米どころの越後平野を控え、日本海の海運で栄えたこの地は経済的にも豊かで、遊歴の詩人・文人たちにとっては居心地の良い土地柄であった。如亭は柏崎・出雲崎・小島谷・新潟・水原・与板など越後各地を遊歴して廻り、文化十四年（一八一七）の年末まで二年半近くも越後の地に滞在することになった。

しかし、遊歴詩人の来訪も度重なれば、常に歓待されるとは限らない。遊歴先で冷遇されるようなこともあったであろうし、寄寓を断られるようなこともあったであろう。越後一帯を二年半近くも遊歴していた如亭にも、そのような事態が起こっていたと推測される。如亭は五十五歳の文化十四年歳末近くになって、急に思い立ったように越後を発ち、路銀の乏しいなか大雪を衝いて京都に向かった。寒さの厳しい道中で新年を迎え、如亭は年明けの一月にようやく京都に辿り着いた。帰京後、どのような縁故があったのかは不明だが、東山山麓黒谷《くろだに》の金戒光明寺《こんかいこうみょうじ》の域内にある無住の廃寺を借りて紫雲山居《しうんさんきょ》と名付け、そこに身を落ち着けることになった。

経済的に困窮していた如亭には、紫雲山居と名付けた仮寓に安住する余裕はなかった。紫雲山居を足場に、如亭は生活費を稼ぐために東奔西走、遊歴を繰り返すことになった。五月には四国の讃岐に向けて京を発った。淀川を大坂まで下り、大坂から金毘羅宮参詣のために出ていた金毘羅船に乗り換え、讃岐の丸亀港へ向かった。しかし、持病の水腫《すいしゅ》のため体力が衰えていた如亭は、金毘羅船のなかで熱中症を発症し、ようやく丸亀の港までは辿り着いたものの、港に近い福島町の宿屋福島屋文十郎方に病臥してしまった。この時、瀕死の如亭に救いの手を差し伸べてくれたのが、金毘羅宮の門前町琴平で酒造業を営んでいた秦子栗《はたしりつ》である。『詩本草』によると、子栗は水腫の治療に有効だという鯉魚湯《りぎょとう》を手ずから調じてくれ、手厚く看病してくれた。看病の甲斐あって病いから回復した如亭は、子栗の家醸の酒「養老春」を詩に詠んで感謝の気持ちを表わした。この年文政元年（一八一八）、秋風の吹く八月末か九月初め頃、五十六歳の如亭は京都の紫雲山居に戻った。

年が明けた文政二年（一八一九）の初春、五十七歳の如亭は再び駆り出されるかのように、生活費稼ぎのための遊歴に出かけた。まず大坂へ赴き、大坂からいったんは京に戻ったが、すぐに伊勢四日市へ赴いた。四日市には何人かの門人がいたからである。思いがけなくも四日市では、五年前に江戸で知り合った詩人梁川星巌《やながわせいがん》と邂逅した。星巌は如亭より二十六歳も若かったが、星巌の言によれば「忘年の契《ちぎり》」を結ぶほど気心の合う相手だった。『如亭山人遺稿』の梁川星巌跋によれば、四日市で星巌と出会ったとき、死が間近に迫っていることを自覚していた如亭は、星巌に遺稿の出版を託した。その如亭の言葉があまりに「悽惋《せいわん》」だったので、星巌は謹んで承諾したという。ちなみにこの時の約束に従って、如亭歿後三年の文政五年（一八二二）、星巌の尽力で如亭の遺稿『詩本草』と『如亭山人遺稿』が出版された。

さて、この年文政二年の二月のうちに如亭は四日市を発って伊賀上野に向かい、津藩の伊賀上野藩校の儒者服部竹塢のもとに就いた。しかし、ここで再び水腫を発症した如亭は、竹塢の別荘で三ヶ月に及ぶ療養生活を余儀なくされることになった。その後、病気が小康状態になったので、如亭は急に思い立って六月末に伊賀上野を発ち、七月初めに京都黒谷の紫雲山居に帰り着いた。しかし、帰着後ほどなくして如亭の水腫は再び悪化した。看病のため如亭は紫雲山居から市中の木屋町《きやまち》の貸座敷に移され、七月十一日にそこで息を引き取った。享年五十七歳だった。

如亭歿後、その後始末《あとしまつ》をしたのは在京の友人浦上春琴と小石元瑞だった。春琴と元瑞は如亭の僅かばかりの遺品を整理して四両二分で買い取り、それを葬儀費用に充てた。如亭の遺骸は東山長楽寺に仮埋葬されたが、歿後三年の文政五年頃に東山永観堂に改葬され、「如亭山人埋骨処」と刻した墓石が建てられた。これとは別に如亭歿後一年の文政三年（一八二〇）六月、弟立人が信州の高梨聖誕や京都の浦上春琴と相談し、江戸をはじめ各地の如亭の知友たちの協力を得て、江戸日暮里《にっぽり》の養福寺に「柏山人碑」が建てられた。

注1　揖斐高『遊人の抒情　柏木如亭』（二〇〇〇年八月刊、岩波書店）。
2　佐々木昌孝・中川武「小普請方大工棟梁柏木伊兵衛家の系譜」（『日本建築学会計画系論文集』第七十九巻第七百二号、二〇一四年八月刊）。
3　文化十三年（一八一六）七月一日付けの村瀬藤城宛て頼山陽書簡（『頼山陽書翰集』続編所収）。

2　如亭詩の特色——詩法・詩風・抒情

『如亭山人藁初集』の巻頭詩である72「塩浜元旦」の詩題注記に、如亭は「余が詩、法を改むるの後、稿を取りて尽《ことごと》く焚《や》く。但し乙卯自《いつぼうよ》り丙寅《へいいん》に至りて僅かに百首を存す。是れ初集為り」と記している。つまり、『如亭山人藁初集』に収める、乙卯寛政七年（一七九五）から丙寅文化三年（一八〇六）までの百首の詩は、詩法転換後の基準に合った詩だけを選び残したものだというのである。

それでは如亭におけるこの詩法の転換はいつ起こったのか。これについては、如亭の友人葛西因是《かさいいんぜ》が『如亭山人藁初集』の序文に次のように記している。

乙卯の年、（如亭山人は）竟《つい》に家を棄てて信越の間に薄遊し、辛酉《しんゆう》の年、帰つて江戸に居る。余、為に唐詩の法を説く。山人、戛戛乎《かつかつこ》として唐詩の縄墨《じょうぼく》を奉じ、その中《あた》るを得ざれば止《や》まず。……乙卯自《よ》り丙寅に至る凡そ十二年、得る所の詩千余首、山人その縄墨に中らざる者を刪《けず》りて一百首を得、題して如亭山人初集と曰ふ。

つまり、如亭における唐詩を基準とする詩法への転換は、因是の説得によって、信越遊歴から江戸に戻った辛酉享和元年（一八〇一）から、江戸を発って西遊に出ようとしていた丙寅文化三年（一八〇六）の間に起こったというのである。

この間に因是が如亭に説いたという「唐詩の法」について、因是は『如亭山人藁初集』序文の別稿かと推定される「柏山人集序」（『因是文稿』）において、より詳しく具体的に説き示している。それは次のような説であった。

余かつて山人の為に詩法を論じて曰く、吾は詩法有りて詩才無し。子《し》は詩才有りて詩法無し。吾が詩法を以て子の詩才に告げて、その成るを庶幾《こいねが》はん。曰く比興《ひきょう》、曰く定位《ていい》、曰く儷語《れいご》、三者は詩法の由《よ》る所なり。曰く軽艶、曰く奔放、曰く支離、三者は詩法の禁ずる所なり。詩に比興無ければ、徒《いたず》らに軽艶を貴び、専ら耳目に媚ぶ。美なりと雖も何の用ぞ。篇に定位有るは、猶ほ行陣《こうじん》の伍、階梯の級のごときなり。歴階顛蹶《れきかいてんけつ》、奔放乱次、多しと雖も何の用ぞ。語は伉儷《こうれい》を必とし、支離不倫は名づくるに偏枯《へんこ》を以てし、詈《ののし》りて吼文《くぶん》と為す。これを病《やまい》と獣音《じゅうおん》とに比するは、乃《すなわ》ち六朝四六《りくちょうしろく》の法なり。韻有りて文を為すは今の詩なり。韻無くして筆を為すは今の文なり。体は途《みち》を異にすと雖も法則相通ず。故に属対《ぞくたい》なる者は、先づ方類《ほうるい》・的名《てきめい》・双擬《そうぎ》・聯綿《れんめん》・互成《ごせい》・異類《いるい》・双声《そうせい》・畳韻《じょういん》・字側《じそく》・声《せい》音《いん》を審《つまびら》かにし、詩の対《つい》は宜しくこれを弁用すべし。

定位なる者は、題に臨みて境を得、境に就きて科を別にするも、約《つづ》めてこれを論ずれば、起・承・転・合なり。合は以て起・承を収め、転は以て起・承を転じ、承は以て起に接《つ》ぐ。故に一聯を写すには、宜しく二聯の承接を思ふべし。承接の後、宜しく三聯の転換を思ふべし。転換の後、宜しく四聯の合収を思ふべし。起はこれ承と与《とも》に猶ほ父母のごとし。一体不二なり。転はこれ合と与に猶ほ子婦のごとし。また一体不二なり。父母は一世、子婦は一世、画然《かくぜん》として両世は相混淆せず。父母は慈を要し、子婦は孝を要す。骨肉団円すれば、室に勃谿《ぼっけい》無し。

興を求むる者は、心を以て鏡と為せば、万景入らん。意を以て□（「景」か）を写せば、江山草木は皆な世と人となり。「江間《こうかん》の波浪《はろう》は天《てん》を兼《か》ねて湧《わ》き、塞上《さいじょう》の風雲《ふううん》は地《ち》に接《せっ》して陰《くも》る」（杜甫「秋興八首」の詩句）は天宝の乱を写すに非ずや。「草色全《そうしょくまった》く細雨《さいう》を経《へ》て湿《うるお》ひ、花枝《かし》動《うご》かんと欲《ほっ》して春風寒《しゅんぷうさむ》し」（王維「酒を酌みて裴迪《はいてき》に与ふ」の詩句）は、小人の道長じ、君子の道消ゆるを写すに非ずや。

唐人の作家、三法を具《そな》へざるなきは、けだし精細を以てこれを得たり。宋・元・明・清、三法皆な失するは、けだしこれを粗莽《そもう》に失す。況《いわん》や我れ宋・元・明・清を学ぶをや。今人、杜の精細を学ぶに渝《か》へて、宋・元・明・清の粗莽を学ぶ。吾これを誘ひこれを裁するを知らず。

この因是の詩法論を簡略にまとめれば、次のようになる。詩法の禁じているのは、「軽艶」「奔放」「支離」という欠点であり、これらを避けるためには、表現法としての「比興」（比喩と象徴）、一句あるいは二句一聯を単位として一首の詩の意味的な脈絡や構成を按配する「定位」、対語や対句的表現を指す「儷語」の三法に対して意識的でなければならない。そうした三法に対して「精細」な配慮があるのは唐詩であり、その点において宋・元・明・清の詩は

「粗莽」である。したがって唐詩こそ詩人が手本とすべきものだというのである。

因是がこうした詩論を如亭に説いたのと同じ頃、因是は『通俗唐詩七律解』（享和元年刊）と題する唐の七言律詩百首を採り上げた注釈書を出版した。その自序のなかに、「後に金聖《きんせい》歎《たん》先生の批唐詩を得てこれを読むに、その前後解を分かつは、真に唐律詩を読むの妙訣なり。その句には皆な諷託有り、並びに閑景を写す者無きを云ふは、真に唐律詩を読むの卓見なり」と称揚しているように、因是の詩法論は清の金聖歎の詩論の影響を強く受けていた。

金聖歎は『貫華堂選批唐才子詩』や『唱経堂杜詩解』という唐詩の注釈書において、唐の律詩の妙所を真に理解するためには、まず律詩八句のうち前の四句を一解、後の四句を一解として、前後二解に分解することから始めるべきであると主張した。そして、「それ唐の律詩は、独り一時の佳《か》構《こう》なるのみに非ざるなり。是れ固より千聖の絶唱なり。言を吐き、意を尽くすの金科なり。……それ四句はこれ前開なり。情の自然に文を成す。一二は献歳の春を発するが如く、しかうして三四は孟夏の滔滔たるが如きなり。それ四句はこれ後合なり。文の終に情に依る。五六は涼秋の杓《しゃく》を転ずるが如く、しかうして七八は玄冬の粛粛たるが如きなり」（『貫華堂選批唐才子詩』自序）や、また「詩と文とは是れ両様の体と雖も、却つて是れ一様の法なり。一様の法なる者は、起・承・転・合なり。起・承・転・合を除きて更に文法無し。起・承・転・合を除きてまた更に詩法無きなり。文を作るを学ぶには、必ず破《は》題《だい》より起こす。詩を作るを学ぶには、また必ず第一二句より起こす。第一二句より起こすを、まさに詩と謂ふは、それ起・承・転・合有るが為なり」（『貫華堂選批唐才子詩』「魚庭聞貫」）などという詩論を主張した。因是はこのような金聖歎の四句一解・前後分解説の影響を受けながら、みずからの詩法論を組み立てていったのである。それが信越遊歴から戻って間もない如亭に因是が説き示した、先の「柏山人集序」に見られる「比興」「定位」「儷語」の三詩法だったように思われる。(注4)

こうした金聖歎の四句一解・前後分解説や因是の三詩法の如亭への影響の痕跡は、最晩年の如亭が梁川星巌に説き示した晩唐の高蟾《こうせん》の七絶「春風に対す」の新解釈（『如亭山人遺稿』附録「梁伯兎に与ふ」）に明らかに見ることができる。如亭とも面識があった田能村竹田も、『竹田荘師友画録』の如亭についての記事のなかで、「（如亭は）葛因是・梁詩禅（星巌）と同じく金聖歎の四句一解説を喜ぶ」と記している。しかし、因是も指摘したように、如亭は「詩才」の人であって「詩法」の人ではなかった。問題は因是が説いた「比興」「定位」「儷語」という三詩法を、如亭はどのように受け取り、みずからの詩作にどのように生かそうとしたのかということであろう。

如亭は東海道遊歴中に三河国田原の酒造家河南文平の詩集『寒林删餘』に序文を寄せた。文化十年（一八一三）中秋の日付のあるその序文において、如亭は次のように述べている。

恒に世人の詩を作るを看るに、多くは粗に失す。一題、手に到れば、乃ち字を湊《あつ》めて句と為し、句を湊めて聯と為し、草々《そうそう》事を了す。人をして一読して気《き》尽き令《し》む。余嘗て謂ふ、詩と文とは猶ほこれ酒と飯とのごとし。飯を食ひ文を作るは人間《じんかん》第一の喫緊事《きっきんじ》なり。何ぞ一日も此《これ》無かる可けんや。已に一日も此無かる可からざるときは、則ち人々分《ぶん》に依つて必ずしも精を揀《えら》まず。酒を飲み詩を作るは優游《ゆうゆう》行楽の時なり。是れ一日も此無かる可からざるに非ざるに似て、已に一日も此無かる可からざるに非ざるときは、則ち人々分に依つて精を揀まざることを得ず。但だ是れ人々酒を飲むは便《すなわ》ち精を揀むことを知るも、人々詩を作るは或は精を揀むことを知らず。何となれば、題意に求むることを知らずして、之《これ》を題面に求め、虚字に求むることを知らずして之を実字に求め、篇法に求むることを知らずして之を句法に求む。それ粗《そ》為《た》る所以《ゆえん》なり。

人は往々にして詩と文との違いに無頓着で、詩を作る時には精を揀《えら》ぶべきだということを知らない。詩を作るに当たっても、題面（詩題の表面的な意味）ばかりを求めて題意（詩題の真意）を求めることを知らず、実字（物事や観念を表わす、名詞・動詞・形容詞などに当たる字）ばかりを重視して虚字（単独では句を成さないが、一定の意味をもつ副詞・接続詞・助動詞・助詞などに当たる字）を重視することを知らず、句法（詩の一句の作り方）ばかりに拘《こだわ》って篇法（詩全体の作り方）に拘ることを知らないというのである。

また、同じ文化十年の冬に、信州を遊歴した如亭が小諸の池田寛蔵と詩を論じた時に示した次のような「家法二則」が、『詩本草』第三十六段に記されている。

　吾が邦近世の詩人、その詩を以て詩と為す。漢・魏・六朝の古風は姑《しばら》く置く。所謂《いわ》ゆる近体といふ者、未だ嘗て法に依らず、概して五言八句・七言八句・五言四句・七言四句を為すのみ。その詩、佳ならざるに非ず。惜しむ可し、支離病《しりへい》を免れざるを。それ詩を作りて支離病を免れざるは、日に数百首を累《かさ》ぬと雖も、終身詩人と称せらるることを得ざるなり。李唐《りとう》の世、士を取るに詩を以てす。之《これ》を試帖《しじょう》と謂ふ。五言六韻、是れなり。趙宋《ちょうそう》以来、文を以てす。之を八股《はちこ》と謂ふ。爾後《じご》終《つい》に吟詠を以て挙業《きょぎょう》の外に付す。才学の士人、往往之に藉《か》りてその胸臆を写すも、亦た惟だ此の法より来る。但し五言六韻に比すれば則ち差《や》や粗なるのみ。見る可し、法の欠く可からざる一定《いってい》此の如くなるを。苟《いやし》くも詩にして支離を免れざる、之を詩と曰ふことを得んや。是れ他無し。その人、入手して法門に由《よ》らざるに坐するなり。然りと雖も、詩の法に依らざるは、享保以来の恒例にして、深く近人を怪しむに足らず。吾且《しばら》く贈るに一片婆心《いっぺんばしん》の言を以てす。自今自後、門を杜《ふさ》ぎ香を焚き、唐宋名家の諸作を取りて平心に熟読せば、則ち悟入日を計《かぞ》へて待つ可し。後来、勇猛精進して古作者の席を奪ふも、亦た曷《なん》ぞ難しと為さんや。

詩を作るならば、支離病（詩の構成が支離滅裂であるという欠点）に陥らないよう、唐宋の諸名家の作を読んでその詩法を体得することが肝要だというのである。如亭は因是に「比興」「定位」「儷語」という三詩法を説かれて、「怡《い》然《ぜん》として悦」び、「吾乃《すなわ》ち今にして詩法を知り、ますます詩の難きを知」(「柏山人集序」)った結果、作詩に際しては詩法の精緻さをより厳しく追求するようになった。ちなみに本文中の補注で指摘したような、『如亭山人藁初集』の詩90・100・112という三首の詩の改刻箇所に見られる対句表現の変更などは、三詩法のうちの「儷語」を意識しての推敲例ではなかったかと思われる。

期せずして同じ文化十年に書かれたこれら二つの文章は、因是に説かれた詩法を簡便に書き示したものにほかならない。『木工集』に付される寛政五年の高岡秀成の序文に、「その苦《く》吟構思《ぎんこうし》するに当つては百錬千鍛《ひやくれんせんたん》、一字をも苟《いやし》くせず。豈に徒《いたず》らに五字に数茎《すうけい》の鬚《ひげ》を撚断《ねんだん》せんや」とあったように、如亭は因是の詩法に影響を受ける以前から、作詩においては一字たりとも疎かにしない苦吟型の詩人であったが、因是が説く詩法の影響を受けるようになって以後は、さらにそれが一字一句のレベルを超えて詩全体の構成にまで及ぶレベルで徹底されるようになったのである。

それでは、以上のような因是の影響による如亭の詩法の変化、すなわち詩の構成上の緊密化の追求は、如亭の詩風にどのような変化をもたらすことになったのであろうか。如亭歿後に江戸日暮里の養福寺に建てられた「柏山人碑」の碑文をも撰した因是は、如亭の詩風の変化について、「始めは南宋の諸家を喜び、後に唐詩を宗《むね》とす。蘭苕翡翠《らんちょうひすい》、点綴《てんてい》するに法を得、優に清麗の作家と称さる」と評している。因是によれば、詩法の転換にともなって、如亭の詩風もまた南宋詩風から唐詩風へ変化したというのである。

如亭の詩法転換以前の詩風について、『木工集』の高岡秀成序は、「永日、初め規則を寛斎《かんさい》河先生《かせんせい》に受く。河先生は白氏の風を世に首唱す。その徒、日々に衆《おお》し。永日既にその法を得て、稍《や》や之《これ》を変じて雑《まじ》ふるに宋の諸名家を以てし、最も楊誠斎・方秋崖の体を喜ぶ。その情を述べ景を賦して巧みに繊密に入り、而してその心を用ふるは鉄を鎔《と》かして金と成すに在り」と記している。如亭は初め師の市河寛斎の影響を受けて中唐の詩人白居易の詩風を受け容れたが、その後これをやや変じて、南宋の詩人楊万里（誠斎）や方岳（秋崖）の詩風を喜ぶようになったというのである。ここで『木工集』収録詩の語注を通覧していただけば分かるように、たしかにその詩句は、中唐の詩人白居易や南宋の詩人楊万里・陸游・方岳などの詩を典拠とするものが多い。また、中・晩唐詩および宋詩の選集で初学者用の作詩入門書的性格のある『聯珠詩格』収録詩の表現を踏まえたものも少なくない。ちなみに、如亭は詩法転換以前、信州中野の晩晴吟社での講義にこの『聯珠詩格』を用い、その講義録という体裁で『訳注聯珠詩格』を享和元年（一八〇一）に出版していた。

それでは高岡秀成が指摘する、詩法転換以前の如亭の詩風のこうした傾向は、因是が指摘するように詩法転換にともなって変化したのであろうか。結論的にいえば、詩法転換後、その基準によって僅かに百首の詩を残したという『如亭山人藁初集』収録詩、さらに『如亭山人藁初集』に後続する如亭後半生の詩を集成する『如亭山人遺稿』収録詩の語注を通覧しても、そこに『木工集』収録詩との大きな違いを見出すことは難しい。中唐の詩人白居易や南宋の詩人楊万里・陸游・方岳などの詩、あるいは『聯珠詩格』収録詩の詩句を典拠とする表現は、『如亭山人藁初集』や『如亭山人遺稿』においても相変わらず多いだけでなく、さらに宋詩尊重という点で新たな傾向が付け加わっていることも指摘できる。如亭は遊歴生活の無聊のなかで、清の曹庭棟撰の『宋百家詩存』を読み、そのなかから自分の詩眼に適った七言絶句三百首を選んで文化十年に『宋詩清絶』と題して出版し、さらにその続編『続宋詩清絶』を編んで、続編は如亭歿後の天保十二年（一八四一）に出版された。特に『如亭山人遺稿』には、これらに収める宋詩の表現を典拠にする詩句が多く見られるのである。

以上からいえることは、因是の影響で享和元年（一八〇一）から文化三年（一八〇六）の間に如亭の詩法にある種の転換があったことは認められるが、それはそのまま詩風の転換にまでは及んでおらず、詩法転換後も中唐の白居易や、楊万里・陸游・方岳をはじめとする南宋詩を尊重する如亭の詩風は継続していたということである。たしかに『如亭山人遺稿』に収める如亭最晩年の詩には、唐詩を典拠とする表現がやや増えているような気もするが、必ずしも顕著な傾向とはいえない。つまり、詩法の転換にともなって、如亭の詩風もまた南宋詩風から唐詩風へと変化したという因是の指摘は正確さを欠いているということになる。こうした因是の我田引水的な指摘には、自己の詩論の如亭詩への影響の大きさを強調しようとする因是の心理が働いていたように思われる。

さて、如亭の詩法や詩風において以上のようなことがいえるとしても、それだけでは如亭詩の特色を十分に説明したことにはならない。如亭晩年の友人頼山陽は、『如亭山人遺稿』に寄せた序文のなかで、如亭詩の特色を、「山人の詩、法を論ずること極めて密にして、自《みずか》ら誇るに一字も苟《いやし》くせず、而《しか》るにその中に自《おの》づから一種疎爽俊抜《そそうしゅんばつ》の気のその人となりの如き者有り」と評した。如亭は一見すると詩法に厳密だが、如亭詩の特色は詩法の厳密さとは相反するような、その人間性から自《おの》ずと滲み出る「疎爽俊抜の気」（奔放で突き抜けたような趣き）にあるというのである。たしかに如亭は詩の字法・句法・篇法において緻密さを求めようとしたが、如亭詩の何よりの特色は、生涯を通じて、その時その時の情意を颯爽と率直に表出したところにあり、それを山陽は「疎爽俊抜の気」と評したのである。如亭は天性の抒情詩人であった。如亭詩の特色を明らかにするためには、その抒情のあり方に注目する必要があろう。

如亭の二十歳前後から五十七歳で歿するまで四十年間近くの詩作の跡は、本集に収録した『木工集』「吉原詞」『如亭山人藁初集』『如亭山人遺稿』によってほぼ窺い知られる。これらに収録される詩を大観すると、その抒情のテーマは如亭の年齢や境涯によって変化していることに気付かされるが、その変化は四期に区分して捉えることができるのではないかと思う。第一期は如亭が江戸で小普請方大工棟梁として幕府に出仕していた時期で、三十二歳の寛政六年（一七九四）まで。如亭のほぼ青年期に当たる。第二期は小普請方大工棟梁を辞職し、信越地方への遊歴に出かけた後、江戸に戻って職業的な詩人として活動した時期で、三十三歳の寛政七年（一七九五）から西遊に旅立つ四十五歳の文化四年（一八〇七）まで。当時の年齢意識からすれば、如亭の中年期に当たる。第三期は西遊に旅立った四十五歳の文化四年から、西遊を切り上げて江戸に再帰し、短い江戸滞在の後、再び遊歴に発つ五十三歳の文化十二年（一八一五）の四月初旬まで。当時の年齢意識からすれば、如亭の初老期である。第四期は江戸を発って上信越一帯を遊歴し、その後再び京都に戻り、四国や伊勢・伊賀などを遊歴したのち京都で客死するまで、すなわち五十三歳の文化十二年四月初旬から五十七歳の文政二年（一八一九）七月までが第四期で、如亭の老年期に当たる。

如亭の第一期すなわち青年期の如亭詩の分析対象となるのは『木工集』と「吉原詞」の詩

1～71である。この時期の如亭の生活ぶりについて、友人葛西因是は『如亭山人藁初集』の序文において、次のように述べている。

その人、世々官匠為《た》り。少《わこ》うして生産を事とせず、情を烟花風月に放《ほしいまま》にし、跡を游俠俳優に混ず。真率洒落《しんそつしゃらく》の人を友とするを喜び、辺幅を修飾するの徒を寇《あだ》とし視《み》る。意の適《かな》ふ所は諧謔して日を竟《お》ふ。適はざる所は望望然として之を去る。履行、多くは縄墨《じょうぼく》に中《あた》らず。顧《かえ》つて独り吟詠を嗜み、苦思して格に合せんことを求む。

家代々の幕府小普請方大工棟梁の職にありながら、遊蕩を事とする常識破りの自由奔放な生活に身を委ね、しかし、同時に詩人たらんとして、作詩の場においてだけは謹厳な態度を崩さなかったというのである。このような相矛盾する性向の上に成り立つ現実回避的な生活が、如亭の青春を形作っていた。もちろん一般的にも、さまざまな矛盾との葛藤は青春の属性であるといえるかもしれないが、如亭の憂鬱や倦怠や反俗の心情というものは、そうした青春期特有の矛盾との葛藤のなかに胚胎したものであった。十八世紀後半の大都市江戸におけるそのような青春の抒情を、破綻してゆく生活のなかで尖鋭に表現しようとしたのが、第一期の如亭詩の特徴だったように思われる。

この期の如亭の遊蕩生活の片鱗は、『木工集』の詩12「戯贈」、詩20「晩景」、詩35「奉呈北山先生」などにも窺われるが、遊里吉原に沈湎したという如亭の遊蕩体験なしには生まれなかった作品が、連作の詩52～71「吉原詞」である。この連作竹枝詞の主人公は吉原の遊女であるが、如亭は遊女の心情に寄り添いつつ、その心理を細やかに詠み分けようとした。如亭の友人で同じ頃に遊里を素材にした洒落本《しゃれぼん》の作者として活躍し、『傾城買四十八手《けいせいかいしじゅうはって》』（寛政二年刊）など心理小説的な優れた洒落本を著わした山東京伝の場合と同じように、「吉原詞」もまた遊蕩生活のなかで培われた遊女への共感というものがなければ生まれない作品だった。

いっぽう『木工集』の基底部に一貫して流れているのは、青年期特有の憂鬱と倦怠と反俗の抒情である。詩3「寄滕生」、詩13「春興」、詩22「除夜」、詩25「漫書」、詩38「冬夜書懐」、詩41「晩春窮居」、詩46「病来」などには、こうした抒情によって、青春期の如亭の名状し難い不充足感というものが表現されている。

如亭においては、この不充足感を癒す場こそが詩作の場にほかならなかった。しかし、詩作への耽溺・埋没は、幕府に仕える大工棟梁としての如亭の世俗的な生活とは両立し難く、やがてそれが如亭の世俗的な生活そのものを圧迫する原因になってゆく。如亭の詩作への耽溺・埋没の姿は、詩5「冬夜即事」、詩24「早春休日」、詩34「立春」、詩41「晩春窮居」などに表現されているが、詩人であろうとすることが大工棟梁であることと矛盾し、やがて大工棟梁の職に耐えられなくなってゆく如亭の姿は、詩31「莫笑」、詩36「移居」、詩39「己酉歳莫」、詩45「歳莫書懐」、詩46「病来」などに繰り返し詠まれている。

幕府小普請方大工棟梁であることと詩人であることとの相剋の果てに如亭の生活は破綻する。如亭は幕府小普請方大工棟梁を辞職し、職業的な詩人として地方を遊歴する生活に転じることになる。こうして如亭の第一期である青年期は終わる。

如亭の第二期である中年期は、先に述べたように三十三歳の寛政七年（一七九五）から四十五歳の文化四年（一八〇七）まで、『如亭山人藁初集』に収められる詩72〜171がこの期の詩になる。この第二期の如亭詩の主要テーマは、旅情と山水の発見である。

如亭の遊歴詩人への転換は、小普請方大工棟梁としての生活の破綻による、やむをえない決断によるものだった。如亭にとって生まれ育った江戸は「人世の極楽国」（詩151「蕎麦歌」）であり、地方遊歴の生活はその「極楽国」からの追放を意味していた。したがって、遊歴先の信州での田舎暮らしは、当初は淪落感に浸されたものだった。そうした暗鬱な淪落の抒情は、詩78「中野草堂」、詩79「丙辰歳莫」、詩81「丁巳正月二十日作」、詩83・84「己未歳莫」などの諸作にたっぷりと吐露されている。

しかし、そうした初めての経験によって、如亭は大都市江戸での生活では味わえなかった田舎暮らしの美や快適さというものを、やがて発見することにもなった。詩77「山邨」、詩85「残臘喧甚父老謂数十年所無聊書適」、詩89「昼眠」、詩94「買紙帳」などの作には、その発見が明るく穏やかに表現されている。また、「色食は性と成り、天真爛熳」（葛西因是「柏山人碑」）と評された快楽主義者如亭にとって、色食の愉楽と故郷江戸とはもともと切り離せないものであったが、江戸を離れた地方遊歴の生活のなかにも色食の愉楽を発見しえたことは、如亭にとっては大いなる喜びであった。詩82「新潟」、詩151「蕎麦歌」にはそうした喜びが、軽快なリズムをともなって表現されている。

この第二期の後半、如亭は信越遊歴からいったん江戸に戻り、その後は江戸を足場にして再び信越への遊歴を繰り返す生活になった。しかし、江戸に再帰後の如亭の意識は、長期に及んだ遊歴生活を経た結果、すでに遊歴を日常として捉える意識に変わっており、江戸での生活そのものもかつてとは違い、田舎暮らしの経験によって相対化されるようになっていた。詩112「壬戌除夕下髪戯題」、詩126・127「贈豊改庵」、詩128「枕上聴雨」、詩134「乙丑元旦枕上口号」などの作に、そうした如亭の意識の変化を窺うことができる。

如亭は信越遊歴から江戸に戻った後、芝赤羽橋に居を定めたが、その寓居からほど近い芝西久保に光明寺という寺があった。如亭はその寺の住職雲室が主宰する小不朽社という詩画の会に参加して、本格的に画を学び始めるようになった。おそらく遊歴生活のなかでは詩だけでなく、画の揮毫を求められることが多かったものと思われる。遊歴の詩人としてはそれに応ずることが生活の便宜であるという現実的な理由もあった。しかし、より本質的な理由としては、遊歴生活のなかで自然と接することが多くなり、後年になって「余が性、山水を愛し、又た山水を画くことを愛す」（『傍訳標註芥子園画伝』如亭序）と記したように、如亭は山水の美に目覚め、おのずから文人画的な山水画に興味をいだくようになった。そうした画作への取り組みは詩作にも影響を及ぼし、この第二期以後、如亭には自画・他画に関わらず、また山水画に限らないが、画に詩を書きつける題画詩が多く見られるようになる。詩113「題晩渡図」、詩123「題戴薪婦人図」、詩124「戯題画鶴」、詩142「偶作浅絳小景因題上方」、詩143「余再遊越……因作新潟図更系以詩寄之」、詩145「題雲室上人画山水」、詩148「題秋江独釣図賀墨坂大夫致仕」、詩149・150「偶作松竹二図因題」、詩153・154「勾臺嶺画秋風細雨山澗小雪二図」、詩158「題勾臺嶺画山水」、詩159〜170「題画」などである。

　第三期は如亭の初老期に当たる、四十五歳の文化四年（一八〇七）から五十三歳の文化十二年（一八一五）の四月初旬まで、江戸を発って西国遊歴に向かい、その西国遊歴から江戸に戻って再び上信越地方への遊歴に出るまでの期間である。『如亭山人遺稿』前半の詩172〜294がこの時期の詩になる。

　如亭が遊歴生活の初めに信越地方を選んだのは、地縁あるいは血縁的なつながりが何かあったのではないかと推測されるが、西国遊歴に当たっては、江湖詩社の詩人として交遊のあった備中庭瀬藩の江戸留守居役海野蠖斎の兄が庭瀬藩家老として国元備中庭瀬にいる以外、如亭には当てにできるような所縁の人物はいなかった。そのことは、如亭が西国遊歴に発つに当たって、東海道に知り合いの多い親友菊池五山から、「柏如亭先生、此度西上、兼而御存之通詩名は不レ及レ申候、書画共出群之至、小生旧来之知己に御座候間、万端御世話被レ下、御社友へも通達、御請求之義等、小生同様無二御迷惑一仰可レ被レ出候」というような、東海道の各宿場の有力者宛ての紹介状を書いて貰っていることからも言えることである。

　如亭は江戸出発後東海道の各所を遊歴し、一年半以上経ってようやく京都に辿り着いた。京都はとりわけ余所者には排他的で、如亭も京都の詩人・文人たちにはなかなか受け容れて貰えなかった。如亭にやや遅れて京都に住むようになり、如亭と交遊関係のあった頼山陽が江戸の市河米庵に宛てた、文化八年（一八一一）十月二十九日付けの次のような手紙がある。「此地、儒者皆々構二城府一、高くとまつて居申候故、逢はむと存ても、虫にさわり、相止候事のみに候。如亭山人ヒトリツコに遊べと被レ教、其積りに仕候処、扨淋しく候」。如亭は自分が京都の文人界から疎外された経験を踏まえて、「ヒトリツコ」で遊ぶよう山陽に忠告したというのである。如亭が京都で得た初めての友人小栗十洲に、詩182「七友歌」を贈ったのは、如亭の京都での孤独を裏書きするものであった。また入京後二ヶ月ほどで、如亭が備中庭瀬に赴くことになったのも、京都での「ヒトリツコ」に耐えられなくなったからであろうか。

　したがって、旅の孤独ということがこの期の如亭詩の抒情のテーマの一つになった。もちろん、詩人にとって孤独は必ずしもマイナスの役割を果たすものではない。如亭のような詩人にとって、孤独はむしろ詩を豊かにし、深化させるものだった。詩178「題僑居壁」、詩204「和友人韻」、詩210「夜泊」、詩224「河橋歩月」などの詩には、この期の如亭の孤独感が表現されている。

　この第三期の如亭詩のもう一つの抒情のテーマは、老いの自覚である。かつて「今年三十八歳なれ共、妖冶《ようや》の風にて、殊更《ことさら》美少年の容貌也。廿四五歳の如し」（『間叟雑録』）と評された如亭も、この期になるとさすがに老いが忍び寄ってくるのを感じるようになった。庭瀬での作をまとめた「吉備雑題」における詩201の「方《まさ》に知《し》る漸《ようや》く老《お》いて身《み》は石《いし》の如《ごと》く」という詩句、また季節の移ろいとみずからの過ぎ去った青春とを重ね合わせてひっそりと詠歎する詩203、そして詩214「寄海貢父」や、江戸への帰途での作をまとめた「雑興」のなかの詩289などには、ようやく老いの徴候を見せ始めたみずからの容貌と心境の変化とが捉えられている。

　とはいえ、この第三期の如亭はまだ老いに屈伏させられていたわけではなかった。如亭は「色食は性と成り、天真爛熳」という快楽主義者としての姿勢を相変わらず見せており、「食」の愉楽を追求する姿はこの期の詩にも表われている。四日市の海産の味、とりわけ蟹へのこだわりを見せる詩174「三日飲四日市海楼」は、第二期の信州遊歴中に詠まれた「蕎麦歌」や、越後遊歴中に詠まれた「新潟」を髣髴させる美食家如亭の健在を示している。同様に「吉備雑題」のなかの詩191・192、そして詩217「次韻足庵大夫見示之作」では備中の鯛の美味が謳歌され、詩277・278「中秋豊水泛舟」では半年を犠牲にしても食したい美味として吉田（豊橋）の鱸魚《すずき》が称揚されている。

いっぽう「色」の愉楽についても、如亭の姿勢は変わることがなかった。本解説の「1　柏木如亭の生涯」においても触れたところだが、長期の遊歴になった庭瀬の寓居には、如亭の身の回りの世話をする女性がいた。この女性が「吉備雑題」中の詩200に見える「嬾婢」であろうと思われる。しかし、如亭はこの女性をそのまま置き去りにして、庭瀬遊歴から再び京都に戻った。ところが京都に帰って間もない頃の、詩237〜239「夏夜楼上偶題三絶時余館于安太史」、詩240「雨夜」、詩247「寄知理校書」が示しているように、この時期にも如亭には相思の女性がいたのである。

この時の如亭相思の女性は知理という名の祇園の芸者であった。この女性は如亭に詩を学び、如亭の編集した『海内才子詩』に詩四首を収める長玉僊（青心居士）という女流詩人と同一人物かと思われる。『如亭山人題跋』には、この知理という芸者との関係を記した次のような一文が収められている。「祇園の知理校書は天資聡慧《そうけい》にして、能く幾巻の文字を読む。色芸中の善女人《ぜんにょにんた》為り。近日、余が詩法門に入る。余、為に便面《べんめん》十柄を取り、七絶十首を書して之に贈り、併せて訳注一本を附し、その成立を冀《こいねが》ふ。以て筆舌を費やすも、敢へて労と為さず。是れも又た多情如来《たじょうにょらい》、人を済度《さいど》するの一端なり」。如亭はみずからを女性を救済する

「多情」な「如来」だと戯称しているのである。

この後、江戸に戻った如亭と久しぶりに対面した菊池五山は、文化十二年（一八一五）四月二十日付けの四日市の伊達箽亭宛ての手紙のなかで、「依ㇾ旧花柳癖惑溺之事共有ㇾ之、半百之閑翁、遊蕩少年輩も及不ㇾ申候仕合」と如亭を評した。五十歳を越えてもなお色食の愉楽は如亭にとって欠くことのできないものだったのである。

江戸を発って上信越地方への遊歴に向かった五十三歳文化十二年四月初旬から、上信越一帯の遊歴を終えて京都に戻り、さらに四国や伊勢・伊賀などへの遊歴を重ねたのち京都で客死する五十七歳文政二年（一八一九）七月までが、如亭の老年期に当たる第四期である。『如亭山人遺稿』後半の詩295〜366がこの第四期の詩になる。

第四期の如亭詩の抒情のテーマは、歎老と病苦と望郷という三つに集約できよう。すでに第三期において如亭のなかに老いの自覚が萌していたことは指摘したが、この期になると老いの徴候はいっそう顕著になり、歎きの対象になっていった。その歎きは必ずしもストレートには表現されず、逆説的にまだまだ自分は老いてはいないという形で表現されることもあるが、それもまた老いの訪れを否定せずにはおられないという意味で、歎老の表現にほかならない。詩314「似原松洲」、詩316「遊雲浦答野天籟」、詩319「逢木百年」などはそうした歎老の詩であるが、詩326「合歓歌」や詩352「贈妓」などの詩には、老いによって「色」の愉楽とも無縁になったことを歎く如亭の姿が痛ましく表現されている。

こうした如亭の老いを加速させた要因の一つは病苦であった。詩358「手写」に「三年病《さんねんびよう》脚幽《きやくゆう》を探《さぐ》らず」というように、如亭は歩行困難な病気に罹っていた。原因は身体に水が溜る水腫という病気である。詩句にいう「三年」は実数ではないかもしれないが、おそらく文化十二年四月初旬に江戸を発った頃には、すでにこの病気の徴候は現われていたであろう。『詩本草』第三十五段に、江戸を発って桐生に遊歴した時、その道中で駕籠に乗って桑の実を飽食したという記事があるが、この飽食はおそらく如亭が食いしんぼうだったからだけではない。駕籠に乗っていたのは歩行困難のためであり、桑の実は「水腫を消す」(『本朝食鑑』巻四)という効能があったからであろう。水腫による病苦は如亭の体力を奪い、老いを加速させ、旅先で如亭を病臥させるようになった。詩342「讃州福島」、詩343「八月十二日病起走筆謝秦翁子栗」、詩360・361「首夏山中病起」などには、この期の如亭の水腫との闘病と病状からの回復のさまが詠み込まれている。

上信越遊歴に発つ前の短い江戸滞在中の作として、詩293・294「絶句」二首がある。この二首に表現されているのは、詩294の起句に「孤影悄然」とあるように、まさに孤独な如亭の姿である。如亭にとって生まれ故郷であり、「極楽国」であるはずの江戸での生活は七年ぶりだったが、この時の江戸滞在中の詩からは楽しげな如亭の姿は窺われない。頼山陽が『如亭山人遺稿』の序文で、「河翁諸人は皆な上游に拠り王侯に交通し、声華意気一時を傾くに足る」と指摘したように、かつて江戸詩壇で共に活動した市河寛斎・大窪詩仏・菊池五山などの師友たちは、この時には江戸詩壇の成功者として権威と名声と富裕を手にしており、「一《いち》落魄《らくはく》の羈人《きじん》」すなわち遊歴詩人として落魄の境涯に甘んじていた如亭とは、環境も生き方もかけ離れたものになっていた。如亭にとって江戸はもはや居心地の良い場所ではなくなっていた。おそらくそのことが、如亭の江戸滞在期間の予想外の短さと、その間の如亭詩に見られる孤独な抒情の理由だったのではないかと思われる。

しかし、如亭にとって江戸という故郷は、簡単に否定し、消し去ることができるようなものではなかった。晩年の歎老と病苦の日々において、故郷江戸は如亭にとって、すでにそうあって欲しい願望の江戸でしかなく、現実の江戸ではなかったが、やはりそれは帰るべき故郷として幻視される場所であった。詩348の「迢迢《ちょうちょう》として草色連《そうしょくつら》なり、遊子帰思《ゆうしきし》を動《うご》かす」、同じく詩349の「忽《たちま》ち憶《おも》ふ家江《かこう》の美《び》なるを、離群遠行《りぐんえんこう》を悔《く》ゆ」はともに題画詩、つまり絵解きの詩ではあるが、晩年の如亭の江戸への望郷の切実な思いが託されている。そして、死の少し前の文政二年の夏、水腫の病いのため療養中だった伊賀上野の山荘での「首夏山中病起」と題する詩360における「忽《たちま》ち憶《おも》ふ江城此《こうじょうこ》の時節《じせつ》、街《まち》を圧《あっ》する新樹松魚《しんじゅかつお》を売《う》るを」、同題の詩361における「春寒四月《しゅんかんしがつ》何処《いずこ》にか帰《き》す、病起《びょうき》の心思《しんし》千里程《せんりてい》」、また同じく伊賀上野での「夏日幽居」と題する連作のうちの詩364の「一桁《いっこう》の青山斜日《せいざんしゃじつ》の外《そと》、征夷府《せいいふ》遠《とお》くして東瀛《とうえい》を望《のぞ》む」という詩句には、如亭の悲痛な望郷の念が吐露されている。

伊賀上野から京都の仮寓である紫雲山居に帰った後に書かれたのが、次に掲げる『詩本草』の最終段第四十八段の文章である。

六月已《すで》に破れて、七月来らんと欲す。是《ここ》において筆を止めて行李《こうり》を収拾し、急に紫雲《しうん》山居《さんきょ》に帰る。秋涼初めて生じ、道途も亦た甚だしくは熱せず。門に入りて家事を料理す。便《すなわ》ち米を糴《か》ひ、薪《たきぎ》を積み、瓜茄《かか》を糟《かす》にし、魚蝦《ぎょか》を塩にし、以て吾が友を待つ。僅かに安《あん》楽主翁《らくしゆおう》たり。昔人云はく、古《いにしえ》の山人は山中の野人、今の山人は山外の遊人なりと。余到る処、幸に館を掃《はら》ひ、餐《さん》を授くる人有り。未だ嘗て凄風苦雨《せいふうくう》十分の艱《くるしみ》に逢はずと雖も、畢竟《ひつきょう》山外の遊人なり。知らず、幾時か衣食略《ほ》ぼ足ることを得て、長く山中の野人と為らんか。噫《ああ》。

病いに苦しみ、望郷の思いに駆られながら、如亭は臨終直前の絶筆といってもよいこの文章において、みずからの人生を「山外の遊人」と総括し、詠歎せざるをえなかったのである。

注4　葛西因是の詩論の内実を検討し、如亭の詩法との関わりに触れたものに、池澤一郎「葛西因是の唐詩推重——「通俗唐詩解序」と「柏山人集序」」（『早稲田大学大学院文学研究科紀要』第

五十八号、二〇一三年二月刊）がある。

以上、本書に収めた『木工集』「吉原詞」『如亭山人藁初集』『如亭山人遺稿』によって、如亭詩の特色やその変化を概観した。これらの集によって如亭生涯の詩作のおおよそは窺うことができるが、これらの集には見られない詩を少なからず収録する詩集がないわけではない。以下それらについて追記しておきたい。

その第一は、『如亭山人詩初集』と題する写本一冊（訳注者蔵）である。この写本詩集の性格については、拙稿「写本『如亭山人詩初集』について」（『江戸詩歌論』）において分析したことがあるが、その要点をかいつまんで記せば次のようになる。この写本『如亭山人詩初集』には百三十一首の詩が収録されており、そのなかで板本『如亭山人藁初集』に収録されない詩は四十四首ある。しかし、この四十四首のなかには「吉原詞」二十首も含まれているので、結局この写本詩集にしかない詩は二十四首（五言絶句五首、七言絶句十五首、七言律詩二首、五言古詩二首）ということになる。写本『如亭山人詩初集』収録詩と板本『如亭山人藁初集』収録詩とはかなりの部分重なっているが、両者の異同を検討した結果、写本『如亭山人詩初集』は板本『如亭山人藁初集』の前段階の姿を示すものではないかと推測される。

その第二は、文化十二年刊の『今四家絶句』に収められる「如亭百絶」である。これは

「寛斎百絶」「詩仏百絶」「五山百絶」と共に、江湖詩社で活躍した四人の詩人の選詩集として出版されたものの一部である。表題のように「如亭百絶」には如亭の七言絶句百首が収録されているが、収録詩の作詩年代は文化四年の江戸を発って西遊に出て以後、その西遊から江戸に戻り、再び江戸を発って上信越への遊歴に出た文化十二年四月初旬までの期間である。この時期はちょうど如亭詩の第三期に当たり、板本『如亭山人遺稿』前半の詩と重なる時期の七言絶句の選集ということになる。板本『如亭山人遺稿』と対照させてみると、板本『如亭山人遺稿』には見られず、「如亭百絶」の方にだけ見られる詩の数は三十一首にのぼっている。

その第三は、『如亭山人詩集』と題する写本一冊（新潟大学附属図書館佐野文庫蔵）である。この写本の内容については、すでに宮崎修多「如亭片影」（新日本古典文学大系月報28）が紹介しているが、その内容をかいつまんで記せば次のようになる。この写本『如亭山人詩集』は、「如亭山人藁初集」と「如亭山人藁二集」の二部に分かれており、「如亭山人藁初集」の方は板本『如亭山人藁初集』の写しになっている。注目されるのは「如亭山人藁二集」の方で、右の宮崎稿によれば「如亭山人藁二集」には、文化十一年の詩二十五首、文化十二年の詩二十二首、文化十年の詩三首の順で、合計五十首の詩が収められている。そのうち四十首は板本『如亭山人遺稿』収録詩と重なっているが、残りの十首は『如亭山人遺稿』には見られない詩である。そのうえ、『如亭山人遺稿』と重なる詩にも、字句の異同の甚だしいものが多いという。宮崎稿が推測するように、この「如亭山人藁二集」は板本『如亭山人遺稿』からの写しではなく、「雲浦　授岡邨武義」という識語があることから推測されるように、文化十二年末から十四年末にかけて越後一帯を遊歴した如亭が、旅の荷物のなかに所持していた詩集草稿の一部を抄写して「如亭山人藁二集」と題し、出雲崎の岡邨武義なる者に与え、さらにそれを誰かが転写した写本であろうと思われる。

最後に、如亭が手許に具えていた詩稿について触れておきたい。葛西因是は『如亭山人藁初集』の序文に、「乙卯自《よ》り丙寅に至る凡そ十二年、得る所の詩千余首、山人その縄墨に中らざる者を刪《けず》りて一百首を得、題して如亭山人初集と曰ふ」と記していた。如亭は手許にあった詩集草稿から、因是の言葉によれば十分の一にまで詩を絞り込んで『如亭山人藁初集』を出版したというのである。右に概略を記した三つの詩集もまた、如亭の手許にあった詩集草稿からその時々に抄出されたものだったと考えられる。そのもとになった詩集草稿が存在していれば、さらに多くの如亭の作品を知ることができ、如亭研究の重要な資料にもなるが、現在その大本《おおもと》の詩集草稿の存在は確認できない。但し、かつてはそうした詩集草稿が伝存していたらしく、猪口篤志編『日本漢詩』上巻（新釈漢文大系45、昭和四十七年刊）において、編者猪口は次のような回想をしている。「太平洋戦争のさなか、信州の鈴木某氏が発見された如亭山人詩集は、自筆稿本で、約十センチの厚さがあったが、外から瞥見したにとどまり、ついに閲読するを得なかった」。この厚さ十センチにも及ぶ如亭山人詩集の自筆稿本なるものが、生前の如亭が手許に置き、遊歴中も携帯した詩集草稿ではなかったかと思われるが、残念ながら現在その存否は不明である。

付記　本書二分冊のバランスを取るため、第1巻の巻末に「解説」を置いたが、その内容は全体にわたるものである。

揖斐《いび》　高《たかし》

1946年生まれ。近世日本文学研究者。成蹊大学名誉教授。著書に、『江戸詩歌論』(汲古書院)、『近世文学の境界』『遊人の抒情——柏木如亭』(ともに岩波書店)、『江戸の詩壇ジャーナリズム——「五山堂詩話」の世界』(角川叢書)、『江戸の文人サロン』(吉川弘文館)、『江戸幕府と儒学者』(中公新書)、柏木如亭『詩本草』『訳注聯珠詩格』(ともに校注、岩波文庫)、『頼山陽詩選』(訳注、岩波文庫)、今関天彭『江戸詩人評伝集』(編、平凡社東洋文庫) など。

柏木如亭詩集 1 (全2巻)　東洋文庫882

2017年5月10日　初版第1刷発行

訳注者　揖 斐　高

発行者　下 中 美 都

印刷　創栄図書印刷株式会社
製本　大口製本印刷株式会社

発行所　電話編集 03-3230-6579　営業 03-3230-6572　振替 00180-0-29639
〒101-0051　東京都千代田区神田神保町3-29　株式会社 平 凡 社

平凡社ホームページ　http://www.heibonsha.co.jp/

ISBN 978-4-582-80882-7
NDC 分類番号919.5　全書判 (17.5cm)　総ページ304

《東洋文庫の関連書》

- 52 白居易詩鈔 〈附・中国古詩鈔〉 森 亮 訳
- 169 213 237 337 377 420 慊堂《こうどう》日暦 全六巻 松崎慊堂 著 山田 琢 訳注
- 195 菅茶山と頼山陽 富士川英郎 著
- 202 近世畸人伝・続近世畸人伝 伴 蒿蹊 三熊花顛 著 宗政五十緒 校注
- 239 265 267 唐詩三百首 全三巻 蘅塘退士 編 目加田誠 訳注
- 405 406 407 唐詩選国字解 全三巻 服部南郭 述 日野龍夫 校注
- 518 詩経国風 白川 静 訳注
- 529 陶淵明詩解 鈴木虎雄 訳注 小川環樹 解題
- 538 太《たい》平《へい》楽《が》府《ふ》 他 〈江戸狂詩の世界〉 日野龍夫 高橋圭一 編
- 549 教坊記・北里志 崔令欽・孫棨 著 斎藤 茂 訳注
- 574 先哲叢談 原 念斎 著 源 了圓 前田 勉 訳注
- 635 636 詩経雅頌《がしょう》 全二巻 白川 静 訳注
- 645 649 651 李賀歌詩編 全三巻 原田憲雄 訳注
- 666 六朝詩選俗訓 江南先生 訓訳 都留春雄 釜谷武志 校注
- 667 桟雲峡雨日記 〈明治漢詩人の四川の旅〉 竹添井井 著 岩城秀夫 訳注
- 714 金笠《キムサッカ》詩選 崔 碩義 編訳注
- 716 718 中国における近代思惟の挫折 全二巻 島田虔次 著 井上 進 補注
- 722 727 733 737 宋詩選注 全四巻 銭 鍾書 著 宋代詩文研究会 訳注
- 757 良寛詩集 入矢義高 訳注
- 764 増補 明代詩文 入矢義高 著 井上 進 補注
- 773 中華飲酒詩選 青木正児 著
- 812 花間集 〈晩唐・五代の詞のアンソロジー〉 趙 崇祚 編 青山 宏 訳注
- 816 江戸後期の詩人たち 富士川英郎 著
- 861 西湖夢尋 張 岱 著 佐野公治 訳注
- 863 866 江戸詩人評伝集 全二巻 〈詩誌『雅友』抄〉 今関天彭 著 揖斐 高 編